tarantula

狼蛛

Your problem is that you wanna better word for world.

Bob Dylan

[美]
鲍勃·迪伦 著
罗池 译

中信出版集团 | 北京

图书在版编目（CIP）数据

狼蛛 / (美) 鲍勃 · 迪伦著 ; 罗池译 . -- 北京 :
中信出版社 , 2024.8
书名原文 : Tarantula
ISBN 978-7-5217-5603-6

I. ①狼… II. ①鲍… ②罗… III. ①散文诗－诗集
－美国－现代 IV. ① I712.25

中国国家版本馆 CIP 数据核字（2023）第 078669 号

狼蛛
著者：［美］鲍勃 · 迪伦
译者：罗池
出版发行：中信出版集团股份有限公司
（北京市朝阳区东三环北路 27 号嘉铭中心 邮编 100020）
承印者：河北鹏润印刷有限公司

开本：880mm×1230mm 1/32 印张：10.75 字数：190 千字
版次：2024 年 8 月第 1 版 印次：2024 年 8 月第 1 次印刷
京权图字：01–2023–1302 书号：ISBN 978–7–5217–5603–6
定价：59.80 元

服务热线：400–600–8099
投稿邮箱：author@citicpub.com

TARANTULA, by Bob Dylan

目 contents 录

狼蛛出没 1971 年版前言

——出版人

1966 年秋，我们原计划出版鲍勃 · 迪伦的“第一本书”。别家出版社都很羡慕。“你们做这本肯定大卖。”他们说，尽管他们并不清楚“这本”到底是什么，只知道它的作者是鲍勃 · 迪伦。一个大红大紫的名字。“而且呀，你看约翰 · 列侬的书[1]都卖了多少。这本怕要翻番——也许还不止。”这种话不必细究了。

鲍勃偶尔会光临我们的办公室。对于那时候的他来说，冒着大太阳出一趟远门相当不易，而且还要去到我们位于第十二街和第五大道路口的旧写字楼，那幢神奇的建筑铺着大理石阶梯，厚重的墙壁上挂满了名家的画像和照片，比如 W. B. 叶芝。我们也出过叶芝的第一本书，以及他的全部著作。

有一天当鲍勃出现的时候，我们坐在大橡木案台后边的接待员小姐便有了主张，她不计较他的打扮，但要打电话上楼请示一下放这个人进来合不合

1 当时约翰 · 列侬已经出了两本实验文集小册子：《亲笔作》（*In His Own Write*, 1964）、《西班牙佬》（*A Spaniard in the Works*, 1965）。前者第一印在美国和英国就卖了 14 万册。

适。这在当时有点儿搞笑，因为极少还有什么地方能让他感到自己是不受欢迎的人。只要他一进门，大家就看过来，然后窃窃私语，然后退到一旁。他们觉得压迫他会有失体面。他们也不知道该跟他说些什么才好。

我们谈了他的书，他对它的期望以及他对装帧的想法。还有他对书名的想法。我们只知道它是"一个进行中的项目"，一个年轻音乐人的第一本书。这位一夜成名的腼腆男孩有时也写诗，而且他对我们很多人有某种神奇的影响。

我们不是很确定怎样才能搞好这本书——先别提钱。我们不知道鲍勃会走到哪一步。我们只知道一家好出版社能给作者提供一个超越自我的机会。如罗伯特·洛威尔[1]所言，"向着剃刀的锋口自由驰骋"，我们觉得鲍勃就在做这样的事。

我们为这本书做了一个我们喜欢的设计。鲍勃也喜欢，然后我们就定了。我们还整了些印有鲍勃头像和"狼蛛"一词的纪念章和购物袋。我们想吸引所有的人都来关注该书即将出版这件事。我们想把《生活》《展望》《纽约时报》《时代》周刊和《新

1　罗伯特·洛威尔（Robert Lowell，1917—1977），美国著名诗人。——译者注（本书脚注均为译者注）

闻周刊》以及所有的媒体都拉过来炒一炒鲍勃。我们给他送去一份校样以便他能好好看上最后一遍，然后我们就可以付印、装订，然后喂饱那些涌来的订单。

那年六月，鲍勃暂时放下他正剪着的影片[1]。我们谈了一会儿这本书还有拉莫[2]和兰波等等，鲍勃承诺在两周内最后“再改改”。但没过几天鲍勃就不干了。一场摩托车事故[3]迫使他停工。

这本书也可以就那个样子付诸出版。但我们不能那样做。鲍勃也不想那样。但现在他也不打算“再改改”。所以就那样留着了。

时光匆匆，转眼到了年底。有些人愤怒了。那本所谓的书在哪儿呢？他承诺过。麦克米伦出版社承诺过。他们甚至还整了一堆纪念章和购物袋，有些存货被人从仓库里顺出来卖钱，因为上面印有鲍勃的头像，也许头像总比书要好些。

还有几份校样已经在不同的人手中流传，让他们得以先睹为快。这些预览校样有各种版本。有些

1　迪伦自己动手剪辑他的 1966 年春环球巡演的纪录片，名为《吃掉纪录》（*Eat the Document*），未正式发行。

2　让－菲利普·拉莫（Jean-Philippe Rameau，1683—1764），法国音乐家。

3　1966 年 7 月 29 日，迪伦驾驶一辆 500cc 摩托车在纽约住所附近翻车，他借此无限期取消了很多合同，淡出公共场合长达 7 年多。

是散页，有些是螺旋装订。

时光又匆匆。还是有很多人在谈论这本书，在纳闷它到底什么时候才出来。但它出不来了，除非鲍勃想要它出来。但他不想。

时光匆匆又匆匆，让那些人越来越好奇、越来越愤怒。这是他的作品又怎样，他们说。他有他的想法又怎样，他们说。他到底有什么权利。于是他们就想办法搞到了一两本校样，然后他们就拿这些版本开印了。结果卖得比纪念章还要好。

有些报纸看到有盗版流出就决定刊载这本书的节选，还有长篇评论以及种种揣测和非难。鲍勃不喜欢这种方式，我们也不喜欢。我们知道一个艺术家有权利对他作品的去向做出他自己的决断。一个出版社应当保护这种权利，而不是放弃。人人都知道。你不能偷拿不属于你的东西，真正属于我们的唯一事物就是我们的作品。

诗人和作家向我们讲述他们的感受，而我们由此听到我们自己的感受。他们为无法表达的东西找到表达的方式。他们有时说真话，他们有时撒谎，都是为了让我们的心灵免于破碎。

鲍勃一直都敢为人先，他的创作方式常叫人难以理解。但他那时在《狼蛛》里写的很多东西现在看来已经不那么难以理解了。人们在改变，他们的感受力在改变。但《狼蛛》却没有更改。鲍勃想让它出版，于是现在就到了出版它的时候。这是鲍勃·迪伦的第一本书。按照他二十三岁时写下它的方式——就是这个样子——现在你懂了。

老枪，猎鹰之口书[1] & 逍遥法外的狗男女

阿瑞莎[2] / 水晶点唱机女王[3]的圣歌 & 生哥儿弥漫于迷醉输灌中萦绕应要听取深情声波之残跛 & 山呼赞颂哦举世无双的金城旋舞[4] & 你们被痛扁的人

1　口书（Mouthbook），可能戏拟纹章描述，如美国国徽上白头海雕衔着“合众为一”（E Pluribus Unum）卷轴，或指《狼蛛》这本书是一种需要念诵吟唱的口头文学。另参见《旧约 · 以西结书》（3）大意为：神将写满哀号、叹息、悲痛的书卷赐给先知，吩咐他吃下这书卷，吃后口中觉得甜如蜜；然后神差遣他去对以色列人讲说神的话语，而不是往那说话深奥、言语难懂的民那里去。《新约 · 启示录》（10），大意为：在末日时，那踏海踏地的天使手持着展开的小书卷，神叫先知取来将它吃尽了，口中甜如蜜，肚子却发苦，但因此便可指着多民多国、多方多王再说预言。

2　阿瑞莎（aretha）是本书的女主角之一（原文人名首字母即为小写）。可能出自美国著名黑人女歌手阿瑞莎 · 富兰克林（Aretha Franklin，1942—2018），她少女时代演唱福音歌曲出名，曾与迪伦同为哥伦比亚唱片公司制作人约翰 · 哈蒙德（John Hammond，1910—1987）旗下的签约歌手。也可能暗指鲍勃 · 迪伦的前女友、黑人女歌手、出身灵歌家族的梅维丝 · 斯特普尔斯（Mavis Staples，1939— ）。

3　美国音乐史上被誉为“圣歌女王”的是女诗人、作曲家范妮 · 克罗斯比（Fanny Crosby，1820—1915），她是一个盲人；拥有“点唱机之王”绰号的是黑人歌手路易斯 · 乔丹（Louis Jordan，1908—1975），他又被称为摇滚乐的祖父；而阿瑞莎 · 富兰克林在 1967 年离开哥伦比亚改签亚特兰大之后大获成功，被誉为“灵歌女王”，当时迪伦的《狼蛛》已完稿。另，“点唱机”（jukebox）是美国著名诗人、垮掉派领袖艾伦 · 金斯堡的一个并置概念（juxtaposition），伟大的艺术可以在一台点唱机上完成，他要造一台“氢点唱机”（戏拟氢弹）。

4　金城（El Dorado），传说中印加帝国的黄金宝藏；旋舞（reel），可能指某种致幻剂效果，开头的这一句就充满了迷幻回旋的音韵。

格神啊但她做不到她哪儿是你们要追随的领袖[1]，她做不到她使不上劲儿她做不到……漆黑繁花铁道的那些扇面之下[2] & 无花果叶遮蔽处[3] & 所有夜店的犬只，耸如拱门 & 疗救那些尖酸懦夫、骸骨 & 往故的口琴大军而更持久更响亮的是殡仪店主的呜咽 & 怀抱再加上一个从傍晚开始排演的热烈亲吻 & 攀进树丛跟某个冤家对头撕碎张张邮票[4] & 抓狂的邮递员 & 挥别所有地位 & 大过头的惯常野心，须知母亲并非淑女……阿瑞莎没有目标，永远单身 & 一步轻轻登天 / 让人们明白她拥有这旋律乃至她的情绪外交使团[5] & 她的土地 & 她的音乐奥秘

审查官开十二轮驱动半挂拖卡
进店来吃甜甜圈 & 掐一把

---

1 参见迪伦歌曲《地下乡愁蓝调》（Subterranean Homesick Blues，1965）："初哥要当心，到处都是各种人渣，在剧院周围晃荡，姑娘在旋涡旁寻找新的凯子，不要追随领袖，要看好停车表。"

2 参见美国著名诗人埃兹拉·庞德的短诗《在地铁站》（"In a Station of the Metro"，1913）："这些面孔在人潮中的显露，湿黑的枝条上的花瓣。"

3 参见《旧约·创世纪》（3 : 7）：夏娃和亚当偷食了伊甸园的禁果，"他们二人的眼睛就明亮了，才知道自己是赤身露体，便拿无花果树的叶子，为自己编制裙子"。本书《圣经》引文均引自和合本。

4 参见迪伦歌曲《墓碑蓝调》（"Tombstone Blues"，1965）："他四处漂泊，用无与伦比的集邮册赢得朋友，并感化了他的叔叔。"

5 参见迪伦歌曲《像一块滚石》（"Like a Rolling Stone"，1965）："你从前常骑着镀铬的骏马和你的外交官出游。"

服务员 / 他喜欢女人生鲜 & 淌满
蜜汁 / 他已下定决心要成为
一个著名的士兵

手稿夜魔中割喉竞争起起 & 落落 & 眼看那说预言的盲者[1]效忠司法之狐，丘比特月刊 & 那些醉人的教义之灵……不行 & 但愿那些穿浴服的船夫被永久放逐 & 受膏后进入活地狱的暗礁，那毫无想象的沉眠，一成不变的重复 & 在床垫上守候大审判的肥胖县警们……哈拉路亚 & 游民大佬驾到 & 敕命那属灵的吉卜赛人戴维营地[2]现在已渗入了外国独裁者，粉红 FBI & 那些在讯问中的和平时期未知失败一如神圣 & 白银 & 蒙福于万花筒结构 & 凉鞋姑娘[3]……梦中

1 诗中可能指如古希腊的荷马一般的盲歌手、诗人。另，美国民谣史上有多位盲人歌手，如盲人莱蒙（Blind Lemon Jefferson，1893—1929）、盲人布莱克（Blind Blake，1896—1934）、盲人威利（Blind Willie McTell，1898—1959）等，他们对迪伦都有影响。另，迪伦本人初出道时曾用“盲童咕噜儿”（Blind Boy Grunt）等化名在多处兼职。

2 吉卜赛人戴维（Gypsy Davy），原型出自18世纪苏格兰传统民谣，大意讲一个贵妇迷上了流浪吉卜赛人戴维的歌声和魔咒，后来抛弃富裕生活与之私奔。美国著名民谣歌手伍迪·格思里（Woody Guthrie，1912—1967）的同名歌曲（1944）中提到私奔的贵妇在营火旁聆听戴维弹琴歌唱，迪伦歌曲《墓碑蓝调》中有：“吉卜赛人戴维用喷火枪烧毁营地，他的忠奴佩德罗跟随他。”诗中此处可能指戴维受命去处置营地案件。戴维营（Camp David），美国总统休假地，原名“香格里拉”。

3 参见迪伦歌曲《地下乡愁蓝调》：“（年轻人要循规蹈矩）不要穿凉鞋，尽量避免丑闻，不要当流民，你最好只吃口香糖。”

那些麻药上头的舞蹈处女[1]&弹管风琴的浪游阿波罗/不科学的漫谈家&那些幸运的漂亮尤物&嘟着嘴唇&传递着目光&注视在亚当&夏娃巡回戏班的肩膀上躲猫猫……传承着一个机会去把那些强悍的精神&地契持有者痛殴成死鱼样的丑角[2]&猛拽起你们反复无常的决心……屈从于游说，是反人类罪，与谋杀同级&而那些医生、教师、银行家&下水道清洁工都为他们的权益而战，他们现在肯定慷慨得要命……&现在进入游行在这里泰布·亨特[3]开着他的雷鸟[4]领头/珀尔·贝莉[5]把他狠狠踹上一辆别克&在这里贫穷，一个典型的海神潜在客户，它玩起捉迷&藏&逃进了那边是谁？[6]&现在不是扮傻的时候，穿上你的大头靴&扑向那些垃圾小丑，计时付

1 参见西班牙著名诗人费德里科·加西亚·洛尔迦（Federico Garcia Lorca，1898—1936）的短诗《吉他之谜》（“Adivinanza de la Guitarra”，1921）：“在圆圆的十字路口，六位少女舞蹈，三个是肉身，三个为白银。”另参见中世纪欧洲经院哲学的经典辩题：一个针尖上头可以有多少个天使跳舞？

2 参见迪伦歌曲《墓碑蓝调》：“漂亮尤物们现在都上床了，……女匪斯塔的幽灵把智慧传承给修女耶洗别，而她猛力编织一顶秃头假发给开膛手杰克，而他坐上工商会的头把交椅。”

3 泰布·亨特（Tab Hunter，1931—2018），美国影星、歌手。

4 雷鸟（thunderbird），美国福特公司的高级跑车品牌。

5 珀尔·贝莉（Pearl Bailey，1918—1990），美国著名黑人戏剧演员、歌手，名字Pearl意即珍珠。

6 参见迪伦歌曲《荒凉路》（“Desolation Row”，1965）：“赞美尼禄的海神，泰坦尼克拂晓时扬帆，人人都在大吼：你站在哪一边？”

费 & 灌肠男 & 在这里新科参议员 & 小妖们扒掉一个个问号的顶部 & 他们的老婆做馅饼 & 快走吧 & 给那脸上摔几块馅饼 & 搭上盲车[1] & 进入阿瑞莎的虔诚大腿 & 运动会让你们找到那不知善恶的水仙女[2] & 轰开你们年轻敏感的尊严只为一了 & 百了地看看是否会有洞洞 & 宇宙中的音乐 & 只为观赏她驯服海马[3] / 阿瑞莎，被唱诗班男童 & 妈妈们的其他珍珠宝贝认定太阴郁一身巫里巫气[4] & 你懂不懂没有快乐的歌

律师用皮带牵着一头猪
进店来喝茶&吃了审查官的
甜甜圈绝非故意 / 他喜欢谎报

---

1 搭盲车（ride the blinds），指在列车末尾的行包车厢里蹭免费车，或胡乱扒上一趟不知目的的货车去流浪。参见盲人威利歌曲《旅行蓝调》（“Traveling Blues”，1929）：“司机先生，让可怜人搭个盲车吧，他说我无所谓呀哥们儿，但你知道这火车不是我的。”

2 在古希腊神话中，河神阿尔斐俄斯爱上了海仙女阿瑞图莎（Arethusa，音近阿瑞莎），穷追不舍，满世界奔跑，最后他们合为同一道水流。

3 参见英国诗人勃朗宁诗作《我的最后一位公爵夫人》（“My Last Duchess”，1842），美人虽美但不驯，被杀害后成为某人独占的艺术品，就连海神，纵使能驯服海马，也被铸成了一尊珍奇的铜像。

4 戏拟美国著名诗人 e. e. 卡明斯《成人童谣》（“Adult Nursery Rhymes”）中的谐音名句：“如果风许许多地揭露夏天谎言的真相。”（What if a much of a which of the wind gives the truth to summer’s lie.）e. e. 卡明斯（e.e.cummings，1894—1962），美国现代诗人，以语言创新闻名，如不使用大写字母、词类活用、别出心裁的诗行排列等。《狼蛛》也可算是一个“e. e. 卡明斯类型”的实验作品。

年纪&对他的妄想症却十分认真

宾至如归的墓地也登广告&发传单在奇想&报刊上有一位主妇坐在那儿[1]。发现她本人被资助过，决裂过但从未被审查过&而且也从未冲洗她自己/她否认她的尸体有勇气去爬行[2]——关上他本人的门，再无能耐去死于银行抢劫&现在抓着老明星们的脚踵去拍恐怖片吧讲讲她的污秽&她的脸蛋&现在不是人人都看得上她了。她是私有财产……火箭筒归巢&武器结冰&防雨布畏缩&它们叽叽喳喳，制造创伤&杀死婴儿就当着淑女的羞于直视&她的永世仇敌，早餐麦片粥之汤姆·索亚导致所有女性都不予关注这场史称朗索[3]的卫生间大屠杀&必须行走在生活的街道永远跟懒汉们一起无所事事除非为女人打架……现在人人都知道了战争起于金钱&贪婪&慈善组织/那主妇不在这里。她正奔向国会

参议员穿得像一只奥地利

1 参见迪伦歌曲《发自别克6型》（“From a Buick 6”，1965）：“我搞上这个墓地女人，她给我带孩子……我需要一个推土机妈妈阻挡死人，我需要一个自卸车妈妈清空我的头脑。”

2 参见莎士比亚戏剧《李尔王》第一幕第一场：“无牵无累地爬向死亡。”

3 朗索（LONZO）可能出自美国乡村音乐组合朗索和奥斯卡（Lonzo & Oscar）。

绵羊。进店来喝咖啡&侮辱
律师／他正在节食&
暗暗许愿他能成为宾·克罗斯比[1]
若能做埃德加·伯根[2]的至亲
也可以接受

把糖递给瓶瓶罐罐的钢铁侠吧，他来时带着满脸笑容&一盏热力灯&他是今年按下"谁干的"[3]电钮的人&他乍一看就是个爱情贩子……你已经见到他从笨嘴笨舌的山地佬变成呼朋唤友的老油子&他很精明&他对每个人说话好像他们就会来应门似的／他不喜欢别人说他是从猴山下来的尽管他还是那样没劲&他真无聊死人了……而安拉大厨从他的地板上铲起饥饿&把它掼进那些呼啸的浮空菜碟[4]&剩下的笨蛋们互相赞美对方的大能&争论痤疮&背诵月份牌&互相指点对方的衣着&液体&消散为碎

1　宾·克罗斯比（Bing Crosby，1903—1977），美国著名歌手、电影演员，歌声甜美，曾雄踞美国排行榜 24 年。实际可能指美国幽默主持人、作家诺姆·克罗斯比（Norm Crosby，1927—2020）。

2　埃德加·伯根（Edgar Bergen，1903—1978），美国著名口技大师、喜剧家、电台主持人，所谓"至亲"可能指伯根的一个木偶人，他用腹语术借木偶人说笑话。

3　谁干的（who dunnit），常指侦探小说中的俗套情节。

4　大概指魔毯、飞碟之类，后文还有"漂浮驳船""飞天茶盘"等称谓。另参见迪伦歌曲《铃鼓手先生》（"Mr. Tambourine Man"，1965）："带我去远行吧，乘上你的飞旋魔法船。"

片&死得癫狂&咆哮闹剧凡人农场呕吐&为什么耶稣基督即下一个笨蛋？当所有的汤桶&嘿小子[1]练扭扭舞折断了双腿而基莫沙比&帕拉丁先生[2]在闲暇时间保持虽隔离但平等[3]&再说了何不趁这时候等着哈哈一笑就把事情办好&哇呀呀一炮走红&风靡一时而前情人牛仔却翻转倒挂&天使苏西Q.[4]把新崭崭的角子投进这台收养机器叫它喷出一个符号呱呱叫&冰冰冻&咔咔撞进某个丑恶肥皂箱[5]的肠肚&一片轰隆&钢铁侠捡起他那些"谁干的"电钮&把它们免费派送&努力结交朋友&即便你不属于任何政治派别，你已经做好准备，准备牢记有关某事的某事

警察头子扛着一杆火箭筒

---

1 汤桶（Tonto），印第安语意为野小子，西班牙语意为傻瓜，是美国老牌西部剧《孤胆奇侠》（*The Lone Ranger*，1966）系列中男主角的印第安裔跟班。"嘿小子"（Hey Boy）是美国西部剧《枪战英豪》（*Have Gun - Will Travel*）系列中男主角的跟班、华裔门童金章（音）的绰号。参见迪伦歌曲《鲍勃·迪伦蓝调》（"Bob Dylan's Blues"，1963）："啊，孤胆奇侠和汤桶，他们正沿路策马赶来。"

2 基莫沙比（Kemosabe），出自印第安语，可能意为偷窥者、好伙伴、模范童军，是《孤胆奇侠》中"汤桶"给男主角、蒙面警长约翰·里德起的外号。"帕拉丁先生"（Mr. Paladin），是《枪战英豪》中门童"嘿小子"对男主角、阔绰的私家侦探怀尔·帕拉丁（化名）的称呼。

3 美国一方面实行种族隔离政策，另一方面又宣称在法律面前人人平等（separate but equal）。

4 苏西Q（Suzy Q）出自同名摇滚歌曲，1957年由戴尔·霍金斯（Dale Hawkins，1936—2010）演唱成名。

5 肥皂箱常指街头政治讲演。

上面刻有他的名字。来时已经
大醉&把炮管捅进律师的
那头猪的脸上。曾经打老婆，
后成为职业拳击手&获得
内翻足/他真真切切地希望
成为一名行刑官。但他不知道
的是律师的那头猪结交
了参议员

赌徒的激情&他的奴隶，麻雀&他正在黑板条箱的台子上慷慨陈词&催眠着死大胆们一直跳舞到天亮&不要从工厂爆出去/人人都期望跟他们生来就跟所爱的人在一起&但他们没有&他们被辜负了，他们被哄骗了&现在组织者们必须牵阉牛进圈&拖出传单&坏疽性狂热病，线人&自杀坦克从投币电话到住宅开发区&通常会先下一场雨……小崽子们就没法外出&玩耍&新来人开着推土机每小时递送吃食杂货&拉斯维加斯寄出的爱心包裹……&咖啡豆行家的侄甥&其他宠儿们毕业时顶着大奔头[1]&优等生——值得嘉许&一声哭丧送别来解脱那

1　大奔头（pompadour），原指女式的高卷发髻，当时也指“猫王”等早期摇滚歌星的发型。

隐修士&美丽的丑陋&弹弄着永世降临&拯救你的羊羔&屠夫&劈打玫瑰以其恰当的帕奇[1]风味……&爷爷的稻草人已经搞到了微微小的雏鸟儿&你亲眼看看吧同时也要拯救他／俯视哦伟大的浪漫家。你能从一切位置作出预言，你深知任何人都不是约伯不是尼禄也不是杰西潘尼[2]……俯视&攥住你的赌徒激情，让走钢丝行家们成为英雄[3]，总裁们成为骗子。改变结局吧……但隐修士们并不说话&低等阶级或神经病或囚犯……&反正他们也不在工厂里干活

大善人[4]进来时有一句话
"我们到处转&转"文在

---

1 帕奇（Patsy）常指爱尔兰佬、乡巴佬、凯子，又音近pasty（馅饼）。美国滑稽戏中常用来调侃背黑锅的笨蛋，如有人问：谁干的？众人答：帕奇·玻利瓦尔。刺杀J. F. 肯尼迪的李·哈维·奥斯瓦尔德（Lee Harvey Oswald，1939—1963）否认指控，辩称："他们就因为我在苏联住过便抓了我，我只是个帕奇。"也可能指英年早逝的美国女歌手帕茜·克莱因（Patsy Cline，1932—1963），她的成名作有一首名为《穷人的玫瑰或富人的黄金》（"A Poor Man's Roses or a Rich Man's Gold"，1957），歌词大意：我今天必须决定是要穷人的玫瑰还是要富人的黄金，一个富可敌国但冷冰冰，也许可以用爱来温暖，另一个是穷光蛋但我们接吻时战栗，如登天堂，永世难忘，今夜他把玫瑰献给我，对我来说它比黄金意味更多。

2 杰西潘尼（J. C. Penney），美国大型连锁商场，创始人潘尼（James Cash Penney，1875—1971）是勤劳肯干、白手起家的创富神话。

3 迪伦常说，走钢丝艺人才是真正的艺术家。

4 参见迪伦歌曲《荒凉路》："大善人正在打扮，他在为秀场做准备，他要参加今晚的嘉年华。"

腮帮上／他叫参议员停止
侮辱律师／他希望
成为一个艺人＆吹嘘他是
这一带最佳门外汉之一，那头
猪扑上他＆开始吃他的
脸

两面头像的文盲硬币们在和擦窗工摔角[1]他是从一把园丁锄化身而来＆自从有一次被推着快乐地转悠＆时不时地偶然撞上一块石头现在就苦苦沉溺于寻找某种劣等货。他咬紧窗台＆唱着“我们要怎样对付小宝宝”[2]给那些来他的桶里讨口水喝的饥渴的乡下姑娘们，他还以为他取得了某种成就其实不过是他乐滋滋地告诉双头硬币之一说等到脏东西长起来之后汤姆·杰斐逊就经常用他擦洗房子……劳伦斯·韦克[3]的朋友们都在窗户里边，他们掌管着城

1 “和擦窗工摔角”（wrestling with window washer）戏拟绕口令“我们在看擦窗工用温水擦洗华盛顿的窗户”（we were watching window washers wash Washington's windows with warm washing water）。所以后文提到杰斐逊等。

2 《我们要怎样对付小宝宝》（“What'll We Do with the Baby-O”）是一首美国传统民谣，大意讲年轻父母虐待婴儿的故事；另有流行歌曲《宝贝噢》（“Baby-O”），1962 年由迪安·马丁（Dean Martin，1917—1995）唱红。

3 劳伦斯·韦克（Lawrence Welk，1903—1992），美国歌手、音乐人，长期主持老派演艺节目《韦尔克秀场》，因片头有开酒瓶声而被称为“香槟音乐”，节目中捧红的艺人称为“音乐家庭”。

市规划署&他们冬眠&通过跟穷苦人的影子&其他救护车司机交谈来喂养他们的夏季&在谈论夜魔怪的时候那些家人根本没注意这个擦窗工&他们是宝贝疙瘩&还有很多他们打高尔夫球的照片&越来越黑了&他们在擦窗工联盟的大会厅穿着油布&这些人把自己当成美食家因为没有出席查尔斯·塔克韦瑟[1]的葬礼天哪香槟酒正般配异教徒&野牛，即使餐厅老板都对此含糊其词，但它正在暴力中迅速消逝[2]/很快那里就只会剩下硬币的一个面&穆罕默德无论他来自哪里，诅咒&擦窗工坠落&然后没有谁还能剩点儿钱……大大节省清洗[3]、少数派&利伯拉切[4]的田园。

卡车司机来时在眼皮底下
有台扫毯机/人人都说
"嗨老大"&他说"老大那家伙他
拥有这块地盘。我只是科学家。我

1 查尔斯·斯塔克韦瑟（Charles Starkweather，1938—1959），美国有名的系列杀人犯，后来的电影《天生杀人狂》（*Natural Born Killers*，1994）的原型。

2 19世纪末，美国政府为压制印第安人的生存环境对野牛进行灭绝性捕杀。

3 "大大节省清洗"（broad save the clean）戏拟"上帝保佑女王"（God save the Queen）。

4 利伯拉切（Liberace，1919—1987），美国钢琴家、秀场名流。又，音近"自由主义者"（liberal）。

可默默无名”卡车司机讨厌
一切拿网球拍子的人／他
喝光了参议员的咖啡＆继而
给他吃了个勒脖摔

首先你剪掉你的头发＆使劲把那些瞎蹦乱跳的声音捆在桌面上＆然后营业部的人比如古斯＆佩格[1]＆扳手朱迪＆在果果里长了虫虫的娜迪妮＆跟榜爷爆浆浆的熊脸伯妮斯＆他们都痴迷于更衣室＆蔬菜＆马格他要睡在你的颈脖上聊逛街＆离婚＆头条新闻＆如果你说不出从我脖子上下来，那你就回应他＆打眼色＆等待某种病态的答复＆自由钟敲响在你没胆量问自己到底是什么感觉的时候看在上帝的分儿上＆再多一张脸又如何？＆同样一生有千差万别，打手＆肉洞，公司猪猡＆乞丐＆练瑜伽的癌症批评家跟狂热的小匪徒们在独幕剧中跟V8引擎[2]一起全都被抛进河里＆结合在一面偷来的镜中……相较于那个大日子里你发现拜伦勋爵在停尸房[3]掷骰子的时候他没穿底裤＆他在吃一张让－保罗·贝尔

1 古斯·乔达诺（Gus Giordano，1923—2008）和他的妻子佩格（Peg Giordano，1928—1993）创办了有名的爵士舞学校。

2 1955年推出的雪佛兰小V8引擎在飙车族中大受欢迎。

3 停尸房（morgue），也常指存放无用旧报刊档案的资料室。

蒙多[1]的照片&他请你吃一块绿色灯泡&你意识到从未有人跟你说过这个&毕竟生活没那么简单……实际上它也不过是用来看书&点烟的东西……但是铁钳莱姆，他确实很闹心黛尔是不是真的被逮到砸了威士忌&然后就跟莫里斯出去了，他可不是皮奥里亚小毛孩[2]&不要以为还跟他们在艾奥瓦的得梅因[3]一模一样&好心的老黛比，她一路行来&包括她&黛尔两人[4]，她们开始在报纸堆里鬼混&耶稣啊谁又能指责她们？&阿门&天啊，&怎么大游行都不需要你的钱呢宝贝……都是花纸头&一个乔治·华盛顿[5]&娜迪妮跑了过来&说古斯在哪儿呢？&她给面包撒盐而他偷走了她的虫虫这时美元正变成一张张纸片……但人还要为了纸片操刀子&总之你没法用一美元买来一丝激动即便这样标价[6]，力有穷尽&

---

1 让-保罗·贝尔蒙多（Jean-Paul Belmondo，1933—2021），当时最红的法国影星，"新浪潮"电影代表人物之一。

2 皮奥里亚（Peoria），美国中西部城市，常被视为美国内地主流大众的代表城市，据说，如果一出滑稽戏能在皮奥里亚唱红，那在全美国都吃得开。

3 得梅因（Des Moines），美国中西部城市，艾奥瓦州首府，法语本义：修道士。

4 美国女影星、歌手黛尔·埃文斯（Dale Evans，1912—2001），著有回忆录《最亲爱的黛比》（*Dearest Debbie*，1965）纪念她早夭的养女。另有美国女影星、歌手黛比·雷诺兹（Debbie Reynolds，1932—2016），1964年主演了热门电影《永不沉没的布朗太太》（*The Unsinkable Molly Brown*）。黛尔的丈夫和黛比的前夫都是著名歌手。

5 指华盛顿头像的钞票。

6 参见迪伦歌曲《要花一大笔才笑，要搭一火车才哭》（"It Takes a Lot to Laugh, It Takes a Train to Cry"，1965）：我搭上了一趟邮政列车，但买不来一丝激动。

就跟你的拳头一样大 & 他们在一大罐金光彩虹里悬荡……攻击着 & 掩护着那些没鼻子诗人的马鞍[1] & 奇光熠熠 & 在彩虹之上的某处[2] & 蒙着我的已婚情人走进那些狂热拥趸 / 把纯真的儿童焚化成废料场以供凶残的论战 & 死变态 & 他要去告诉查理[3]该停手了 & 别再回来因为那些垃圾人不是认真的 & 他们明天就会被谋杀 & 明年 3 月 7 日[4]又有同样的小毛孩 & 他们的父亲 & 他们的叔伯 & 其余的这些人都把铅肚皮[5]当成玩物……他们会不断地杀死垃圾佬 & 抹掉臭迹除了这道彩虹，她藏在一根柱子后面 & 有时龙卷风会摧毁一片药房 & 洪水冲来灰质炎[6] & 把古斯 & 佩格缠在排球网上 & 榜爷躲在麦迪逊广场花园[7]……熊脸死

---

1 没鼻子（noseless），没有嗅觉，没有洞察力，没有好奇心；“马鞍”（saddles）谐音“忧伤”（sadness）。

2 《彩虹之上》（“Over the Rainbow”）是一首美国经典老歌，1939 年由朱迪 · 嘉兰（Judy Garland，1922—1969）在影片《绿野仙踪》（*The Wizard of Oz*）中唱红，阿瑞莎 · 富兰克林也唱过。

3 “查理”指美国少年杀人狂查尔斯 · 斯塔克韦瑟，他原是垃圾场的清收工。

4 可能指 1965 年 3 月 7 日美国亚拉巴马州民权运动示威遭到军警镇压的“血腥星期天”事件。

5 “铅肚皮”（Leadbelly，1889—1949），美国著名黑人民谣歌手、蓝调先驱，他曾两次因谋杀入狱，又因献歌获减刑释放。

6 迪伦 6 岁时他的父亲感染脊髓灰质炎，另外，美国最著名的成年人感染病例是富兰克林 · 罗斯福。

7 麦迪逊广场花园（Madison Square Garden）是纽约的一座体育馆、大型活动场地。

于一根横飞的草叶！ I. Q.——在 20 世纪 & 60 年代的某处 & 于是唱着阿瑞莎……唱着主流上了轨道！唱着牛铃回家去！唱着迷雾[1]……唱给理发师[2] & 当你被控有罪只因为不曾拥有一个骑兵 & 不曾帮助那个患喉炎的舞者……引诱瓦伦蒂诺[3]的海盗们去找印第安人或者也可能是因为没向那个身陷水手牢狱的耳聋和平主义者伸出援手……以后肯定有的是时间给你休息 & 学唱新歌[4]……什么都不宽恕因为你什么都没干过 & 跟那高贵的女清洁工做爱

真是一篇生拉硬拽。只写
给这特定的几位。写给任何

---

1 《迷雾》（“Misty”，1954），爵士乐老歌。

2 理发师（barber），可能指塞缪尔 · 巴伯（Samuel Barber，1910—1981），美国古典音乐作曲家，他和同性情侣吉安 · 卡洛 · 梅诺蒂（Gian Carlo Menotti，1911—2007）联袂创作了多部歌剧。

3 可能指鲁道夫 · 瓦伦蒂诺（Rudolph Valentino，1895—1926），美国默片时代电影明星、探戈舞者，有“拉丁情圣”之誉，死于腹膜炎。参见迪伦歌曲《别了，安吉丽娜》（“Farewell Angelina”，1965）：“看斗鸡眼海盗们坐在高处晒太阳，用短筒霰弹枪射击铁皮罐……金刚和小精灵们在屋顶上跳瓦伦蒂诺式探戈，此时装殓师的双手合上死者的眼睛，不叨扰任何人。”

4 新歌（new songs）参见《新约 · 启示录》（5 : 9）：“他们唱新歌，说：‘你配拿书卷，配揭开七印，因为你曾被杀，用自己的血从各族各方、各民各国中买了人来，叫他们归于神。’”

人除了你。你呀，黛西·梅[1]，是
不属于大众的……但，真好笑，
你也还不是死人呀……
我要把我的话在这纸上钉牢，
然后把它们飞给你。然后忘掉
它们……多谢你花时间阅读。
你是好心的。

爱着吻着
你的替身
傻眼儿（于班机故障中）

1 黛西·梅（Daisy Mae）是美国老牌连环画、电影《小阿伯纳》（*Li'l Abner*）中漂亮的女主角。

跟陌生的瘦高个喝杯怪怪酒

嘿嘿黑贝蒂[1]，黑黑面包皮砰砰嘣！真够力生个小弟弟砰砰嘣！雇来个残障砰砰嘣！挂他在轮盘上砰砰嘣！烧他在咖啡里砰砰嘣！砍他用鱼刀砰砰嘣！送他去上大学&疼他用鼓槌砰砰嘣！煮他在菜谱里砰砰嘣！给他吃一头大象砰砰嘣！卖他给医生砰砰嘣……嘿嘿黑贝蒂，大大面包皮砰砰嘣！贝蒂得了个挤奶工，砰砰嘣！送他去苦力营砰砰嘣！给他长一个肚脐，砰砰嘣（抓住那奶头在我挤它的时候。牢牢抓住它在我抽它的时候……砰！）喂他吃一大堆束腰，养育他在肺痨……黑黑真够力，小不点儿屁屁，砰砰嘣！说他得了个痒排妞[2]，砰砰嘣！装他在袜子里，塞蓟菜进他的耳朵里，栽他在豆角地里&塞他到罗盘上砰砰嘣！我上次见到他，砰砰嘣！他站在窗户里，砰砰嘣！一百层楼高，砰砰

1　以下一段戏拟美国黑人传统民谣《黑贝蒂》（“Black Betty”），1939 年由“铅肚皮”演唱成名，原歌无器乐，边唱边拍击打节奏。迪伦的妈妈小名也叫贝蒂，下文一些描写与迪伦家事有关。

2　痒排妞（lampchop），戏拟美国木偶戏艺人莎莉·刘易斯（Shari Lewis，1933—1998）的袜子玩偶搭档羊排妞（Lamb Chop）。

嘣！带着他的祈祷团&他的猪蹄髈[1]，砰砰嘣！黑贝蒂，黑贝蒂砰砰嘣！贝蒂得了个输家砰砰嘣，我望见他在大海上跟一长串的穆斯林[2]——砰砰嘣！全体叫呱呱[3]……砰砰嘣！全体叫呱呱。砰！

很抱歉这么说，但我还是
必须把戒指退还给你。
这无关个人感情，只是
我无法让我的手指
做任何事&它早已经
开始臭得像一颗
眼球！你懂的，就像我喜欢
一副怪样，尽管如此，
在台上弹班卓琴的时候，我
还是要戴上手套。不用说，
它已经影响了
我的演奏。请相信我。

1　生于密西西比三角的黑人莉莉安·迪恩（Lillian Harris Dean，1870—1929）在纽约哈莱姆区创办“猪蹄玛丽”（Pig Foot Mary）食铺卖风味下水发了财。

2　美国黑人伊斯兰运动领袖马尔科姆·X（Malcolm X，1925—1965）在演讲时被极端分子枪杀。参见后文《牛仔天使蓝调》一章。

3　出自“铅肚皮”演唱的另一首美国黑人传统民谣《灰鹅》（“Grey Goose”）：“（有一只煮不熟、咬不动的灰鹅）我上次见到他，啊，他正飞越大洋，带着一长串的小毛鹅，他们全体叫呱呱、叫呱呱。”

无论什么事情都不能
干扰我对你的爱……
实际上，把戒指寄回去
也是表明我对你的爱
已变得更加深厚……

向你的医生问好
爱你，
芹菜托比

（像女巫一样不着边际）

行到亮光里来亚伯拉罕[1]……你的这位老板怎么样？&别跟我说你只是按吩咐做事！我也许不会对你的手势语叫好但我为和平而来[2]。我寻求知识。为交换情报，我可以给你我收藏的胖子多米诺[3]唱片，他和她用过的纸巾&做你的私人新闻秘书……来嘛。快跪下。我的心思一片空空。我没有敌意。我的眼睛是两个旧车场。我愿为你奉上一杯洗缸水——我们可以互相学习/但不要试探&骚扰我的孩子

昨晚喝多了。肯定是喝得
太多了。今早醒来时
我的心思自由自在&我的脑袋觉得
像一颗梅干的内核……我正
计划今天对警察暴力发表

1 参见迪伦歌曲《重访61号公路》（“Highway 61 Revisted”，1965）：“上帝对亚伯拉罕说，宰一个儿子给我。”迪伦的爸爸也叫亚伯拉罕（Abram Zimmerman）。
2 “我为和平而来”（I come in peace）是流行科幻中的套话。另参见《新约·马太福音》（10：34）中耶稣说：“我来并不是叫地上太平，乃是叫地上动刀兵。”
3 胖子多米诺（Fats Domino，1928—2017），美国钢琴家、歌手，对摇滚乐发展深有影响。

演说。乞请拨冗光临。

到时候见。来之前

通知我

你的朋友，

荡妇荷马

朴素降B调谣曲

两脚被卡在衬裙中间&汤姆迪克&哈里[1]骑马路过&他们都大叫起来……她的嘴唇那么小&她得了战壕口炎&当我看到我干下的事情，我护住自己的脸/时间掌控于某个疯狂啦啦队长势利鬼&探着她的舌头，牵着紫色毛线帽，她和一辆班车交融，爱抚一具血腥十字架&正为她在火药巷被人偷去的钱包祈祷！她的名字，迪莉娅[2]，她羡慕那一串链动滑轮&王国那里有个卡其色温度计小毛孩，明显是个主唱&领了一个任务去叫嚷："她会淹死你！撕开你的眼睛！把你的头脑塞进你的嘴巴！看它爆炸！就在65年&她可不在乎死！"正埋头于残羹冷炙，抵抗一阵癫痫发作&努力在典型的辛辛那提气

1　汤姆迪克&哈里（tom dick&harry）相当于张三李四王老五的意思，出自根据莎士比亚《驯悍记》改编的百老汇音乐剧《凯特亲亲我》（*Kiss Me, Kate*，1948）名段《汤姆、迪克或哈里》（*Tom, Dick or Harry*），讲三个男人轮番向一个女子求爱。

2　可能指迪莉娅·格林（Delia Green，1886—1900），一个在圣诞节因口角而被男友枪杀的14岁美国黑人女孩，有多首民谣唱到这个悲剧，如盲人威利的《迪莉娅》（1928），迪伦曾翻唱过这首歌。

候[1]中保持干燥……克劳黛[2]，梦仙弟子，在她从业的第五年负了伤 & 她年仅 15 岁 & 上前去问她怎么看那些已婚男士 & 州长 & 慈坛社[3]会员们上前去问她 & 迪莉娅，她穿着护士制服到处走走的时候人称黛布拉[4]，她向地窖里投下纯洁的光 & 她有原则 / 问她要一纸恩惠 & 她给你一首天竺葵的诗……芝加哥？杀猪佬！肉贩子！[5]随便！谁在乎呢？而且就像在克利夫兰！像在辛辛那提！我送给爱人一颗樱桃[6]。你确实送了。她有没有告诉你味道怎么样？什么？你还给她送了只鸡？笨蛋！难怪你要发动一场革命

1 美国辛辛那提市位于温带大陆性湿润气候和副热带湿润气候的交界地带，四季降水较均匀，年均降水量约 1000 毫米。

2 克劳黛（Claudette），可能出自美国乡村摇滚乐队艾弗里兄弟（The Everly Brothers）演唱的热门歌曲《克劳黛》（1958）；也可能指美国女子流行乐四重唱组合“科尔德兹”（The Chordettes，1946—1963），代表作有《梦仙》（“Mr. Sandman”，1954）。

3 慈坛社（Shriner），美国共济会慈善组织。

4 可能指黛博拉 · 佩吉特（Debra Paget，1933—），美国女演员，在电影《温柔地爱我》（“Love Me Tender”，1956）中扮演“猫王”的爱人，1964 年与孔祥熙的儿子结婚。另，《旧约 · 士师记》中有一位女先知名叫底波拉（Deborah），并记载了她创作的最早的诗歌。

5 芝加哥曾经是美国最大的肉类市场。美国著名诗人、民谣学家卡尔 · 桑德堡的《芝加哥》（“Chicago”，1914）第一行说到芝加哥是“全世界的猪肉商”。当时的芝加哥市长戴利（Richard J. Daley，1902—1976）也出身屠宰场工人家庭，是反对民权运动的强势人物。

6 《我送给爱人一颗樱桃》（“I Gave My Love a Cherry”），英格兰传统童谣。

瞧。我才不管你的老爹爹
说什么。J. 埃德加·胡佛[1] 可不是
个好相与的。像他肯定会有
白宫里面每一个人的情
报如果叫公众知道了，
就可以毁掉那些人/
如果他掌握的那些内容哪怕
泄漏一点儿，别开玩笑了，
整个国家可能都要
辞掉工作&造反。他可从来不
会丢掉工作。他会带着荣誉
辞职。你就等&看吧……你能不能
自己想想这一大套勾当？
你懂的，就像要多长时间偷车贼[2]
才能恐吓全国人？我得走了。有一辆
救火车在追我。等我拿到学位时
再见吧。没有你在身旁我都要疯了。

1　约翰·埃德加·胡佛（John Edgar Hoover，1895—1972），把持美国联邦调查局长达48年，建立秘密档案，左右政局，连美国总统都要让他三分。

2　艾伦·金斯堡的《美国》（*America*，1956）中说道：俄国要把我们活活吃掉，俄国迷恋强大动力，她要把我们的车都从车库里偷走，她要夺取芝加哥。另参见迪伦歌曲《答案在风中飘》（"Blowing in the Wind"，1963）中"需要多少……才能……"的句式。

电影总是看不够

你的跛脚爱人，

海龟本雅明

冲破声障

霓虹多布罗[1]F孔的轰鸣&高潮来自正挠摸参观纪念品的街头不法床垫的扫兴歌词&用脑袋上的包袱把漂泊者在床头托起紧紧偎依那赤裸阴影——多嘴的心[2]&银雨之狼必不可免的威胁一个子宫以其入口处锈蚀水洼，深不见底，一个猛然醒悟&已冰封于生日迷雾的梦寐/在悲哀的弹簧床上没有蜡烛落座&靠着一本污损的指南，你并不觉得有那么巨大的重要性/成功，她的鼻孔抽抽着。那些古老相传&弑杀君王&暴戾部分的吸入方式，又把它们哈在一面光亮如镜的淤泥……对水汪汪的乐队花车的骇人惨状，稀奇怪诞&在对未来背叛施与额外帮助的花丛里呕吐&讲述昨日影响的惊悚故事/但愿这些话音交织着苦痛&钟铃&立刻融入它们的千篇十四行诗……这时有一个卫生球女人，白绒绒的，那么可爱，蜷缩在她的散热器旁，远远地&用她的望远镜观察/而你会冷冰冰地恹坐着&在一间失去魔

1　多布罗（Dobro），美国乐器品牌，也泛指加装金属共鸣器的丽声吉他、横板钢吉他。

2　多嘴的心（a tattletale heart）出自爱伦·坡短篇小说《泄密的心》（*The Tell-Tale Heart*，1843）。

法的衣橱里……只有你的牙买加黑朋友才能给你抚慰——你会在灯泡上画一张嘴巴那样它就可以笑得更加自由

忘掉你所受的绑缚吧。
你要绑定一把三个八度[1]
奇妙的六芒星。你会看到
它。别担心。你并不是绑死了
要去林里采野花……就像
我说的，你要绑定一把三个
八度的泰坦尼克奇巧板
　　　　　　你的小松鼠，
　　　　　　麦秆子皮蒂[2]

1　可能指一把乐器有三个八度音阶，如口琴。

2　麦秆子皮蒂（Peetie Wheatstraw，1902—1941），美国黑人民谣歌手，在其著名照片上他手持一把丽声吉他。

温度计下落

治丧业先驱，珍妮，剪刘海，& 她的歇斯底里保镖，古古，来自泽西 & 总是带着他的午餐 / 他们在角落里尖叫不休 & 把旧别克车绑上电线杆 / 一路走来三个单身汉在人行道抛洒着鱼儿 / 他们找到了食堂。第一个单身汉，君士坦丁，眨巴瞧向第二个单身汉，路德，而他立刻脱掉鞋子 & 把它们挂在脖子上。乔治 · 卡斯特四世[1]，第三个单身汉，费劲地嚼着一只鹳鸟已疲惫不堪，掏出他的口琴 & 把它递给第一个单身汉，君士坦丁，而他将它拗成了一个叉状，然后插入保镖的挂肩枪套，取出镰刀，& 用这把走形走样的乐器将它替换……路德开始吹起《走出麦田》[2] 乔治四世[3] 发出一声微微窃笑……三个

---

1 乔治 · 卡斯特四世（George Custer IV），可能指在小大角战役中被印第安人屠没的美国名将乔治 · 阿姆斯特朗 · 卡斯特（George Armstrong Custer，1839—1876）的玄孙辈后裔，具体不详，如卡斯特三世在越战时任空军上校，曾获多枚勋章。另也可能指英王乔治四世，见下文。

2 《走出麦田》（"Comin' thro' the Rye"，1782）是苏格兰著名诗人彭斯根据传统民谣改编的歌曲，歌词大意：珍妮的身体汗淋淋，湿透了衬裙，从麦田里来，如果一个身体遇见一个身体，从麦田里来，如果一个身体亲吻一个身体，那是很自然的，每个姑娘都有情郎，但当我从麦田出来，人人都笑我。另，塞林格小说《麦田守望者》（*The Catcher in the Rye*，1951）的书名亦出于此，当年有多位歌手改编过这首歌。

3 乔治四世（George IV，1762—1830），与诗人彭斯同时期的英国国王，以风流、奢靡著称，不问政事，虽在任内赢得了拿破仑战争，但又因试图与王后离婚引发争议。

人都继续走下大街 & 一路把剩下的鱼抛进失业办公室。当然除了几条鳟鱼，他们交给失物 & 招领处的女士 / 事故于下午 3 点报道，气温零下 10 华氏度[1]

有没有人当面告诉你
你已经变了？你有没有
觉得被冒犯？你是不是在寻找
伙伴？你发福了吧？
1.35 米？如果你符合 & 是
一个纯血的酒精中毒
天主教徒，请拨打
UH2-6969

洽询奥帕[2]

1　零下 10 华氏度相当于零下 23 摄氏度。参见迪伦歌曲《匪徒蓝调》（"Outlaw Blues"，1965）："跌跌撞撞走进一个可笑的潟湖是不是很惨？尤其是在气温零下 9 度，下午 3 点钟的时候。"

2　奥帕（Oompa）是英国儿童文学家罗尔德·达尔（Roald Dahl，1916—1990）小说《查理和巧克力工厂》（*Charlie and the Chocolate Factory*，1964）中的爱唱歌、爱开玩笑的矮精工人。

拨弦序曲

妈妈 / 我从没想过抛弃那个郁郁寡欢的你。妈妈你的肩上驮着忧伤的牧羊人[1]。你的指上戴着两毛钱的钻戒。我不会再耍弄我的灵魂像个万能工匠[2] / 我现在有一双骆驼的眼睛[3] & 在吊钩上睡觉……颂赞你所受的考验是最容易的但你不是女王——声音才是女王 / 你是公主…… & 我已成为你的流着蜜的土地。你已成为我的宾客 & 我必不会伤害你

“还有问题吗？”那
讲师问道。有个金发的
小男孩从第一排
举起手来问道
“去墨西哥有多远？”

老眼昏花的可怜缪斯被称为伯伯 & 从牧场携来大片大片的风 & 树林 & 这一类伯伯会悄悄声地对农民说“天娘呀”而那农民会说“来吧。请你吃

1 牧羊人常比喻耶稣。
2 万能工匠（Tinkertoy），美国益智拼接积木，类似乐高。
3 骆驼有三层眼皮，可防风沙。

饥饿。”& 在他那令人作呕的膝头摆上些精致的作品 / 工商会试图告诉可怜缪斯，明尼苏达胖子[1]来自堪萨斯 & 没那么胖，就是重得臭名远扬但他们正在牧场那边建超市 & 就能关照农民了

“有谁想要做点不同
寻常的东西吗？”讲师
问道。班上有个最聪明的
小孩醉醺醺地来上学，
他举起手 & 说
“有，老师，我就想做一
块钱，老师”

达达主义气象员[2]离开图书馆之前还在里边被一帮流氓痛殴 / 他打开邮件箱，爬进去 & 睡觉 / 那些流氓也出来了 / 但他们不知道这事，他们已经被一帮虔诚的狂信徒渗透了……全伙出动到处找肥羊……& 先搞搞某个下了班的电影院引座员，他裹着毛毯 & 一顶飞行帽 / 还差一秒钟就到七月四日[3]&

1 “明尼苏达胖子”（Minnesota Fats）是美国热门电影《江湖浪子》（*The Hustler*, 1961）中一个桌球赌神的绰号。迪伦本人生于明尼苏达州，初出道时有点儿胖，曾吹嘘自己来自堪萨斯或其他民谣发达地区。

2 参见迪伦歌曲《地下乡愁蓝调》：“你不需要气象员也知道风往哪个方向吹。”

3 7 月 4 日是美国的国庆日。

他没有反抗 / 达达主义气象员收到寄往摩纳哥的邮件。格蕾丝·凯利[1]又得了一个小孩 & 所有流氓都摇身一变成了喝醉酒的生意人

“谁能告诉我美国
第三任总统的
名字？”一个后襟上
沾满墨水的姑娘举起
手来 & 说“欧内斯特·塔布”[2]

再吃点蓝药丸[3]爸爸 & 吞下一把古怪小药丸 / 这些呱呱不绝的天鹅，仪式 & 你睡梦中的鸡群——他们已经获得同意 & 癫狂搜查证是的 & 你，一个著名的维京人[4]，从索菲亚的过滤嘴夺取定时炸弹，喝

1 格蕾丝·凯利（Grace Kelly，1929—1982），美国著名影星，曾出演希区柯克电影《后窗》（*Rear Window*，1954）、《电话谋杀案》（*Dial M for Murder*，1954），1954年凭《乡下姑娘》（*The Country Girl*）获得奥斯卡奖、金球奖，1956年嫁给摩纳哥亲王，随后息影，并多次拒绝了希区柯克等大导演的新片邀请，1965年2月生下第三个小孩。

2 欧内斯特·塔布（Ernest Tubb，1914—1984），美国著名乡村音乐歌手，被誉为“得克萨斯行吟诗人”。美国第三任总统应该是托马斯·杰斐逊。

3 蓝药丸（blue pills），可能指汞丸（pilula hydrargyri），旧时用于治疗梅毒、肺结核、便秘、寄生虫、疼痛等。林肯曾长期服用蓝药丸（汞丸）治疗便秘或抑郁症。

4 据说维京人早在一千年前就曾来到现在的美国。

下杰克丹尼&从那里去会见詹姆斯·卡格尼[1]……对你的朋友、你的忠实暴徒&你身后的蒙娜丽莎[2]而言是一只摇摇摆摆的犰狳……上帝老妈呀，乡民们在炙烤他&我多么希望我能让他好过点&荣耀他让和平流过他的血管。让他安宁。大能者&杀戮他梦魇中那些丑恶的河马……但我既不能得知烈士的姓名也不能在地牢的寒风里叫自己入睡&我害怕洞穴……滑稽啊，死亡天使，垄断了我的声带，收拢她父母的绵羊往前&往家去到讣告之中。她是怀恨的。她是远古的……阿瑞莎——金醇美妙/她的赤裸是穿透性的东西——她就像一条藤蔓/你幸运的巧舌不会令我腐坏

“有没有哪位同学
能说出他或她的父亲
不在家的准确时间？”讲师
问道。所有人都
突然间放下了铅笔

1　詹姆斯·卡格尼（James Cagney，1899—1986），美国著名男影星，在影片《人民公敌》（*The Public Enemy*，1931）中扮演私酒巨头而成名，同时也是美国主流政治的积极参与者。

2　参见迪伦歌曲《约翰娜幻象》（“Visions of Johnna”，1966）：“在美术馆里，‘无限’正接受审判，和声嗡嗡：所谓救赎肯定就是这下场，但蒙娜丽莎肯定懂得公路蓝调，从她微笑的样子就看得出来。”

&跑出门外——当然
除了那个最后排的
戴眼镜的男生&他正
拿着一个苹果

水灵灵的玫瑰在咳喘两手里聚合&奏国歌！高呼万岁！足球场上群鸽熊熊奋飞&街巷里搭便车的人们左右徘徊&放火点燃他们的衣兜回应那些修女&踏步声&丢弃瘦弱的叙利亚人，半智半昏的浪花，杰克&吉尔们[1]&教堂墓地里来的蜡像米迦勒，哭嚎在他们的青春年华&他们的双生子笑料……荒漠上的那些空船&骑扫帚的交通警&泪淋淋&高挂在一把傻乎乎的大磅锤上&所有的长号都破碎，木琴分崩离析&长笛手失去了他们的知交……当整支乐队呻吟着抛开节拍&心跳这时就要知道你的朋友是谁但同时也要知道你没有找到任何朋友……正如还要知道你的朋友们需要什么——如果你的付出有所回报那就更好了

滚吧你山姆。也滚吧你的

1 杰克和吉尔（Jack and Jill）出自英语传统童谣，小男孩和小女孩总做幼稚的傻事，比如两人上山提水然后扑通滚下来。

那些答案[1]。希特勒没有改变
历史。希特勒就是历史／确实
你可以教育人变得更美好，
但你知道吗还有一种
比你更强大的力量会教育
他们愚蠢可欺——啊这就叫
问题之力／他们给每一个
人分配问题／你的问题是你
要为世界找个更好的词……
你不能杀死生命同时又期望没
有人会发现。历史是活的／
它在呼吸／那就别扯淡／
去数数你的鱼吧。快去。有人
要来驯服我的悍妇[2]。但愿他们摘
除你的肺部成功。代问
你的姐妹好

爱你，
窝囊废，你的
友善的海盗

1 迪伦在 1965 年的一个访谈中就学校教育问题说：像华盛顿是第一任总统这样的知识毫无用处，根本不是答案，也不是问题，你最好先读我的书，里面说到这个，提到“答案”这样的词。

2 出自莎士比亚喜剧《驯悍记》。

漂浮驳船上的玛丽亚

在灼日炎炎的土地里熟睡的冬季把积雪脑袋枕向床铺西头 / 圣母。神殿的玛丽。珍妮·拉塞尔[1]。妓女安吉丽娜。这些娘儿们，她们的眼泪能填满大洋 / 一个废弃的冰柜纸箱里，小男孩们在圣灰星期三为战争 & 为天才做好了准备……然而那疲惫的远古吉卜赛人——哈欠——打个颤音饱嗝 & 追踪群猫 & 抵挡一只大如硕鼠的蟑螂时她几乎不露面 & 俯视着她的官能竞技场

亲爱的芳，老伙计过得怎样？
好久。不见。你猜怎么着？本来
准备投票给戈德华特[2]因为你

1 珍妮·拉塞尔（Jane Russell，1921—2011），美国女影星、歌手和性感偶像，演艺界的政治保守派，好莱坞基督教社团发起人。

2 巴里·戈德华特（Barry Goldwater，1909—1998），美国保守派领袖，1964 年代表共和党竞选美国总统，大败给 J. F. 肯尼迪的继任者林登·约翰逊（Lyndon Johnson，1908—1973）。参见迪伦歌曲《我将自由自在第 10 号》（“I Shall Be Free No. 10”，1964）：“我是自由派，在某种程度上我希望人人都自由自在，但如果你认为我会让巴里·戈德华特搬到我家隔壁，娶我的女儿，你肯定是认为我发疯了！”

懂的，他已经是条落水狗[1]不过呢
我发现了这个詹金斯[2]玩意儿，
&我寻思它根本没啥的，却是
他唯一能搞到手来支持自己的
东西所以我就改了主意投给
约翰逊。你有没有收到我
寄给你的衣服？那件衬衫原属于
萨米斯尼德[3]所以最好对它精心
打理

下次见
老鼠

1 “落水狗”（underdog）一般指落败者、受压迫者。在电视动画片《超级落水狗》中，小狗擦鞋仔遇到危难时会冲进电话亭，吃下一颗超能丸，变身为Underdog（超人Superman的戏拟），拯救他心爱的姑娘。

2 沃尔特·詹金斯（Walter Jenkins，1918—1985），林登·约翰逊的首席顾问，在1964年总统选举之前不久因公共厕所同性恋行为被警方逮捕而名声扫地，共和党大肆炒作，但对选情影响甚微。另，“詹金斯”（up Jenkins）也指一种互相猜硬币、输家付账的酒桌游戏，在台底下进行。另，詹金斯这个姓氏的本义指约翰的儿子（John’s son），亦即约翰逊（Johnson）。

3 萨姆·斯尼德（Sam Snead，1912—2002），美国著名高尔夫球手，50多岁仍活跃于赛场。

电影明星嘴里的沙子[1]

有个古怪人我们叫他就那谁一觉醒来就发现他的花园里乱画了个“什么”。他用煎鸡蛋擦身，把眼镜塞进裤衩 & 提起长裤。人口普查员来敲他的门 & 他今天的单子都已经钉在他的邮箱上可以读到垃圾星期一的安排如下：两品脱的软自由。一册祖鲁格言集。公民凯恩[2]的下流法语译本。一个橘子电视演播室。三本圣经上面均有那个唱咸水狗[3]最顺溜的山地民谣歌手签名。一张 1941 年工人日报[4]的末版。一只咸水狗。某个地区法官的某个女儿。一

1 参见英语谚语：ashes in mouth，一嘴灰沙，无法下咽，令人极度失望，传说死海之滨结着诱人的水果，但一吃到嘴里就突然变成了灰沙。1962 年 10 月 22 日，美国总统 J. F. 肯尼迪就古巴导弹危机发表谈话时说：“我们不会贸然地或无谓地轻启全球核子大战，那样即便拿到胜利的果实也会变成我们嘴里的灰沙，但如果必须面对，我们也不会畏畏缩缩。”另，古罗马竞技场、露天剧场（arena）一词的原意也是沙子、沙地。

2 《公民凯恩》（*Citizen Kane*），1941 年的美国热门电影。

3 咸水狗（salty dog）一般指常年跑船的老水手，又指最受宠的狗、老友、放荡的情人、咸湿佬等。《咸水狗蓝调》（“Salty Dog Blues”）是一首美国传统民谣，歌词大意：亲爱的我根本不想做你的男人，让我做你的咸水狗吧，咸水狗，咸水狗。许多老歌手都唱过这首歌，其中与迪伦早期风格最接近的可能是密西西比的约翰·赫特（Mississippi John Hurt，1892—1966）1963 的版本。

4 《工人日报》（*Daily Worker*，1921—1958）是美国共产党在纽约发行的机关报。伍迪·格思里作为美共同路人，曾在该报开设随笔专栏。

大勺可卡因&蔗糖加热到300度。杰克·伦敦的左耳[1]。七本要命的护照。一根玉米棒。五条木枕头[2]。一个酷似陈查理[3]的童子军&一个偷偷摸摸的走钢丝艺人／“什么”就在我的花园里，他打电话告诉他的朋友，火夫沃利[4]／沃利回道“我不知道。我真的没法说。我不在那儿”那人说“你是什么意思，你不知道！什么写在我的花园里”沃利说“什么？”那人说“没错呀”……沃利回复说他正一路从电线杆过来&问那人是否看出多丽丝戴[5]&人猿泰山之间有什么关系？那人说“看不出，但我有几本詹姆斯·鲍德温[6]&海明威的书”“还不够好”沃利说，然后又问“那么一只虾&一面美国旗呢？你看

1 杰克·伦敦长篇小说《海狼》（*The Sea-Wolf*，1904）中，海狼拉森患有严重的头疼病，后来右耳聋了，只有左耳能听见，他塞上左耳就表示拒绝交流。

2 木枕头一般被认为是中国式的睡具。

3 陈查理（Charlie Chan），美国通俗小说家比格斯（Earl Derr Biggers，1884—1933）在其系列作品中虚构的一个夏威夷华人警探，他聪明、勇敢、友善、忠于职守，是早期流行文化中少有的亚裔正面形象，有大量影视改编和衍生版本。

4 火夫沃利·西姆（Wallie Sims，the fireman），美国西部剧《卡西·琼斯》（*Casey Jones*，1957—1958）中炮弹特快列车的司炉；另也可能指美国喜剧明星考克斯（Wally Cox，1924—1973），动画片《超级落水狗》的配音者，马龙·白兰度的老友。

5 多丽丝·戴（Doris Day，1922—2019），美国著名歌手、影星，塑造了清纯甜美的主流形象，没参演过《人猿泰山》系列，但她是积极的动物保护主义者，也许因此跟人猿有关系。

6 詹姆斯·鲍德温（James Baldwin，1924—1987），美国著名黑人作家、民权运动家。

得出这两样东西之间有什么关系吗？”那人说，“看不出，但我看伯格曼的电影＆我实在非常喜欢斯特拉文斯基”沃利不依不饶＆说“你能不能用一百万个词告诉我人权法案跟一根羽毛究竟有何关系？”那人想了一分钟＆说“不我做不到但我是亨利·米勒[1]的铁杆书迷”沃利摔了电话＆那人，就是就那谁，回到了床上＆开始读《一只橘子的意义》[2]德文版……但到傍晚，他腻烦了。放下书＆去刮胡子同时打量着一幅托马斯·爱迪生的肖像／他喝了一碗牛奶就决定出门＆好好乐一下＆他打开房门＆谁站在那儿呢除了人口普查员“我只是这家住户的一个朋友”他说＆退回屋里＆从后门出去＆来到街上＆走进一家挂着驼鹿头的酒吧……酒保给他一杯双份白兰地，胖揍他的裆部＆把他推进电话亭——显然那人的罪行是他看不出任何东西与其他东西有相似之处——他用手帕擦干净他裆部的血迹＆决定等一个来电／“什么”仍写在他的花园里。诊所都是综

1　亨利·米勒（Henry Miller，1891—1980），美国著名作家，作品曾长期被禁，当时在进步人士的共同努力下逐渐解除。

2　参见迪伦诗作《重访61号公路（唱片文案）》（“Highway 61 Revisited [liner notes]”，1965）：“奶油法官正在写一本关于梨子的真实意义的书，去年，他写过一本讲南北战争名犬的，现在他有假牙、没孩子。”

合性的。太阳仍是蛋黄。有些人会说是鸡肉[1]……沃利正从电线杆过来，人口普查员已经到了要打个电话 & 电话亭没有后门 / 垃圾星期一的飞车，驶过单行道 & 转进一个黑色星期五……啊旷野！黑暗！& 就那谁

走了五个小时没喝一口
水。想来我已准备好
进入沙漠。要来吗？我会
带上我的狗。他总是
最有笑料。七点钟
接你

忠实的，
猪猪

---

1 参见迪伦歌曲《墓碑蓝调》："太阳不是蛋黄，是鸡肉。"或可理解为："太阳不是懦弱，它就是个脓包。"

圈禁疯人角

猥亵闹剧的绿玛吉 & 她的七套华丽戏服的班底 & 力抗那些挤奶妹 & 高声哀鸣的谷仓门轰隆关上——天堂！ & 正直的 38—20 勉强建立在铁球 & 锁链 & 皮绳拴紧那律师的白鸽而摇滚乐主音吉他手侍弄他母亲的紫罗兰 & 他的活计正摆在法警的工作台中央 & 绿玛吉把你推进改装车司机的眼里 & 他结结巴巴 & 他没有钱去支付他的语言 & 玛吉不是绿的 & 不是好笑的 & 生活已难以承受但演说家不是记者 & 在新闻处瞎转悠 & 收买日班职员 & 威尼斯商人们 & 为什么要烦恼其他人的安排？这只会带来折磨 / 这真是难以置信！世界就是为公义而疯狂的

亲爱的瓦格纳市长[1]。有没有人
跟你说过，你长得很像
詹姆斯 · 阿内斯[2]？我要写信
告诉你，你是我儿子的偶像。

1　小罗伯特 · 瓦格纳（Robert F. Wagner Jr.，1910—1991），1954—1965 年连任三届纽约市市长。

2　詹姆斯 · 阿内斯（James Arness，1923—2011），美国影星，以扮演西部片英雄马特 · 狄龙（Matt Dillon）而闻名，是少年迪伦的偶像，也可能是他艺名的由来。

不知你能否给他寄你的
播出时间表&总剧目，还有
一张签名照，如果方便
还请尽早办理。他会
由衷感激你的因为
他整天都在放你的唱片
&跟他的朋友们为你辩护。
我真希望是你本人在看
这封信&而不是某个秘书

谢谢你
盼复
紫色威利

向未曾发表的玛丽亚问好

你的滋味就像糖果你的骨骼震颤[1]哇哟哟 & 我来这里是因为我饿坏了 & 把你的诡计吞进我的肚子你如施魔法就像油滑的旅店老板 & 我所饥渴的不是你老爸！但是我会带一个盒子给他玩玩。我不是食人族！搞懂你自己吧！我不是空中飞人 / 我也没扛着一捆炸药……你说我才不当你的新娘 & 我不是一个朝圣者也不是你的农妇 & 你看不到我在痛哭我不能悲伤 & 妙极了 & 好耶你的奇形怪状你的似马性让我惊奇 / 我会——荣幸之至——站在伯爵夫人您的窗前尽管我不是一块窗帘 & 砰砰我只是一个吉他手我所做的一切就是吃吃 & 喝喝。我所有的一切都是你的

我要告诉你，下一次你
再当着我的面威胁要
自杀，我就狠狠一拳砸烂
你的脑袋你听好！懂了没？

1　一个电台音效师曾告诉迪伦：骨头碎裂的声音就是嚼碎一颗薄荷糖。本章字体加粗部分原文均为西班牙语。

我真受够了总是被你搞得
心烦意乱我恨不得把你
绑起来&送你到东方去。
另一件事！你最好对我的
妈妈好一点儿。如果让我
知道你又搬出你那套
凄惨给她，那我就要看看
我到底能做点什么来个一了&
百了……为什么你不去学
跳舞呢而不是总想去找新的
朋友？你知不知道所有
的朋友都被人占了

你的，

赫克托耳·施梅克托[1]

1 赫克托耳·施梅克托（Hector Schmector）这个名字也可理解为：盛气凌人的美食家。

锁链四十环[1]（诗一首）

狐狸眼来自阿比林[2]——垃圾诗人来自
灵缇赛场[3]&他善于感受那些最为失落的
弗罗斯特篇什[4]&脆口薄牙[5]的牛皮故事&
　老爷子
玩儿弹片片[6]&阴沟沟里爬爬虫&他的
　菜谱
那本书上的呕吐&
黏着物，老妈呀&他一回到城
就四处鬼混

1　出自美国黑人传统民谣、最早的蓝调之一《乔·特纳》（“Joe Turner”）：“人们告诉我乔·特纳来了又走了，天哪，他抓走了我的男人，他来时带着四十环的锁链。”

2　美国有两个阿比林（Abilene），均为内地农牧业中心，其中堪萨斯州的阿比林位于美国正中央，是西部片的一个经典地名，也是艾森豪威尔的故乡。

3　灵缇（greyhound）是有名的猎犬、赛犬品种，也是美国最大的长途班车公司品牌名（灰狗巴士），这里的赛狗场（circuit）也可指汽车站，或诗歌圈。参见艾伦·金斯堡诗《在汽车站的行包房》（“In the Baggage Room at Greyhound”，1956）。

4　美国著名诗人罗伯特·弗罗斯特有句名言：诗歌是在翻译中丢失的东西，也是在阐释中丢失的东西，一首小诗只意味着它所说的东西，而且它说的就是它意味的，一点儿不少也一点儿不多。

5　脆口薄牙（glass jaw），指嘴鼻流血、不堪一击的拳手。

6　弹片片（tiddlywinks），一种桌面竞技游戏，用一个圆拨子把几十枚彩色小圆片一个个弹跳起来掉进杯子里。

拱起他那兔毛毛唇……他要一个角子&
写押韵的词你
根本不用猜……剩下的事
你都明白 / 瞧他那鼻头！你能看透他往哪
  里走
他的路费都是你交——狐狸眼，他已经
学会许多蓝调——小小妞泰妮捧着湿
  报纸，
她以前常带法式炸薯条给机修工们&
他的右臂曾经变成聋&哑
（有些人会那么倒霉）
她看到狐狸眼正从
停车牌爬出来&他那一头的宿醉
都高到了杆顶子上&她说“哦帅呆了狐狸
  眼。快带我去
垃圾堆吧”&他握着她那只
白百合一样烂棉花一样的
手&她说“嘿哥们儿我要做个猴子哇呀呀！”
&他说“你就糊弄我吧史努克宝贝[1]！你

1　史努克宝贝（Baby Snooks）是美国同名广播剧（1944—1951）中的淘气女孩，常年由芳妮·布利斯（Fanny Brice，1891—1951）穿娃娃装扮童腔演出。根据芳妮·布利斯生平改编的音乐剧《滑稽女郎》（*Funny Girl*）是1964年的百老汇热门剧目。

就糊弄
我吧＆你觉得爽就好！”＆她说“急啊＆
　嗨呦银光[1]＆
我觉得像个爱尔兰佬！”[2]＆两人都走开＆
　去看班车时刻表＆她
说个不停“稳住稳住大家伙！稳住了！”
　这时
在街道的另一边有个邮递员[3]样子好像
秀兰·邓波儿＆拿根棒棒糖[4]站在那儿＆
看一朵云＆正好在天上，他有点儿窝火
＆决定要施展一下他的能力＆崩飞一棵
郁金香叫它倒地身亡——邮递员开始讲话
　给停车
表＆狐狸眼，他说“在阿比林肯定不会

1 “嗨呦银光”（Hi-Yo, Silver!），出自美国著名西部剧《孤胆奇侠》中蒙面警长召唤他的宝马“银光”时的招牌吆喝，而警长的印第安伙伴“汤桶”驱马时用蹩脚英语吆喝“驾！”，每集开头、结尾他们都会大喊一声飞驰而过。

2 “爱尔兰”（Irish），指被激怒、瞎扯淡等，参见美国爱尔兰裔歌手、笑星丹尼斯·戴（Dennis Day，1916—1988）的老歌《克兰西给他吃砰砰》（“Clancy Lowered the Boom”，1947），歌词大意：克兰西总是和和气气，但谁要是把他的爱尔兰脾气惹急，克兰西就给他吃砰砰，一顿精彩的暴打，砰砰砰。

3 《史努克宝贝》系列剧中有一个爱做梦的邮递员叮当杰瑞，总以为自己的身份是列车长、马戏团老板等等。

4 秀兰·邓波儿有一首热门歌曲《乘着棒棒糖飞船》（“On the Good Ship Lollipop”，1934）。

弄成
这样”&飓风来袭&从雷丁[1]到巴尔的摩
的班车
把他们抛在满地狼藉中——她跪下&
她说“我脏死了”&狐狸眼他说“快回
佛罗里达去吧宝贝这儿没有什么事情是你
这种城里姑娘
能做的”&小小妞她做了个手倒立&她说
“我是加拿大人！”&他说“快离开这儿
吧&去佛罗里达！”
&她开始朗诵狐狸眼的诗，关于拯救&
疯人院，彩色印书厂的罢工&圣诞节
那天他们给他裹上一件衬衣&他说“停！
快离开
这儿！我偷了你的钱了哇呀耶稣啊烤得你
垂头丧气！”
&她呜咽着&呻吟着&她说“啊我真的热
爱生活&
爱爱着&爱活着”&他说“帅呆了！嚎！
嚎啊！”&
她说“你懂不懂呀”&她开始搞起这番

1 雷丁（Reading），美国宾夕法尼亚州城市，距巴尔的摩约150公里。

可怕
景象就在大街的中央……泰妮——我后来
见过泰妮
在一场光怪陆离的舞会——她正坐在大钟
下面&我说
"你需要雨伞吗，朋友" &她说"哦不用！
已经有一把了！"
&她已经找了新的男友[1] &他长得好像机
枪凯利[2]……
狐狸眼——他在火炉里烧掉了全部积
蓄——最近的消息
是坐着货运快车跟大堆莴苣一起离开萨利
纳斯[3] &
仍试图领取失业金……至于我？我专门跑
了一趟
市中心去找些墓地的雕像——但没有下
雨&
也没有开往巴尔的摩的班车/只有一部牙

1 参见迪伦歌曲《豹纹药盒帽》（"Leopard-Skin Pill-Box Hat"，1966）："啊，我看见你找了新的男朋友，你知道，我以前从没见过他，啊，我看见他跟你做爱，你忘了关上车库的门，也许你以为他爱你是为了钱，但我知道他爱你的真正原因。"

2 机枪凯利（Machine Gun Kelly，1895—1954），美国绑匪，有根据其生平改编的同名电影（1958）。

3 萨利纳斯（Salinas），美国加利福尼亚州城市，果蔬业发达，曾号称"莴苣之乡"。

崩嘴裂的停车表，
一支漏水钢笔 & 一沓老照片上秀兰·邓
波儿
把她的脖子套进绞索，我只得到这些

瞧。我不在乎你是不是
一个商船水手。下次
你再敢对我说我没有
走正道，我就去找几个
冲浪的人来抽你的脸。我觉得
你对所有的事情都太
疑神疑鬼了……婚礼上
见吧

你捶胸顿足的
懒汉亨利

满口子深情的窒息[1]

乌鸦珍妮[2]从婚礼进入兽巢只见希腊野人彼得&法国大使正跟来自科尼[3]的大忽悠约翰搞原始崇拜他们在粉红丝绒上扭捏作态&跳舞——各种装腔作势&但古怪的是竟配上了一个酷似阿瑟·默里[4]的亚美尼亚驼子那人很不得劲&有梅毒&乌鸦珍妮，她有冷漠蓝调观察力但她说话像个斗士&她不乱开玩笑“你要去干吗？我是说除了现在正是好男人去舞会上晃悠的时候[5]之外？”昏光里有凄怨的求爱&撕裂的嗓门&笑声&傻瓜的惊恐像一条尾巴那样崩

1 窒息（choke），如令人窒息的热吻，大概出自“一大口可乐”（coke）。

2 乌鸦珍妮（Crow Jane）出自美国密西西比三角蓝调歌手蹦蹦詹姆斯（Skip James，1902—1969）的同名老歌，大意：乌鸦珍妮，不要把头抬高，不然你会死的，你知道我恳求过她，不要把头抬得太高，不然会死的。“吉姆乌鸦”（Jim Crow）指黑人男性，“珍妮乌鸦”（Jane Crow）指黑人女性，美国黑人民权、女权运动家保利·默里（Pauli Murray，1910—1985）控诉种族和性别的双重歧视，1964年发表题为《吉姆乌鸦和珍妮乌鸦》的演讲，次年发表论文《乌鸦珍妮和法律：性别歧视与民权法案》。另参见迪伦歌曲《黑乌鸦蓝调》（“Black Crow Blues”，1964）。

3 科尼岛（Coney Island），纽约著名海滨度假区。

4 阿瑟·默里（Arthur Murray，1895—1991），美国著名交际舞导师，以办班和销售函授教材大获成功。

5 出自英文打字机常用指法练习句：现在正是所有正派人来支援党的时候（Now is the time for all good men to come to the aid of the party）。

断&把它收进肋骨&比波普乐[1]在南墙颤着&撞着胸乳&称量玛丽安姑娘[2]手下的绿林好汉们&我来数一遍：双面明尼，军队弃儿/克莉丝汀，她迷上了你的前额/史蒂夫·坎庸[3]琼斯那模样好像衣橱里的梅·韦斯特[4]/老怪赫尔曼 x，像个衣橱/棕种人杰克，像个额头……迪诺，那个瘸腿酒保，行走在"人山"西纳特拉[5]之间像邻居家的男孩&大嚼子乔治[6]，他没有姓氏……所有这些&他们的经纪人&"你怎么那么聪明呢乌鸦珍妮？"&她答道"你说话怎么那么带肤色呢？&不要叫我乌鸦珍妮！"&超变态挤挤&搡搡，神了简直神了——"&我觉得我

---

1 比波普乐（Bebop music），二战后兴起的现代爵士乐风格，快速、复杂，注重即兴，以及与蓝调的结合，对"垮掉派"文学深有启发。

2 玛丽安姑娘（Maid Marian），英格兰传说中侠盗罗宾汉的爱人。

3 史蒂夫·坎庸（Steve Canyon），美国同名漫画中一个美军飞行员，反映冷战时期的主流意识形态。

4 梅·韦斯特（Mae West，1893—1980），美国女影星、歌手、性感偶像；二战美军飞行员喜欢把他们的救生衣或降落伞称为"梅韦斯特"，因为显得胸大。参见后文"梅韦斯特踩脚舞"。

5 "人山"迪安（Man Mountain Dean，1891—1953），美国搏击明星，体重 140 公斤。弗兰克·西纳特拉（Frank Sinatra，1915—1998），美国著名的男歌手、演员之一，1965 年是他的声名巅峰时期。迪伦在谈到翻唱西纳特拉老歌时曾说："他是一座高山，你必须攀登，即便你已在途中。"

6 "娇子"乔治（Gorgeous George，1915—1963），美国搏击明星，迪伦曾见过他，并得到他的鼓励。"娇子"乔治原姓瓦格纳（Wagner）。

该去搞四月什么的是个残忍的月份[1] & 现在你觉得你的蓝眼睛男孩怎样章鱼先生？[2]" 当四星上校们进来 & 所有人齐喊扬基嘟嘟[3] & 晕晕乎乎 & 有个西联[4]小子蹬着独轮车叫嚷而过"上帝保存机密！"[5]但接下来的是——他疯了 & 他是一个马蹄铁法师[6]——但没人在乎 & 他在寻找行动 & 这也没人在乎 & 他大呼"救命！" & 双面明尼，在大吊灯上尖叫着，摇摆着 & 过来祝福他"你不能让所有的人都无法理解你太聪明过头了竟以为你无所不知！连约翰·亨利[7]都不会这样做"乌鸦珍妮叮当姑娘 & 她是一个幽灵 & 嘴巴像烤炉 & 她在一块清真蛋糕上跳舞 & "不要跟别人说你也知道他们早已知道的事。这会让他们觉

---

1 出自 T. S. 艾略特（Thomas Stearns Eliot，1888—1965）长诗《荒原》（"The Waste Land"，1922）第一句："四月是最残忍的月份。"

2 出自美国诗人 e. e. 卡明斯的诗作《野牛比尔》（*Buffalo Bill's*，1920）："耶稣啊他曾是个大帅哥，我想知道的是你觉得你的蓝眼睛男孩怎样，死神先生。"另参见迪伦歌曲《暴雨将至》（"A Hard Rain's A-Gonna Fall"，1963）："哦，你到哪里去了，我的蓝眼睛男孩？哦，你到哪里去了，我亲爱的年轻人？"

3 扬基嘟嘟（Yankee Doodle）是美国最有名的传统民谣之一，常用作军歌，歌词大意：扬基嘟嘟进城去，骑着一头小马驹，小帽帽上插根鸡毛，他就觉得很时髦；我和老爸进军营，看见人挤人像一堆布丁。

4 西联（Western Union），美国金融和电信公司，是当时美国最主要的电汇机构。

5 上帝保佑汇兑通信秘密。

6 美国牛仔相信马蹄铁有避凶趋吉的作用，掷马蹄铁是西部传统比赛。

7 约翰·亨利（John Henry），美国传统民谣中的一个钢铁般强悍的筑路工人，他抡锤叮当，比蒸汽锤还能干。"铅肚皮"、伍迪·格思里、皮特·西格等等很多老歌手都唱过。

得你不过和他们一样 & 你不是！”……但你却选了格温德琳，另一种故事 & 和阿拉伯的劳伦斯[1]一同驰骋 & 和她的墨丘利一起玩耍——喃喃着破落世界 & “哦，忧愁！”[2]……她引起一些外国猥亵佬的注意但主要是所有的冷静人士都继续在罗伯特 · 弗罗斯特的书上画鼻子[3]“为什么要故意装疯？”比如双面明尼现在已领先西联小子 & 史蒂夫 · 坎宁 · 琼斯躲进角落 & 哭着“我们从来不会收到这样的消息！”……乌鸦珍妮，她获得了这项打劫五金店的天赋 & 总是在错误的时间出现在某些地方但会说着正确的话“不要再搞你那些观念——人人都有观念——让观念搞你吧 & 用旋律说话 & 金钱诱出观念 & 它不可能靠近旋律 & 你把所有能捞到的钱都捞走但别伤害任何人”乌鸦珍妮，她上档次了“& 总而言之，言而总之！”哦那些夜里拱门残破，绿袖子的后背[4] & 疮痍影片——庸常 & 荒谬带着韵律 & 过不久它就找上你……有一条玻璃人行道遇见爆米花男孩[5]的灵魂 &

1 《阿拉伯的劳伦斯》(*Lawrence of Arabia*)是1963年的美国热门电影。主人公T. E. 劳伦斯死于摩托车事故。

2 “哦，忧愁！”(oh, sadness!)可能出自法国当代小说家萨冈(Francoise Sagan，1935—2004)的成名作《你好，忧愁》(*Bonjour Tristesse*，1954)。

3 鼻子(noses)，可能指倒问号，或笔记(notes)。那些人在老派诗集上找灵感。

4 《绿袖子》(“Greensleeves”)，英格兰传统民谣。“绿背”(greenback)指美钞。

5 美国畅销零食“杰克爆米花”(Cracker Jack)的品牌形象是一个穿水兵服的小男孩。

树林像消防栓矗在木头马的小路上&救命妈妈！救救那些无法理解不要去理解的人……爆米花男孩穿着钉鞋但他两手空空/彼得&法国佬仍在跳鸡尾酒探戈[1]——驼子被抬出去……蜜月深锁在闲荒种马的脚步里/罗马随着软巴巴的二分音符崩溃——带着蓝调感爬动……&流逝的日光。乌鸦珍妮说来吧，伸出她的聚光灯……我的喉咙里有几颗绿子弹/我懒洋洋地走在太阳上感觉它们变成黄色的钥匙——我弄着珍妮的深处&我吞下

亲爱的汤姆
我有没有跟你说过我
认为你的名字应该叫作
比尔。这当然没什么
要紧的，但你知道，我喜欢
让身边的人舒舒坦坦的。
叫玛吉怎样？或玛莎？或
随便她什么鬼名字？
记得：等你到站了&你
会听见有人在喊“威利”那就是

1 鸡尾酒探戈（cocktail tango），在法语中，“tango”意为橘红色，又指啤酒加石榴汁的鸡尾酒。

我这个正主了……那就来吧。会有
一辆车＆一场晚会等着你。你会
非常容易认出我的，所以
就不要说你不知道我在那里

感激不尽

杜鲁门·佩奥特[1]

1　佩奥特（peyote），一种具有致幻作用的墨西哥仙人球，即人工合成迷幻药麦司卡林，垮掉派作家多曾尝试。文中戏指美国当代小说家杜鲁门·卡波特（Truman Capote，1924—1984），他曾贬低凯鲁亚克的作品："这哪叫写作，不过是打字而已。"

赛马会

"……尝试不断，收获不断"
——林登·约翰逊[1]

没错 & 总之就在第七日，他创造了庞哥[2]、巴特·马斯特森[3] & 一块玫瑰色的跳水板给他的老友们 / 天空早就搭好了，颤巍巍的像一顶帐篷布。"搞什么乱七八糟的"他对他的男主冈萨拉斯说，而他一根睫毛都没眨就抓起耙子 & 开始抨击一朵云……看到冈萨拉斯起了坏念头，他就吩咐他放下耙子 & 去建一条方舟 / 等冈萨拉斯长到二十五岁他就动心思去琢磨他的父母要什么时候才翘辫子。这无关个人感情，只是他缺点钱而已 & 开始厌恶一个事实，就是他还没睡过女人 / "为什么你不造一个第八日呢？"在啪啪店的台阶上冈萨拉斯的司机问他的熏肠造主 / 同时递交他的香水 / 天空，正变成一种性

1 林登·约翰逊（Lyndon B. Johnson，1908—1973），时任美国总统，肯尼迪的继任者，引语出自 1965 年 1 月 20 日总统就职演讲。
2 庞哥（Pogo），美国同名漫画中一只可爱又睿智的卡通负鼠，自由主义者。
3 巴特·马斯特森（Bat Masterson，1853—1921），美国西部传奇人物，同名电视连续剧曾热播。

感的意大利面条味儿，但仍颤颤不止——与此同时，冈萨拉斯甩弄着手杖[1] & 试图隐藏他的朝鲜口音 / 埃德加 · 爱伦 · 坡从一个燃烧的树丛后面走出来[2]……他看见埃德加 & 他俯视下来 & 说“还没轮到你呢” & 将他击毙……冈萨拉斯入围了 & 在第二轮名列第五

你怎么会那么害怕
那些对你根本毫无
意义的东西？不是总有
人在大街上跟你擦肩
而过吗？不是总有汽车
在公路上跟你擦肩而
过吗？你怎么会那么
害怕那些对你根本
毫无意义的东西？你会
每天给葡萄干浇水吗？你
吃过葡萄干吗？那里
真有什么东西对你有

1 手杖（cane）英文谐音“该隐”（Cain）。参见迪伦歌曲《海蒂 · 卡罗尔的孤独死亡》（“The Lonesome Death of Hattie Carroll”，1963）：“威廉 · 赞津格杀死了可怜的海蒂 · 卡罗尔，用他戴钻戒的手上滴溜转的手杖。”

2 参见《旧约 · 出埃及记》（3：2），上帝的使者在燃烧的荆棘中向摩西显现。

意义吗？你会害怕十二颗
纽扣的套装吗？你怎么
那么害怕停止说话？

你的阀门清洗剂

土巴

满袋子恶棍

一个欢欢闹闹的水果坟墓里藏着小小神枪手——在他的绵羊皮圆圈里有一瓶暖暖的寄宿店果汁 / 夜莺、青春鸟的托马斯老爷[1]，土包子拉斯普京[2]，规矩人伽利略 & 马克斯[3]，象棋新手 / 他们的灵魂 & 手套深处的战役已经死得跟他们的传奇一样只不过提供更多工作给活着的小丑——刺杀受害人 & 死得顺顺当当……墓碑的另一面，业余反派奋拉着舌头沉睡 & 他的脑袋埋在枕套里边 / 没有什么能让他与众不同 / 总之他就是没人搭理。

亲爱的萨布[4]

说说我那小妞！她告诉我

1　托马斯老爷（lord thomas）指美国剧作家田纳西·威廉斯（Tennessee Williams），原名托马斯·拉尼尔·威廉斯三世（Thomas Lanier Williams III），著有《与夜莺无关》（*Not about Nightingales*，1938）、《青春鸟》（*Sweet Bird of Youth*，1959）。

2　格里戈里·拉斯普京（Grigori Rasputin，1869—1916），农民出身的俄国巫医，极得沙皇宠幸，生活糜烂，后被刺杀。迪伦歌曲《我要做你的爱人》（"I Wanna Be Your Lover"，1965）中有："朱迪的眼里中了子弹，拉斯普京身份尊贵，他摸过她的后脑勺然后他死了。"迪伦还曾戏称他最喜欢的表演艺术家第一位就是拉斯普京。

3　马克斯·尤伟（Max Euwe，1901—1981），荷兰国际象棋大师，写过很多棋书。

4　可能指萨布·达斯塔吉尔（Sabu Dastagir，1924—1963），印度裔美国演员。

她在树林里走了很远。
但有趣的事情是
我跟了她一夜，& 她
对我说的是真话。我努力
想找她感兴趣的话题
比如枪械和足球，但她
只是那样闭上眼睛 &
说“我不相信这会发生”
昨晚她还试图上吊呢……
我立马就想把她给
绑了，但该死的她是我的妞，
& 人人都等着看我傻乎乎
去跟一个疯婆子生活。
也许我给她买一辆她自己的车，
会有帮助 / 你能搞定吗？
多谢垂听
精疲力竭者

没用先生对劳动说再见&去录唱片

大褶子冯伯斯。咧着他的大肥脸。他脑袋上的洞。他对于禅宗爆竹的就事论事的知识。他那些善意的小谎话。他的糖球幻象[1]。他的洗碗水一样的手／打褶子冯伯斯。端着他的斗牛狗才学。他的原子奶头理论。他的胡须&他的腰疼病／耷茬子嗡伯斯。戴着他的软趴趴烟囱帽。他的孤单&孤高。他对放狗屁的憎恨／垉蹶子朗格斯。算着他的整数&小数。他本人特有的创造性……费了好久&好久时间在沙滩上雕刻他的名字。突然，一个浪头的震荡把他&他的名字冲到了海里（嗬嗬嗬）[2]

你知道，我并不想
忘恩负义，但是
《华伦报告》[3]，你我都
知道，根本瞎扯。你知道。

---

1 出自美国传统赞美诗《圣诞节前的夜晚》（“The Night Before Christmas”，1823）：“孩子们暖暖地蜷缩在被窝里，糖球的幻象在他们头脑中舞蹈。”

2 “嗬嗬嗬”（ho ho ho）是圣诞老人的标志性笑声。

3 《华伦报告》（“Warren Commission Report”），1964年9月发布的J. F. 肯尼迪刺杀案调查报告，认定只是精神病人个人作案，没有政治阴谋。

比如他们有可能去
找某个来自得梅因的香蕉
推销员，他事发当日
正在多伦多，问他有没有看见
周围有可疑的人／或者还要
更离谱，他们可能跑来&问我
看到了什么／医生都说我很快就
要长肿瘤，所以我要找更重要的事情
来做而不是老发愁怎样理顺
这一堆乱麻……等你到了
那边，看你能不能给我搞到
冲浪墨菲[1]的自传

先到这里
你的灯光师
雪橇

1　冲浪墨菲（Jack “Murf the Surf” Murphy，1938—2020），美国罪犯，曾获得过冲浪冠军，1964年10月因盗窃美国自然历史博物馆珍贵宝石被捕，轰动一时。当时还没有他的自传或传记出版。

给老虎兄弟的忠告

此刻你身处暴风骤雨而你的老表们在大桥附近寻找质朴的荣光＆伐木工[1]跟你讲红海勘探……你用帽子盛满朗姆酒＆把它砸到冰雹的脸上＆不期待有什么新东西会诞生……狗狗们摇着尾巴向你告别＆罗宾汉在一扇彩画玻璃窗后面观察你……歌剧团会唱起你的森林＆你的城镇＆你将孤身一人但没举行仪式……一个满脸皱纹的老探矿员会出现＆他不会对你说“不要总想独占！不要指望被记住！”他只会去找他的盖革计数器＆他的名字不会是摩西＆不要以为你能置身事外就是幸运儿——这不值一提……不要以为你是幸运儿

嘿。写封短信告诉你
自从劫案之后，事情都
基本平息了。尽管那些绑匪
目前还没有把西奥送回来，
老爸已经升级为童子军小队

1　参见迪伦歌曲《瘦人歌》（“Ballad of a Thin Man”，1965）：“在伐木工当中你也有很多熟人，如果有谁攻击你的想象力他们会告诉你实情，但没人会尊敬你，其实他们只等着你开一张支票。”

老妈子，所以事情也不是完全
都走下坡路 / 妈妈加入
阿拉斯加未来之父。真的
很喜欢 / 你应该见见
小哑铃。他现在快两岁了。
说起话来像条鱼 & 早就
开始长得像根雪茄了 /
你生日的时候再见

大兄弟

邓克

又及，阿道夫给你一套恶搞扑克牌
你拿去往桌上一摆 & 就看着那些
姑娘输光光吧

从一间肮脏囚室观察暴乱或（监狱里没有厨房）

被子弹洞穿的大众汽车上，站着一个大胡子矮精 & 他披着一件无兜帽的黑手党斗篷——捧着几张燃烧的绿票[1] & 他对汽车墓场开口说“四廿 & 七啤前”[2] & 接着他又说“诸如此类”但他的话音被米奇 · 曼托[3] 打出的大满贯淹没……市长大人，带着去痛泡腾片，从豪华轿车爬下来 & 问“妈的那矮子是谁？”这时一千个愤怒的旅游者把他踩倒在地全都戴着棒球手套 & 警队驾到 / “妈的你又是谁？”一个垃圾处理机说“我是科尔 · 扬格[4]。送我的马儿去驿站。另外，我也和你一样”一阵热烈欢呼 & 球砸穿了炉膛“我为城市效力。在我拍死你之前，你最好告诉我你的职业”“我是一个演员。明天 & 明天 & 明天照亮这小小优雅一下又一下就像一个蹩脚的

1 绿票（Green Stamps），购物积分券，常被用于讽刺消费主义。

2 “四廿 & 七啤前”（four score & seven beers ago）戏拟林肯《葛底斯堡战役演讲》（“Gettysburg Address”，1863）的开头：“四廿又七年前的今日”（Four score and seven years ago），指 1776 年发表《独立宣言》。

3 米奇 · 曼托（Mickey Mantle，1931—1995），美国棒球明星，一直在纽约扬基队效力。

4 科尔 · 扬格（Cole Younger，1844—1916），美国西部土匪头子，在密苏里、肯塔基等地洗劫银行、驿站、火车，1876 年被明尼苏达民团击溃俘获，出狱后写回忆录为自己辩白。《大盗扬格》（“Bandit Cole Younger”）是美国早期蓝调名曲。

后台助手捶打暴怒却毫无意义。[1]啊罗密欧，罗密欧，为河洗泥？[2]很不错吧？”“我为城市效力，我要用我的马把你踩倒在地”“想听听俄狄浦斯吗？”但在地底之下，盲人安迪盲人莱蒙&他的朋友，利普，唱着兔脚蓝调[3]穿着马刺&巴黎钟氏设计的轻套衫——他们站在一个鱼缸里&人人都朝他们扔弹珠……不过在外面，催泪瓦斯消散之后，我们发现矮精已经搞得他的手缠了绷带&他的胡子掉光了&我们还发现市长正在家里打紧急电话给斯佩尔曼[4]枢机/那是漫长的一夜&人人都发生了很多接触……我已经准备好进摇篮了。沙漠里牛羊成群。

抱歉没及时回信。我
必须去拔掉几颗牙。终于

1　参见莎士比亚《麦克白》第五幕第五场：“明日明日又明日，迈着小小的步伐一天又一天，直到那记录时间的最后一个音节；我们所有的昨日已照亮了傻瓜们走向死亡埋葬的去路。熄吧，熄吧，短暂的烛光！人生不过是一个会走动的影子，一个蹩脚的演员他在舞台上指手画脚了片刻，就再无声息；它是一个愚人所讲的故事，充满喧嚣和暴怒却毫无意义。”

2　参见莎士比亚《罗密欧与朱丽叶》第二幕第二场：“啊，罗密欧，罗密欧！为何是你呀罗密欧？”

3　《兔脚蓝调》（“Rabbit Foot Blues”，1926）是美国早期民谣歌手盲人莱蒙的代表作之一。美国风俗相信兔脚能带来好运。

4　弗朗西斯·约瑟夫·斯佩尔曼（Francis Joseph Spellman，1889—1967），天主教纽约大主教，越南战争鼓吹者。

读到了不起的格拉斯皮[1]。厉害的书
就是厉害的。那家伙肯定能
说得恰如其分。我们这儿
没什么大事。查奇硬是要弄那
头驴去跳篱笆。你猜得出
后来发生了什么。小妹嫁给了
一条真正的狗。我当场把它
打杀出去。就那么多了

感恩节见

柯基

1 了不起的格拉斯皮（the great glaspy）戏拟美国著名作家菲茨杰拉德的小说《了不起的盖茨比》（*The Great Gatsby*，1925）。

绝望&玛丽亚不知所终

碎布头安妮[1]，布拉索斯[2]的女儿&项链上的牙齿——骨子里的乖戾&与斗牛幽灵的哈哈大笑相邻&解放[3]&她，跟皮衣妈妈小偷&窥看两步之外嗯&疯了随即强光一闪&癫了太阳&带兄弟们上床铺&去无聊——每个角落里的热就像沉默鹦鹉被你腌制一日&疯得像个帽匠[4]&剥猪佬——玛丽亚你赤身裸体她在我眼睛上的挖洞洞有月亮那么大然而她的父亲，他维持山岗温暖&让执事长&青年宣教团无可指摘——玛丽亚浅睡但你会脱下咒骂金发绝代男&你的衣服……玛丽亚的化妆包里有一把手斧&打钉锤凄吟[5]，在她的水槽上它们的声音像通奸的响尾蛇——善待她的天性&玛丽亚你为什么哭了？我要给你我的十二个午夜&用闰年踢踢你[6]&保护你免

1 碎布头安妮（Raggedy Ann）是美国童书作家约翰尼·格鲁勒（Johnny Gruelle，1880—1938）创造的布娃娃女孩形象。

2 布拉索斯（Brazos）是美国得克萨斯州的一条主要河流，西班牙语意为“双臂”。

3 本章字体加粗部分原文均为西班牙语。

4 疯得像个帽匠（mad like a hatter），英语谚语，就是很疯狂的意思。

5 《打钉锤的凄吟》（“Spike Driver's Moan”），由纽约民谣歌手戴维·凡容克（Dave Van Ronk，1936—2002）演唱。

6 英国传统，在闰年或2月29日的时候女子可向男子求婚。

遭恶语＆忠于那大能的运作＆这些小青蛙都有笔记本……玛丽亚你为什么笑了？自由！她是囚鸟，是恒量＆那老太太是玛丽亚们构成的＆狗子们狂吠＆那些回忆哦多么狂乱的昨日，火爆已变成打滚砰砰久远的及傻孩子西蒙[1]虚无到现在仍是个有毒的无＆玛丽亚、我＆你，我们合为三个我爱你不要把我的赤裸奉入教堂——我为你而裸……玛丽亚，她说我是一个外人。她总找我的茬。她在我的爱情上倒盐

就这样，我时不时地要来
一针。不得了呀。但这和你
有什么关系？我跟你说
默温，要是你还不肯放过，
我也会狠揭你的疮疤
叫你体无完肤，听懂没？像
我疯了一样。下次你再
在公共食堂那样乱喊
我的名字，我就把你拖
出来＆胖揍一顿那时你就有
体会了。好像我从来不会
发怒一样。我只是当你是个屁

1　傻孩子西蒙（Simple Simon），出自英国传统童谣。

给放了。该好好修理你

小心点吧

执法者

一个邦联佬儿混进亚瑟王的俄基舞[1]

“……然后我装着
一百&七十个金盾
在兜里离开了大赌场。
千真万确！”[2]
——费奥多·陀思妥耶夫斯基

吸血鬼之子一手搂着贝齐·罗斯[3]——他&他的教友们：雨人。巫医伯特。胖墩总统。百花夫人&狒狒小子……他们都说“新年快乐，埃尔默

1 这个标题可能出自马克·吐温的滑稽幻想小说《一个扬基佬在亚瑟王朝廷》(*A Connecticut Yankee in King Arthur's Court*，1889)。俄基舞（Oakie），出自杰克·格思里（Jack Guthrie，1915—1948）的老歌《俄基布吉舞》(“Oakie Boogie”，1947)，大意：我介绍一种最新的舞步，俄基布吉，你要越跳越快不能停，这就是俄克拉何马舞步，每个人都要跳到疯了。杰克是伍迪·格思里早逝的堂弟，格思里家是俄克拉何马人。南北战争时期的俄克拉何马不属于南方邦联。大萧条时期俄克拉何马州外出逃荒、打工的流动雇农被称为俄基佬（Okie）。另，杰克·奥基（Jack Oakie，1903—1978），美国影星，曾在卓别林的《大独裁者》(1940）中扮演拿破仑／墨索里尼，迪伦很喜欢这部电影。

2 引自费奥多·陀思妥耶夫斯基半自传小说《赌徒》(1866）结尾处，大意讲：赌徒打算重新做人，但又回忆起七个月前自己押上最后一块钱然后大赢一把的刺激经历，暗示今晚再赌一把，重新做人的事明天再说。

3 贝齐·罗斯夫人（Betsy Ross，1752—1836）受乔治·华盛顿委托缝制了第一面美国国旗。

&你妻子莎西尔好吗？”&然后他们免费混进了舞会……刚进舞会，伯特就站在旁边用一根牙签插在他的后脖上观察着博士&尽管牌局根本不一样，百花夫人还是输掉了她的衬衫&钻进树丛——有谁会路过呢除了那酿酒的小老头想来帮个忙——“快走开”百花夫人说“这儿不是舞会！”……酿酒的小老头立刻卸下他的脑袋&他的腰带&你觉得最后会证明是谁呢除了法比安[1]——“我不管你还有多少花招，给我快滚开！”……当时，这辆缆车正一路咣当下山往华盛顿给每个人运送纵横字谜——雨人喊“当心啊百花夫人，有一头大象过来了！”但这时候她正在跟狒狒小子唱友谊地久天长，后者已偷偷地在法比安身上绑了一件铅坠救生衣&把他扔进游泳池——胖墩本人也想发出警告但他喝得烂醉自己都掉进桶子里了&一辆狗拉牵引车从他身上碾过&把他甩进汽修厂……世界不会停止一秒——它只会爆掉/阿尔弗雷德希区柯克把整件事拍成推理片&亨特利&布林克利[2]一

1 法比安（Fabiano “Fabian” Forte，1943—），当时走红的美国偶像派歌手。另，费边社（Fabian Society），英国社会民主主义团体，主张渐进改良，代表了英国工党（当时的执政党）的意识形态。

2 切特·亨特利（Chet Huntley，1911—1974）和戴维·布林克利（David Brinkley，1920—2003）两人联袂主持了当时广受欢迎的电视新闻节目。

个星期都没合眼……美国旗变绿了 & 安迪 · 克莱德[1]总在为拖欠薪酬苦恼——世界上的每个健身房都有纠察队……吸血鬼之子，已经跟贝齐罗斯离婚 & 现在和小红帽把它做成一月一日载着些饿肚皮——他 & 红，他们找了个藏门把手的活儿 & 拿了高薪 & 跟所有已经决定不再参加任何舞会的人一样，他们把他们的钱放进嘴巴的位置…… & 开始吃它

请帮我翻译这个事实，钹锣鼓
博士：事实如下：我们
必须心甘情愿地为了自由
去死（事实完毕）然后我
想知道的事实是这个：是不是
希特勒曾说过这话？戴高乐？匹诺曹？
林肯？阿格妮丝 · 穆尔黑德[2]？戈德华特？
　蓝胡子[3]？
海盗？罗伯特 · 李[4]？艾森豪威尔？

1 安迪 · 克莱德（Andy Clyde，1892—1967），来自英国的电影演员。
2 阿格妮丝 · 穆尔黑德（Agnes Moorehead，1900—1974），美国影星。
3 蓝胡子（Bluebeard, Barbe bleue），法国民间故事中残忍杀害六个妻子的大财主。
4 罗伯特 · 李（Robert E. Lee，1807—1870），美国南北战争时期的南军元帅。

格鲁乔·斯密[1]？特德·肯尼迪[2]？弗朗哥
将军？
卡斯特[3]？有没有可能是何塞·梅里斯[4]
曾经说过？或者是唐纳德·奥康纳[5]？
我恰巧是图书馆的门房，所以想
请您给我稍微解释一下这些
事。谢谢……另，如果您不能
在这个星期二给我回信，
那我就当上述这些人
实际上全部都是
同一个人……下次见。我得去
把戈黛娃夫人[6]的画像拆下来因为那些
神经学生一个小时内就要来这儿
参观……

你体贴的
大力水手老拧巴

---

1 可能指格鲁乔·马克斯（Groucho Marx，1890—1977），美国笑星、“马克斯兄弟”成员。

2 特德·肯尼迪（Ted Kennedy, 1932—2009），约翰·肯尼迪总统的幼弟、参议员。

3 乔治·卡斯特（George Armstrong Custer，1839—1876），美军名将，在与印第安人的战斗中全军覆没。

4 何塞·梅里斯（José Melis，1920—2005），来自古巴的音乐人。

5 唐纳德·奥康纳（Donald O'Connor，1925—2003），美国歌舞片演员。

6 戈黛娃夫人（Lady Godiva），英国传说中为了让市民们能减免重税而情愿裸体骑马游街的善良贵妇。

吉他之吻&当代困境

沿着那些黑风&白色星期五，他们冲洗水分&丛林的尖叫&伦尼[1]对数学免疫，他，这油滑的江湖医生——流浪的神……他在他们的驮囊里种花&谈论耶稣无畏&逐步——悲剧，破碎的骄傲，浅薄&不比喜剧更深刻——啃吃他的道路，他的噪声，他的影子……放弃理智那光明的心&赞成厄运、屈服&结局美满的滑稽戏……那些会毒害记忆&遮挡正义的威能，那些防卫&侵犯的景象，黑暗中的如花少女们，怀孕，烫发&白皙的歹徒……美美格洛丽娅罗圈腿歌手，广告牌画匠的私生子——琼安妮，被城镇历史学家奸污&银铃多莉，12岁失贞，被她爸，一个矿工——梅贝尔[2]砍断了叔叔的一条胳膊——柔骨芭芭拉，她在一个药剂师的脸上碾碎了粉盒&莫琳，妒忌的情人……她们没有谁去耙落叶——出卖那些做话务员的朋友或者为诸如e. e. 卡

1　可能指伦尼·布鲁斯（Lenny Bruce，1925—1966），美国著名笑星、言论自由运动偶像，爱在即兴节目中爆粗口讽刺时事，多次因猥亵表演罪被捕，死于吸毒。迪伦在1981年为他创作了同名纪念歌曲。

2　可能指梅贝尔·卡特（Maybelle Carter，1909—1978），美国乡村女歌手、卡特家族演唱团成员。

明斯之类买单……她们没有谁会为“可怜游魂”把那魁梧山地福音歌手&伦尼当成朝圣天使来谈论就倾倒——他的罪行不过是在主政时身穿公路基督的衣服、靴子[1]&到处显摆……在孤鲨狼的世界里馅饼店为杜邦、猫猫杂志阉割狗&城市&他们藏在机器里嚼口香糖，他们的种子、他们的肖像……伦尼离开土拨鼠，海外战争老兵去找他的普利茅斯6型，他的谋杀跟班——阿姆斯兄弟靠椅&去找他的绑匪&电台警报/激进分子会叫他懒鬼&老兵叫他废物&哟嗬嗬&来瓶朗姆酒[2]但他对牧师很好&不要跟市长的儿媳有什么纠葛……他穿丝袍&俯首于悠悠球、杠铃&陌生人——他偷了领结&一头往北去&挥别那些用残肢捡拾破碎烟灰缸的士兵们&避开那些蒙头&爆炸的公鸡，他抚弄饰带&双排气管/有一部狂文写到他的刚强&他确实是温暖&混乱的荒蛮

小鹿穿过树林离开了很远
决不会成为奴隶只会做军队的
靶子&自由的腿脚没有什么

---

1 参见《新约·马太福音》(27：35)：耶稣被钉十字架时，士兵抓阄瓜分了他的衣服。

2 “哟嗬嗬，来瓶朗姆酒”出自史蒂文森小说《金银岛》(1883)中的海盗歌《亡灵宝藏》。

替代死亡等到星期天教授&那些
孩子们出来，说“当心，你肯定要
绊一跤！”&女侍臣立马就倒了
&被问是不是一个威胁抑或友善的
温暖[1]&那纯真的浣熊被按在桌上
刮擦——自由，一首零散的十四行诗，未
　写就&
没有长眼睛&需求，没有防卫&静脉里
流进一些玻璃——那阴谋企图杀死
自由&浪漫让习俗按计划稳步
运行&现在立刻发动攻击
无须挎斗车……前进，开枪！你需要的
　只是
一张执照&一颗软弱的心

穿过编结的长发&浪荡林际的啤酒罐沙滩——路边店的头头脑脑们&那些充斥黄瓜味儿、金宾酒臭汗的面包车&后视镜中的老爷&夫人们——群交状态下的人性&唱约德尔的游泳者们[2]——那些来自罢工小镇的变态佬&小不点美人儿狂饮曲轴箱猫

1　温暖（warming），音近“警告”（warning）。

2　约德尔（yodeling），来回快速变换真假嗓音的民歌唱法。据说歌手“约德尔牛仔”布里特（Elton Britt，1913—1972）在潜泳时练唱。

尿&伦尼在冒牌阔沿帽后面大笑&那些变戏法的人试图闷死酷儿们&大城市来的姑娘们&全景式地，你发现了伦尼，捕狗队[1]杀手&摩托圣徒——你要么爱他要么恨他——吸引着那些下流婆娘，可怜虫汤姆，壮牛迈克&黑兹尔，一个卖屁股的荡货……伦尼可以祛除你身上的邪气&让你正气满满&他可以祛除你身上的正气&让你邪气满满／如果你觉得自己聪明&知道事情，伦尼就跟你的脑瓜玩耍&他违背了你曾受教的有关为人的一切／他不在历史书上&他要么让你享受你的天性要么就让你憎恨你的天性……你知道他算是某种强盗但你信任他&你无法忽视他……

……然后到狮子坑[2]&起锚[3]&你想到那台桌——满桌子闹翻了天的那些世俗狂汉&不爱国者&享有占住权益的荡妇圣母&个个都性感&指摘偷车贼&某个结结巴巴的神牛讲起他怎样勇往直前&给这只鸡仔修剪修剪就像那样子但是掐脖流浪汉们

1　捕狗队（dog catcher）戏指最底层官僚。

2　参见《旧约·但以理书》（6：16—24）：先知但以理被国王扔进狮子坑，上帝差遣使者封住狮子的口，让他不受伤害。

3　可能指美国海军军歌《起锚歌》（“Anchors Aweigh”，1906），作曲者查尔斯·齐默尔曼（Charles A. Zimmermann，1861—1916）和鲍勃·迪伦同姓。

的彼得潘收拾整齐要去某个地方的时候，它在低吼&惊诧&感伤因为你知道他从没做过——这时格洛丽娅谈到她手指上的鱼[1]她的头发染成粉红&说到明天，称之为星期天&引擎猛撞&真的猛撞进一档——&那声音像约翰·李·胡克[2]来了&哦老天爷老大声了像一趟火车……那个在鼻子下面有个伤疤的晕菜水手突然掌掴&脚踹小莎莉&叫她松开他工装裤的裆部&你知道他知道有些事情在发生[3]&它不是那种司空见惯的声音让你看得清清楚楚&车嗡冲哧呜撞啊&一部彩色的狂暴者受难记&拿破仑式的&自杀&伦尼在大白天消失&一座大桥孤零零的桁梁&远去&小号吹响它们一直被教导要在危急时刻吹响的曲调——巴比伦的心上人&热血男儿浑身泄漏&震撼，已故山地摇滚[4]蒙着眼罩——触动间便融入祖国&膜拜本能，吉卜赛&融入他所能找到的最北方的森林……

1　她手指上的鱼（the fish in her finger），可能指英式小吃炸鱼条（fish fingers）。

2　约翰·李·胡克（John Lee Hooker，1912—2001），美国蓝调歌手，民谣界的电吉他先驱之一，乐风较随性，说话口吃。迪伦初到纽约时做过他的暖场乐手。

3　参见迪伦歌曲《瘦人歌》：“因为这里正有事情发生，但你却不知道是什么，对不对，琼斯先生？”

4　山地摇滚（rockabilly），一种融合了山地民谣（hillbilly）等音乐元素的早期摇滚乐形式，代表人物有“猫王”普雷斯利等。

……一场闹腾的大混战后来证明有如下参与者：兔子贩，他住在一个不断从烟囱里漏雨下来的房间，所以患上慢性咳嗽&经常有一种阿尔·卡彭[1]类型的心态——称他为白人/前基佬大兵，他知道怎样把假人从梅西百货运到扬基体育场&他的耳朵在恶劣天气总是流血——称他为黑人/镶了颗玻璃眼的衣帽间小妞，她爸爸曾教她怎样像P. T.巴纳姆[2]那样走路&现在她发现这毫无意义——称她为观众/烛台匠，一嘴的塑料&他的口袋装满用过的火柴——称他为奖金/入浴美人裹着一条挂满肉丸子的头巾——称她为成功/拉拔河的绳索&一个圣钟——轰隆&水泵房看守走出他的咕咕鸟&说“语词即对象[3]！视野即自我！你们这帮怪胎有谁认识伦尼的吗？我只记得他的姓……”&这时有个治安队的过来，他说“回你的时钟去！你可听说过狮子一顶一，基督徒算球？”&把希特勒派去谋杀那可怜的看守之后，他又跳回基督徒&时钟&各式各

1 阿尔·卡彭（Al Capone，1899—1947），美国黑手党头目，绰号“刀疤脸”（Scarface），他的形象在大量文艺作品中出现。迪伦在自传《编年史》中说他既不有趣也不英勇，冷冰冰的，像一条死鱼，从不独自活动，根本不配有个绰号。

2 P. T.巴纳姆（P. T. Barnum，1810—1891），美国马戏团老板，被誉为“最伟大的演艺人”。

3 语词即对象（words are objects），参见美国当代哲学家蒯因（Willard Van Orman Quine，1908—2000）著作《语词和对象》（*Word and Object*，1960）。

样的貂皮、牛奶&维生素C——那些包臀裤老太太&裸胸殡葬师戳着挂鸡蛋盒纸板的布道家屁股&披浴袍的联合国将军们&他们的大脚卡在小手鼓里&三百万妒忌的教师在二手罗伊·阿卡夫[1]琴弦中叫小戴高乐们全都挂科&监狱合唱团轰响&高唱哈利路亚……所有人甚至包括好心的圣医者[2]&鸟类科学家小口啜着微滴&奶头&试图隐藏他们的狗屎……所有人都说着“有祸了！”&指点着&审查着吊挂小丑们&写着报告&对洛尔迦墓中那些死去的庞蒂亚克[3]&婴儿们大叫“嘎嘎”……税吏偷窃所有人的无用祭牲&H. G. 威尔斯[4]没人注意……铁匠家的露露在黑天使诞生时犯了心脏病&约翰·布朗[5]，势利鬼路加&阿喀琉斯全都抵达那个飞天盘……有一天，铃鼓之日[6]，宇航员米奇·麦克米奇会从他嘴里抽出

---

1 罗伊·阿卡夫（Roy Acuff，1903—1992），美国歌手，被誉为“乡村音乐之王”，主要用小提琴伴奏。

2 好心的圣医者（Good St. Doc）可能指圣路加，《新约》中《路加福音》和《使徒行传》的作者，他原来的职业是医生。

3 庞蒂亚克（Pontiac，1720—1769），北美印第安酋长，曾领导了五大湖区印第安人反英大暴动。

4 H. G. 威尔斯（H. G. Wells，1866—1946），英国作家，以科幻小说闻名，如《隐身人》（*The Invisible Man*，1897）。

5 可能指美国废奴运动领袖约翰·布朗（John Brown，1800—1858），因暴动失败被绞死。

6 参见迪伦歌曲《铃鼓手先生》：“带我远行吧，乘上你的飞旋魔法船。”

大拇指——说“见鬼去吧”至于伦尼我敢肯定早已经上了愤懑的天堂。

亲爱的辍学杂志，
先生们：
我明白你们目前正在
拼凑一本书来搜罗
那些上了黑名单或长了黑头粉刺的艺术家
之类。
若是前者，那我就必须
推荐你们把杰瑞·李·刘易斯[1]放在第一位
打头。若是后者，那我就
必须推荐你们联系美国
医学会以便认识这种工作的
真正价值
在各个方面，我保留
一个来自山区的暴民煽动家
瓶塞子泽克

1 杰瑞·李·刘易斯（Jerry Lee Lewis，1935—2022），美国歌手，1958年在未离婚的情况下与13岁的表妹结婚轰动一时，因此被电台封杀，他的现场演唱非常狂野，被称为“摇滚乐第一大狂人”。

给模范盲流的忠告

涂涂你的鞋吧黛利拉[1]——你走在白雪地上哪怕一滴鼻血都会扰乱宇宙……走进猫头鹰和弗拉明戈吉他手们的这些狭窄巷道，杰克·帕尔[2]及其他性感明星都是你的奖赏——核查大鸟[3]住过的那些卫生间当时他在翅膀上挂着长刀飞了出来——他身边有个乡村音乐歌手——正在消化一只信鸽……你也许会改变你通奸、吞剑的风格——你也许会改变你在钉床上睡觉的方式——涂涂你的鞋吧用幽灵骡子的颜色——纸老虎的利牙是铝制的[4]——你有大把时间去巴比伦——涂涂你的鞋吧黛利拉——用一块海绵来涂

瞧！就像我以前说的，不论它
在哪里都没关系！根本没有这种
东西。它在哪里都不是你

---

1 参见《旧约·士师记》，力士参孙被情妇黛利拉（Delilah）出卖。

2 杰克·帕尔（Jack Paar，1918—2004），美国深夜脱口秀节目主持人。

3 大鸟（bird）可能指美国著名爵士乐手查理·帕克（Charlie Parker，1920—1955）的绰号。

4 赫鲁晓夫在回应中国指责苏联对美国绥靖时说："把帝国主义称为纸老虎的人应该记住纸老虎有核武器牙齿。"

非要知道的事情。托尼娶了他
老母又怎样！跟你的生活有关吗？
我真搞不明白为什么你那么不开心。
也许你要改变一下你的工作
行当。你懂的。要是能有
你这样的才具谁还会继续画那
卷笔刀呢……明年夏天见，很高兴
知道你又开戒了。

你早熟的，
疯卡

输家通失狂欢会

黑桃杰克——投币洗衣房的维瓦尔第——揣着一本嬉普士词典[1]——我们看到他在巴结那些黑带&色眯眯的赛车手们——来&回冲杀像一个受惊吓的雷穆斯大叔[2]……在他没收到邮件的日子，他就早早起床，给投币电话贴胶纸&欺骗泡泡糖售卖机……“世界欠我一个生活”他告诉他的半夏威夷、半智人士老表大头乔，此人也计划下个月跟一个民谣歌手结婚——“转啊&转啊，老乔·克拉克”[3]在供水&供电大楼的台阶上被吟诵而杰克提着一个塞满塑料泡泡的箱子慢慢溜达——在他看来一切顺利：他可以模仿加里·格兰特[4]惟妙惟肖。他知道所有真相为什么来自犹他州的梅布尔会抛弃贺拉斯，来自高峰剧院的灯光师。他甚至撞破了坎克夫人的秘密，她在世界博览会上卖冒牌水疱——加上能够用悠悠球演奏几首外籍军团歌曲&遇到

---

1 美国爵士乐手凯布·卡洛威（Cab Calloway，1907—1994）著有《嬉普士词典》（“Hepster’s Dictionary: Language of Jive”，1939），收录黑人爵士乐界的行话俚语。

2 雷穆斯大叔（Uncle Remus）出自美国作家乔尔·钱德勒·哈里斯（Joel Chandler Harris，1848—1908）寓言故事中一个爱讲故事的老黑人。

3 出自美国传统民谣《老乔克拉克》（“Old Joe Clark”），伍迪·格思里曾唱过。

4 加里·格兰特（Cary Grant，1904—1986），美国著名影星，以英俊潇洒而闻名。

紧急情况总是努力做出一副葡萄柚的模样……他吹嘘他收藏的瘀肿 & 瓶塞 & 他实际上对工商界毫无兴趣。他宁可表露他对炸弹的恐惧 & 说说你为自由付出了什么而不是赞美一个逃逸的精神病患那种在朱尼尔熟食店地板上撒尿的人——黑桃杰克，提着他的斧子，电唱机。领着他的同伴，菜单。& 他的目的地，一张纸巾——从不沾惹人行道上的那些裂缝——他的另一个老表保镖，半丹麦裔 & 半冲浪员，说，“杰克，你的动作怎么总像老疯儿，杰基 · 格里森[1]的朋友？我是说真牛！这世界的忧伤已经够多了不是吗？[2]”杰克的脚步一闪而过——他戴着耳塞——从供水 & 供电大楼的台阶，乐队把他们喇叭里的汁水敲干净了，然后开始演奏《我的老爸》[3]……杰克被震住了，又多看一眼，举起他的手敬纳粹礼。一个林里人，提着斧子走过，丢下它。一个革女会[4]的娘儿们怒不可遏。看

1 杰基 · 格里森（Jackie Gleason，1916—1987），美国著名喜剧演员，在电影《江湖浪子》中扮演的“明尼苏达胖子”一角广受好评。

2 可能出自英国作家 E. M. 福斯特小说《看得见风景的房间》（*A Room With a View*，1908），是资产阶级小姐露西安于现状时的心声，参见巫漪云译，上海译文出版社，2007 年版第 34 页。

3 《我的老爸》（“My Papa”），20 世纪 50 年代流行歌曲，源自德国。

4 美国革命女儿协会（Daughters of the American Revolution，D. A. R.），美国老牌保守组织。

着杰克。说“在有些地方，你这就是犯猥亵罪要给抓进去的”她都没听乐队……她掉进一个人行道裂缝 / 乐队指挥不理不睬，只微微屈膝，打喷嚏。用指挥棒点点古典吉他……一个清洁工撞到了杰克 & 说 & 我引用如下“好吧是我撞你了。我才不在乎。我屋里还有个婆姨等我呢。我知道楼那边有个散热器好使。哥们儿，我永远不会饿疯了。你要不要买一个桶？”[1]杰克被唬住了，整整他的衣领 & 调头去听贝尔电话时段[2]。就在另一辆警车那边……他经过热狗摊。一颗酸白菜直砸到他的脸上……乐队演奏《马拉加美人》[3]——革女会娘儿们从人行道蹦了出来，听着乐队，尖叫着，开始跳抽抽[4]。清洁工一脚踩她身上……杰克一整天都没吃东西了。他那嘴里的味道真够呛——他把他没出版的小说捧在手里——他想当明星——但他终究还是被抓进去了

大家好。没什么新鲜事。
我在素食者大会上唱
反对吃肉的新歌。人人

---

1 英国传统童谣《杰克和吉尔》中有两人提水的情节。

2 贝尔电话时段（The Bell Telephone Hour），美国电台古典音乐节目，由贝尔公司赞助。

3 《马拉加美人》（“Malaguena Salerosa”），20 世纪 50 年代流行歌曲，源自墨西哥。

4 抽抽舞（the jerk）兴起于 1964 年。

都喜欢除了舞台底下的那些
管子工。这个小小丫头，
才刚出校门&我相信
协会的不许践踏
奶牛分部主席。她还老想
逼我去做一个管子工。
开头有点儿小混乱，但你
知道我的，我可一点儿也不
不含糊。我说“瞧好了宝贝，我给你
唱上一曲&就那样了，但你不能
再逼我，听到没？”我明白
他们不会再请我回去
因为他们不喜欢我那样去勾搭
晚会主持人的老太太，不管
怎么说，我还就那么干。又写了首新歌
是反对打火机的。这家火柴
公司为我下半辈子提供免费的
火柴，还有在所有火柴盒上
印我的头像，但你懂我的，这可是
比我从前卖的高了老鼻子去了——
获得提名的时候再见

你的叛匪同党

老虎崽

跟玛丽亚的朋友做爱[1]

向狐狸精奎妮老师打个哈欠——走了走了，迪凯特[2] & 进入粉红公路——你的黑皮杂种流浪汉，你的德尔斐耗子——现在他怕是在瞎掰你的邋遢胸罩——你的锁链长发 & 说起你的道路[3]而你那些埃尔帕索[4]楷模，他们颂扬丝般顺滑他们丢开你骇人听闻的肉体——你的身架倒落，你留神听着一声懒懒的警笛 & 有个年轻的西班牙佬来收买你的创伤，你的意味深长的拖腔……向戈雅画中寻求可怜荷马的奎妮打个哈欠与我同行吧而堤坝溃决 & 清点你的数目 & 辣手宝贝大叫不要假装而作家弗里茨从你的南方工业区嚷嚷这都是怎么回事儿 & 滚回你的老家去，奎妮 & 你，奎妮，蜘蛛——那汗臭的网套住了你——

1　标题原文为小写，是本书唯一的小写标题。

2　迪凯特（Decatur），可能指美国伊利诺伊州城市，林肯的起家之地，或拉斯维加斯的主干道迪凯特大街（Decatur Boulevard）。

3　本章字体加粗部分原文均为西班牙语。

4　埃尔帕索（El Paso），美国得克萨斯州城市，毗邻墨西哥，由马提·罗宾斯（Marty Robbins，1925—1982）演唱的同名乡村歌曲是 1959 年的大热门。参见迪伦歌曲《现在她是你的爱人了》（"She's Your Lover Now"，1966）："每一个纠结的人都在爬城堡的旋梯，但我不在你的城堡之中，真的，我完全不记得圣弗朗西斯科，我根本想不起埃尔帕索，你不必对我忠贞，我也不想让你悲伤，没什么难的，如果你不想跟我在一起，那就走吧。"

你乞求你的胳膊能挪开——你祈祷要行得正直——你寻找明信片 & 泰迪熊作回报——党徒们，他们取笑你的大腿 & 小伙子们披着褐色破布，他们嘀咕着胸围 & 他们早已经逮到了溜子里奥 & 多克到中午就必须得离开了——圣威利躲在当铺里等奎妮你不用怕 & 没有人在追——你想要被捉住错误的女人 & 挖空你的钱包——忘了你那些学生吧 & 付钱给你的伙伴 & 讨厌鬼——你老板的影子，那是你的重罪——作家弗里茨会乐意给你舔脚趾的——你的假期马上就结束了 & 像你的生命那样消逝羊羔草叶割破你的脚 & 苏格拉底的牢狱是你的目标他们过来了你是那个错误的女人——你吓唬不了谁——把你的钱花在健康食品上 & 你应该被一辆卡车碾死——他们会给你挂上标签——送你回家给弗里茨——弗里茨会哭上一个星期 & 跟你的护士结婚——堤坝会噘起它们的嘴巴但你仍旧会是那个错误的人都是羊羔而已现在活着……活在你登上你的泰坦尼克之前——伸手啊，奎妮，伸手啊——去抚摸同样松弛的皮肤 & 要相信这个漆黑的花花公子从你的笔记本上舔墨水——看看那些笼子 & 尖叫的鬼魂 & 你带着恼恨把那些废墟视为建筑……带上你那身血糊糊的腺体 & 奖章 & 自由自在地做一次爱——戴上大礼帽也没什么特别的——乘着一条慢船回归你的罪孽，你的污染，你的蓝调王国嘿。干啥呢？那个新宗教怎么样？
觉得有点儿不同？我自动放弃了。真是
无法干完所有的拍卖而且说实话，
我的面包快吃光了。你知道是怎么
回事，就像那个小老太太住在
后楼里整天都跟我指指点点
说上帝在看着。你懂的，就像刚才
还在那儿，我要被吓出屎来了。切盼
能与你一聚。我知道你已经不再戴
领结了但我对你的新宗教的其他方面
同样很感兴趣。另外，你是否
还干钥匙孔的买卖？真等不及想
跟你谈谈

回见，
你的哥们儿，
老烦

给一个身为年轻逃兵的跑腿小子的短信

想知道为什么爷爷老坐在那儿&看瑜伽熊[1]吗？想知道为什么他老坐在那儿&一笑不笑吗？自己琢磨一下孩子，别去问你老妈。想知道为什么埃尔维斯·普雷斯利只用他的上嘴唇笑吗？自己琢磨一下孩子，别去问你的外科医生。想知道为什么那个邮差一条腿比另一条腿短一截的踢起你的狗来那么狠吗？自己琢磨一下孩子，别去问任何邮递员。想知道跟罗纳德·里根[2]谈论国外局势的是哪位吗？自己琢磨一下孩子，别去问任何外国人。想知道为什么那个机械师，就是他老婆从他好友那儿搞来手枪然后自杀了的，他为什么那么恨卡斯特罗吗？想知道为什么卡斯特罗恨摇滚乐吗？自己琢磨一下孩子，别去问不摇的。想知道那个写《雪白圣诞》[3]的人挣了多少吗？自己琢磨一下，别去问没挣着的。想知

1　瑜伽熊（Yogi Bear），1961年幕宝公司推出的动画片形象。

2　罗纳德·里根（Ronald Reagan，1911—2004），原为电影演员和知名电视主持人，曾任美国演员协会（SAG）主席，1964年发表演讲力挺美国共和党总统候选人巴里·戈德华特，1966年成功当选加利福尼亚州州长。

3　《雪白圣诞》（"White Christmas"，1942）是美国20世纪最流行的歌曲之一，作者欧文·伯林（Irving Berlin，1888—1989）。

道波比·肯尼迪[1]到底抓住了吉米·霍法什么吗？自己琢磨一下，别去问不懂波比的。想知道为什么弗兰姬要枪杀约翰尼[2]？琢磨去吧，想一想，但别去问你的邻居……想知道提包客[3]都是些什么人吗？琢磨一下，别去问不提包的。想知道为什么你总是要穿你兄弟的衣服吗？自己琢磨一下孩子，别去问你老爸。想知道为什么通用电气说一个家庭最重要的事情是抱成一团？自己琢磨一下孩子，别去问不抱团的……想知道大发横财是什么吗？琢磨去吧，想知道……想知道为什么别的孩子都想狠狠揍你一顿吗？自己琢磨一下孩子，别去问任何人

对。好。我猜你是个南瓜宝贝。
对，我确实把你称为“那个
东方姑娘”你有权利

---

1 罗伯特·F. 肯尼迪（Robert F. Kennedy，1925—1968），绰号“波比”（Bobby），是约翰·F. 肯尼迪的弟弟，曾任美国司法部部长、国会参议员，曾指控美国卡车司机公会（IBT）及其主席吉米·霍法（Jimmy Hoffa，1913—1975）劳工欺诈和有组织犯罪，当时的调查组叫“抓住霍法”。

2 在美国传统民谣《弗兰姬和约翰尼》（“Frankie and Johnny”）中，弗兰姬杀死了偷情的丈夫或男友约翰尼，自己也被打入死牢。由“猫王”埃尔维斯·普雷斯利主演的同名电影于1966年春上映。

3 提包客（carpetbagger），原指美国内战结束后涌到南方被占地区大捞一票的北方人，讽刺外来的投机分子。畅销小说《提包客》（“The Carpetbaggers”，1961）及同名热门电影（1964）是“性解放”时代的重要作品。

生气。但我只想弄明白
你到底为什么会反感
东方人？

也许我们还是可以搞
清楚
你专有的，
炖肉王子

霰弹枪的滋味

我们的轰隆引擎给我们提供掩护——我们穿上束身裤&都是食欲的奴隶——我们痴迷琼·克劳馥&组建繁庶的殖民地&渴求雄性对话……马塞卢斯[1]，犯魔怔的时候就穿卡其制服，他立刻起诉了别人家的一个私生子——乔西[2]说每个出庭的人都带着吹箭……通通鼓致使旋律美憎恨他，然后跳出了窗户——我们都相差不离&在内心里巧妙地藏着一只蝎子——我们从屁眼吃药——我们赞美同性恋宣教使团&把同性恋都投进现象阴沟……在冬天有一个黑面乐手宣告他来自两个女人[3]——他把闲暇时间都花在试图给月亮剥皮[4]&他来这里收集他的八分

---

1 马塞卢斯（Marcellus，前268—前208），罗马帝国名将、执政官。在莎剧《哈姆雷特》开场，有一个名叫马塞卢斯的哨兵看到了先王的幽灵，并上报给哈姆雷特的好友霍拉旭。

2 在美国女权主义西部片《乔西传奇》（*The Ballad of Josie*，1967）中，乔西误杀家暴她的丈夫，在庭上获判无罪，后又推动妇女投票招致男性乡民不满，由多丽丝·戴主演。

3 意大利电影《两个女人》（*Two Women*）是1961年的热门影片，讲述二战时期女性的苦难，由索菲亚·罗兰主演。

4 参见迪伦歌曲《请你爬出窗户来好吗？》（"Can You Please Crawl Out Your Window?"，1965）："他的样子多诚恳，他的感觉是这样吗？试图给月亮剥皮并暴露它。"

钱邮票——玛格丽塔[1]小贩[2]，推着满车的星期四[3]上达曼恩路吆喝“蛤蚌&肌肉”[4]因为挡了她的饕餮之路就把他宰掉……化学岛上薪资微薄——小姑娘们在她们的小虾米藏起香水&那里没有巨人——战争贩子已盗走我们所有的德国麻疹[5]&把它们送给医生用来行贿——我昨晚有三个小时不眠不睡地陪着珍珠——她声称她曾路经我从前住过的寄宿屋——我们没有任何共通之处，我&珍珠——我分享她的糗事&没有任何东西给过她——我喝醉了&自娱自乐……我们希望能去旅行&可借助一切除了我们的脚&我们以大猩猩式握手结识那些舌头打结巴的粗鄙怪咖&醉醺醺的赫拉克勒斯在我们的床上等待我们&我们必须向他敬礼&他说新的直升机都已抵达

---

1 参见埃尔维斯·普雷斯利的歌曲《玛格丽塔》（“Marguerita”，1963），歌词大意：我曾像吉卜赛人一样自由、不驯，当我突然看到玛格丽塔燃烧的目光，就像火中的飞蛾被她捕捉，她的双唇命我做她的囚徒，百依百顺的奴隶，她的手轻轻一触，便俘虏了我，迷醉了我。

2 下文出自爱尔兰传统民谣《莫莉马隆》（“Molly Malone”），歌词大意：在美丽的都柏林，姑娘们漂漂亮亮，有个少女名叫莫莉，她每天推着车子走街串巷叫卖，“蛤蚌和贻蚌，新鲜啦，新鲜啦，”她是个鱼贩子，她的父母也是这样叫卖，她死于伤寒，没有谁能拯救她，这就是莫莉的结局，但她的灵魂仍在街巷里一路叫卖。皮特·西格、宾·克罗斯比等人唱过这首歌。

3 “星期四”（Thursday）音近“饥渴”（thirsty）。

4 “肌肉”（muscles）音同“贻蚌”（mussels），两者源出同一个词；另，也音近下文的“麻疹”（measles）。

5 德国麻疹，即风疹，主要危害孕妇和婴儿，1962—1965年在欧美大流行，纽约有1%的新生儿被感染。

&“这就是你的怪咖”&“你会从他那儿接受指令”是的此地薪资微薄但没有誓言要遵守也没有神经抽风——除了配着无线电穿着宗教服装的猎人们带进来的那些自我意识错乱者，全都过得好好的……安哥拉[1]今天早上被炸了，我立刻乐滋滋地犯了恶心——我的脑袋要窒息了——我用银纽扣罩衫塞在鼻孔里凝望着北斗星——我很高兴玛格丽塔安然无恙——我当真觉得昂贵

我把我的孩子留在你家
门口，要是你够辣，你会
保证他得到细心照料。
毕竟，他也是你的孩子。我
预计大概二十年后再来看
他，所以你最好好好干。
我这就要进山里边去
找工作了。我身上带着
吃的。记得爱，保持
炉灶清洁&留神煤气罐
你的
路易路易[2]

1 1966年，争取民族独立的安哥拉各派力量正式分裂，后来爆发内战。文中也可能指美国1965年起对越南北方实施的战略轰炸。
2 《路易路易》（“Louie Louie”，1957），美国热门摇滚蓝调歌曲。

梅韦斯特跺脚舞（寓言一则）

列车总在每晚同一个时间开过&他，每晚同一个老头，坐在那儿一边看玫瑰经上面写道“我早跟你说过会这样”[1]一边前前&后后地摇晃着想念他的大儿子火腿骨[2]，他要在牢里蹲一辈子了——帮小孩买啤酒&用一把小梳子谋杀食杂店主——这个同样的老头一无所有除了浴缸里满满的回忆，包括：几枚鸭宝宝休伊当总统[3]纪念章——缺了A的扑克牌——香体露空瓶子若干——埃及口号小册子一本——三条不齐的裤腿&一套空荡荡的绞索……坐在一把糖纸靠椅上喃喃着庭审日[4]——庭审日——我总会有的——我的庭审日[5]——今天有个潇洒的年轻绅士把他皲裂的嘴唇在老头的领脖上摩擦——当小老头盘算着复仇在同样的老时间列车震得他的惠斯

1 出自《新约·约翰福音》(16:1)：“我已将这些事告诉你们，使你们不至于跌倒。”另，阿瑞莎·富兰克林早期歌曲有《我早跟你说过会这样》(*I Told You So*，1962)。

2 火腿骨（Hambone）出自美国同名传统歌谣，大意：火腿骨火腿骨你在哪里？我周游世界很快就回来。回来之后你要做什么？我要沿着铁路转一转。

3 鸭宝宝休伊（Baby Huey）是派拉蒙影业在20世纪50年代推出的卡通形象，不如迪士尼漫画中唐老鸭的小外甥辉儿（Huey Duck）出名。当时的美国副总统汉弗莱（Hubert H. Humphrey，1911—1978）也被称为“休伊”。

4 《庭审日》(*Day in Court*，1958—1965）是美国广播公司的一档电视连续剧。

5 我的庭审日（my day in court），意即有机会发表自己的观点。

勒[1]妈妈图画掉下墙来&它冲他轰轰……庭审日——我总会有的——昨天也不是那么好——有只狐狸把他丢在一摊烂泥&某种小虫虫让他狠狠啃了满嘴子糊巴巴的竹子、大麦&烂冰激凌——他坐在那儿期望着他能够联系上总统——小老头的肚子痛了所以他打开窗呼吸点新鲜空气——他深深地吸纳——前面的一根绳上挂满湿内裤——旧轮胎——脏床单——帽子——鸡毛——烂西瓜——纸餐碟&各种服装——约翰尼咚咚鼓着风——有个印第安人，一路去圣路易斯，正站在老头的窗户下边——“太神奇了”他说着仰头张望&看见晾衣绳上的这一堆玩意儿突然被卷进一个窟窿……第二天，收租人来要房钱——发现老头已经不见了&屋里满是垃圾——那根晾衣绳的女主人向反盗分局报案——“我所有值钱的东西都被偷了”——她对督察抱怨道——列车依旧在同一个时间开过&约翰尼咚咚鼓着风，他因流浪罪[2]被逮着了——收租人四处张望——偷一个破咕咕“我想我可以拿去送给老婆”他说——他老

1　詹姆斯·麦克尼尔·惠斯勒（James McNeill Whistler，1834—1903），美国著名画家，代表作有《灰与黑的协奏曲1号》（*Arrangement in Grey and Black No. 1*，1871），这幅作品又被称为《画家母亲肖像》或《惠斯勒的母亲》。另，“whistler”也可理解为：吹汽笛者。

2　流浪罪（vagrancy），美国曾有反流浪法，条文模糊，可执行范围很广，后因违宪逐渐取消或明细化。

婆身高一米八&戴一顶土耳其圆毡帽，&而她这时，好巧不巧地，正乘在那同一个时间的列车上——总的来说，芝加哥没什么大事情

我可没说过书是
好还是坏，我只是觉得
你凭自己很难有机会
搞清楚它们到底都在说些
什么——所以，你考艾凡赫[1]
总是得B&考织工马南[2]
能拿到A减……接着你又
纳闷为什么考哈姆雷特
会挂科——哈，那是因为一
锄&一妞得不出一矛来——
同样地，两个错误得不出
一群人物——现在你已经看过了

---

1 《艾凡赫》(*Ivanhoe*，1820)，英国作家沃尔特·司各特(Walter Scott，1771—1832)的长篇历史小说。

2 《织工马南》(*Silas Marner*，1861)，英国女作家乔治·艾略特(George Eliot，1819—1880)长篇现实小说。马南的悲苦故事让收信人有同感，故能考高分，但他不同意最后的幸福结局，故未得满分，至于其他帝王将相的故事，收信人则考不好或挂科。

生活[1]，不妨再多试一下……你
可以从电话号簿开始[2]——
神奇女侠——也可以看麦田
守望者——它们都一样 & 在故事里
人人都把他们的帽子
反戴

码头上见
你乐意效劳的，
谄媚爵士

1 可能指美国知名画报《生活》（*Life*），该刊在 20 世纪 60 年代中期逐渐从巅峰走向衰落，1972 年底停刊。

2 朗诵电话号簿是当时美国先锋文艺圈的一种游戏。

黑夜撞击

阿瑞莎在蓝调沙丘——普路托[1]嘎嘎放声大笑&闲游的阿瑞莎——对于被人戏称的总统是个捣蛋鬼——冲啊——耶！&前辈优越感抛弃你……李尔望着险恶的窗户&拖动一座大山&你说“不我是个哑巴”&他说“不不我已经告诉别人你是查理·卓别林&现在你必须不负众望啊——你必须！”&阿瑞莎说“起开吧李尔——我们谁都没有无穷的胆量——把好你的驱动轮”&起开吧……&阿瑞莎接着——她已经让这一百个天使陌生人全都通过了说“我愿做你的夏克提[2]&你的法外小徒[3]——挑我吧——求你挑我——啊快来挑我吧”&阿瑞莎假扮着她的肠道黑灵魂横渡那所有丰饶的泡沫[4]&冲动&闪亮亮的酒鬼们——灾星、空虚诗人[5]&惊恐扑通全都跟他们的兔女郎蹦向地狱那里饭菜更便宜&更暖和&核能贝多芬嘶吼“哦，阿瑞莎——我愿做

1　普路托（Pluto）是古希腊神话中的冥王，另，爱伦·坡恐怖小说《黑猫》（1843）中的猫，迪士尼动画片中米老鼠的宠物狗也叫普路托。

2　夏克提（Shakti），印度教的母神，性力的象征。

3《法外小徒》（*Outlaw Kid*），美国系列漫画书。

4　可能戏拟爱神维纳斯，生于海沫，踏着贝壳渡海而来。

5　空虚诗人（Poet Void），可能戏拟古罗马诗人奥维德（Ovid）。

你的巫毒娃娃——戳我吧——让我们给某人造成伤害——在我身上随便你画一个谁！啊美人求求你！我的杂种身材——我的蔫巴自我——捅穿我吧——捅穿！”学究，他的身体被口香糖裹成一团——生鲜豆子&旧日年华的奴隶们——他从大路上猛冲进来——他的烟斗快要吃光了“瞧！她打着现实的饱嗝儿”&但他甚至不跟任何人说话——他的衣兜里飞出一只蛾子&空虚，那不可思议的崩散又再次让你想起虚线勾勒的美国——无用的动机——道德登场[1]&银发男子们躲在提琴箱里……在一大堆白磷上&凯旋矗起妖艳的土狼老鹰[2]——他抓住半美元[3]——他的肩头上晃悠着一只铁锚“多好呀！”核能贝多芬说“能在这儿看到真正的鸟儿们飞来飞去多好呀”“那不是鸟——那只是一个贼——他在用偷来的莴苣搭一间厕所！”署名阿瑞莎——声音的声音——她确实毫不在乎真正的鸟儿或厕所或任何核能贝多芬——赞同、抱怨&解释——他们都恐吓她——她的小号声里没有一点儿瑕疵——她知道太

---

1 康德以降的近代唯美主义一般认为，审美或艺术是一种无关道德价值、无关逻辑概念、非功利性的直觉观照，但另一方面，美又被视为道德属性的象征。

2 美国印第安人传说，大洪水淹没了世界，只剩下老鹰和土狼，老鹰把土狼叼到最高的山巅，洪水退后，土狼下山察看，发现土地都已经干了，老鹰为土狼找了一个河中女子做老婆，并教他们生儿育女，于是人民重新繁盛。

3 1964年版的半美元银币正面为先总统肯尼迪头像，背面为美国鹰徽纹章。

阳不是她的那一份

音响修理工磕磕绊绊
穿过大门，他的衬衣背后
写着“声音是神圣的——
进来吧 & 我们谈谈”

恶意的黑夜撞击

在这撂荒的屋顶或宝塔坐凳上他们把你安置&你听见各种说话的声比如“乔快把他绑紧了——牢牢地绑紧了”&然后奥赖恩一副邪性样&他给你擦拭&让你保持洁净&熟面孔本人“我听说你吃了鸡蛋？是不是真的？”奥赖恩舔舔他的肉身&心中的烦恼蓝调[1]&那些消防栓的阴影……你——消防栓&翩翩君子[2]，一个消防栓——彻底失败&步行去直布罗陀&想要寻找你的能量——祝你一路顺风[3]&把你的语言装进玻璃展柜……来自乐园的浮士德——解放者安妮，她长得好像一只匈牙利的鹿[4]&大笨头扛着一个冰山脑袋完全模仿非洲……死灵爱人[5]搭便车&吹牛皮&说他要去迦太基&他老在念叨“到我死的时候”但是他的心灵渐渐青一块&紫一块&循道

---

1 《心中的烦恼》（“Trouble in Mind”，1924），美国爵士乐蓝调老歌。

2 《翩翩君子》（*Beau Geste*，1966），以北非法国外籍兵团为背景的美国影片。

3 出自《祝你一路顺风在 66 号公路》（“Get Your Kicks on Route 66”，1946），美国爵士乐蓝调老歌。

4 在匈牙利传说中，匈诺和马果两兄弟在打猎时发现一只银色的神鹿，他们追呀追呀追到乐文地，在那里他们遇到两个公主，分别娶妻生子，发展成后来的匈族和马扎尔族两大支系。

5 死灵爱人（Dead Lover），出自法国浪漫主义诗人、作家戈蒂耶的同名短篇小说《死灵爱人》（*La Morte amoureuse*，1836），大意讲一个神父和女吸血鬼的奇情故事。

宗黄油喷射[1] & 眨眼小丑用阿拉伯文写在额头上想让每个人都体验到他的恐惧"你必须体验到我的恐惧才能做我的朋友!"他这样告诉露西图尼亚[2]，她的素食大腿如红木一般锃亮 & 她抚慰着阵阵发作的眨眼小丑在他没有妻妾[3]的时候……嗖 & 奥赖恩[4]结结巴巴 & 咳嗽 & 沙赞[5]——鸦片鬼在摩天轮之下——在公路道旁——在那里没有谁能停留——在那里他引不起任何麻烦——在那里表演必须继续……这就是他希望的死亡之地——他希望死在大教堂的钟鸣当中——他希望死在飓风席卷那些屋顶 & 坐凳的时候"死到头了"他会在死的时候这样说

报童从后门进屋来——
他的大脚趾冒出鞋头——他
拿着一块果皮上面
有个号码——他打电话——
然后他擤擤鼻涕

---

1 参见美国传统民谣《循道宗馅饼》("Methodist Pie")。

2 戏拟美国华纳公司的系列动画片《乐一通》(*Looney Tunes*)。

3 妻妾(harem)，指阿拉伯贵族的后宫嫔妃；音近哈莱姆(Harlem)，纽约曼哈顿北部的黑人区，荷兰殖民地时期命名为新哈勒姆(Nieuw Haarlem)，20 世纪 20 年代以这里为中心的黑人艺术及文学兴起被称为"哈莱姆文艺复兴"。

4 嗖 & 奥赖恩(Zing & Orion)，戏拟宾·克罗斯比的歌曲《唱一首小歌》("Zing a Little Zong"，1952)。

5 沙赞(Shazam)，美国老牌漫画《神奇队长》(*Captain Marvel*)中英雄变身的咒语。

免责的黑夜撞击

合众国不是隔音的——你可能以为任何东西都无法触动那几万住在美元高墙背后的人——但你的惧怕却能够引出真相……图画中的庄稼人——秋裤——浣熊皮帽——他踮着脚尖把自己勒死——他的老婆，在满地骷髅上磕磕碰碰——她的头发垫着老鼠[1]——他们的小孩戴一只蝎子——蝎子戴着眼镜——那小孩，他在喝金酒——人人都有气球戳进他们的眼里[2]——他们绝不会在墨西哥晒日光浴这是显然的——今日内寄出你的美元——使尽办法吧你……不然就永远闭嘴

恶棍进屋来——踢踢报童
你知道在哪儿——&动手撕掉
音响修理工的衬衣

1 老鼠（rats），也指假发垫。

2 参见《新约 · 马太福音》（7：3—5）："为什么看见你弟兄眼中有刺，却不想自己眼中有梁木呢？你自己眼中有梁木，怎能对你弟兄说，'容我去掉你眼中的刺'呢？你这假冒为善的人，先去掉自己眼中的梁木，然后才能看得清楚，去掉你弟兄眼中的刺。"

电声的黑夜撞击

天性已使得年轻的西弗吉尼亚矿工们不肯再做矿工宁可去搞一辆46年款雪佛兰——定金全免——开到日内瓦……猎捕各种逃亡者&巴克利老爷[1] &夏洛克·福尔摩斯快要成了他的妈妈变成星洞[2]而亚马孙生物学说“我不想成为我妈妈！”& e.e. 卡明斯——要拼写正确——把他吃剩的鸡骨头裹在属于布朗克斯宝贝2号的猪尾辫里&她认为世界即将走到尽头&试图组织一场集会&她的320磅法国佬朝她爸爸吐舌头——他不想成为其中一员——“我可不想进圣昆丁[3]！我不是罪犯——我是个老外&如果你着迷e.e.卡明斯而不是我那我就帮不上了——就像俺说的——我只是个老外”&她把所有这些吃剩的鸡骨头都砸到他的脸上&有几个名流经过——他们目睹了整个事件&记下序号……蒙娜在左前胸上挂着孤胆奇侠的广告——蒙娜的老表——这个320磅法国佬——他好比亚瑟·柯南道尔……蒙娜——

1　巴克利老爷（Lord Buckley，1906–1960），美国笑星，迪伦很喜欢他的节目。

2　星洞（Starhole）戏拟夏洛克·福尔摩斯（Sherlock Holmes）。

3　圣昆丁（San Quentin），加利福尼亚州立监狱所在地，位于旧金山附近，以其死牢闻名。

她好比一位性感的佛陀＆那模样总是像她跨在金门海峡上……她不着迷 e.e. 卡明斯——她着迷费尔南多·拉马斯[1]——我坐一趟黑火车[2]去西部——荒漠上没有阿瑞莎——只有——如果你愿意——阿瑞莎的回忆——但阿瑞莎教人不要依赖回忆——荒漠上没有阿瑞莎

脱衣舞娘来时戴着一枚
订婚戒指——她要柠檬水，
却说她也能接受三明治——
报童拽住她——大叫“求主
垂怜”

1　费尔南多·拉马斯（Fernando Lamas，1915—1982），阿根廷影星。
2　黑火车（black train）是美国民谣的常见意象。

某人的黑夜撞击

从整个墨西哥＆快乐无邪每当遇到秋之撒旦——从文雅＆野蛮比波普乐＆那些寂寞房间你必须给停车表投一个硬币——进入臭名女儿们的怀抱——女儿们搞出交际诗发表在芭莎＆时尚杂志＆历险奇遇——啤酒桶波尔卡[1]＆吃傻瓜药“为什么非美调查委员会[2]不抓卡斯特？”有人说“我想知道的是罗伯特·彭斯[3]怎样逃离希特勒！”另一个更聪明的说——所有的嬉普士丁骨[4]脑袋＆轮椅马克思主义者们但愿在51年的堪萨斯城[5]＆秋之撒旦＆他的朋友，我不认识你，在农田里咬牙切齿地放屁＆转回来＆告诉每个人＆然后我不认识你终于得出结论“把什么事情都告诉每个人又有什么好处——他们都会找借口？”＆然后蒙塔纳来了＆阿兹特克

1 《啤酒桶波尔卡》（“Beer Barrel Polka”），源自捷克的二战流行歌曲。

2 众议院非美活动调查委员会（House Un-American Activities Committee，HUAC），美国反共机构，1975年撤销。

3 罗伯特·彭斯（Robert Burns，1759—1796），著名的苏格兰民族诗人。

4 丁骨是上等牛排肉。可能指“丁骨瘦子”（T-Bone Slim，1880—1942），美国左翼作家、工运领袖，他创作的抗议歌曲在当时重新受到推崇。另，“丁骨”沃克（T-Bone Walker，1910—1975），美国蓝调歌手，电吉他先驱之一；walker意即行走者，与轮椅相反。

5 1951年7月，堪萨斯河域洪水泛滥，50万人转移。

地主们本人——他们的原子同性恋酒吧被打劫&主教们假扮巧克力囚犯&空荡荡的巴巴利海岸[1]鬼屋出没官僚——梦想家赫胥黎跟班们——新觉醒要花钱&没地方可去&前警察开始写诗歌&把自己想成一条熏肠&盖比——来自电报大道[2]的跛脚神经病但有谁要听这个呢——有谁当真要听这个呢？“有谁要听点什么吗？我们只是一代人的一部分！只是一个肮脏丑陋的部分！”有一天我不认识你这样告诉撒旦&那是在秋季“你是说像呼啦圈[3]那样的发生？”“不——像钉十字架那样发生！”“像现代节拍？”“像一棵桃树的节拍”……撒旦和我不认识你两人——他们一蹦一蹦过了纽约跑马场——全都是典型的文艺复兴&一个酷似埃兹拉·庞德的金发白人&他们直接走进夏季——没有冬——看到他们都安然无恙，露剪个平头，就跟其他写了大部头的雏儿们一样——她的嘴巴咧着——有个乞丐走出他的窝棚&挂着一根头发在她的嘴唇上——有一辆电车撞击……但总的来说，没有谁当真在乎

1　巴巴利海岸（Barbary Coast）一带是旧金山的文化娱乐中心、红灯区、同性恋聚居地。

2　电报大道（Telegraph Avenue）位于加州大学伯克利分校附近，是 20 世纪 60 年代反文化运动的主要场所。

3　呼啦圈在 1960 年前后开始风靡美国及西方世界。

工商会全都进来了——

所有成员攥着手榴弹——

一切都变得血腥——除了

点唱机，一个陌生人披着件——

日历，& 希腊建筑

明信片……是那个地方的

主人搞错了留在散热器

顶上／现在表演开始……这

都是过去的事了……我不会

那样无礼地都写给你看

看似一场黑夜撞击

在厨房的尖叫床垫 & 时代，一份神秘周刊之间——道——他的一个指尖抵着下巴，膝盖啪地并拢——道——他向一列面孔展示他的嘴巴内部“这意思是说你今天必须打个盹儿了？”& 菲尔·西尔沃斯[1]吃着香蕉——他在那一列面孔之中——道很安静 & 菲尔捅捅英雄达夫——来自爱琴海的财迷——他的脑袋里长了一个大沙漠——他有着丰富的自信 & 任由乡巴佬们在他的脑子里试验原子弹——“爱情是个鬼东西”达夫说“它从你身上穿透而去”道紧张了——他那模样简直就是色情片“有些扁桃体！”菲尔说，现在他系着吊裤带 & 叫达夫要保持自信“自信就是欺诈”奥图先生[2]——这个操守可疑的丈夫说“它能让没骨气的人长点硬气”“你老婆有没有一头奶牛？”菲尔说，他现在已经变成一个来自内布拉斯加的廉价新教徒大使 & 说起话来满口子绝妙的口音“你问我老婆有没有奶牛是什么意思？”“那你是不是从芝加哥来的？”大使问……与

1　菲尔·西尔沃斯（Phil Silvers，1911—1985），美国笑星。

2　可能指彼得·奥图（Peter O'Toole，1932—2013），英国演员，反战人士，以影片《阿拉伯的劳伦斯》（*Lawrence of Arabia*，1962）成名。

此同时——道的面孔越来越庞大——它消失了“他上哪儿了？”达夫说——他可不再有那么多英雄气概了现在只是一个憎恨堕落的快乐青年&反正应该去上学的……奥图先生——从椅子掉了下来“我必须找到些铁路轨——我必须把耳朵贴在铁轨上——我必须听火车来”——那一列面孔——现在都聚拢了——发出吧唧吧唧的合唱“别找死啊”——重复——“别找死啊”……是的&在这床垫尖叫&那神秘周刊之间坐落着蓄奴县——多丽丝·戴离去&太平洋大雾——昏暗中一辆斯图贝克[1]——撞击——&崩掉酒馆大门&那些奇怪的左撇子月球人——从阿肯色&得克萨斯&流浪汉们看着里德学院弄来的美女杂志——那些地窖&女王——她们都在大喊“看看我呀道——看看我——我很高了——快看看我呀！”……那种孤独感——麻痹——那种孤独感——或者阿瑞莎——我老妈可不是养笨蛋的——对那种感觉我没有什么新东西要补充了……在呕吐物上滑溜——好过用铲子干活——拒绝——上帝保佑神圣幻象派&诅咒送行宴——统计手册——政客们……那一列面孔——现在都聚拢了——升上旗帜&注视着那上边的一个孔——唱道“万圣节将至道能不能

1 斯图贝克（Studebaker），美国汽车厂牌，1966年停产。

出来&玩玩？”——没有反应&喊得更大声了——现在都齐唱了——“万圣节将至……道能不能出来&玩玩？”

放弃——放弃——船已经没了：回
圣贝纳迪诺[1]去吧——不要再试图
招募船员——每个人都是为了
自己——你是一个人还是一个自己？
等海岸警卫队过来了，傲慢地站在
那儿&指指点点——不充英雄——人人
都是英雄——你要不一样——不做遵从
　者——
忘掉那所有的水手歌谣——只需
站在那儿&说“圣贝纳迪诺”以低沉
单调的声音……所有的人都会收到消息
　　　　　　　　　　　你的恩主
　　　　　　　　　　　欲火中烧

1　圣贝纳迪诺（San Bernardino），美国加州南部小城。

咕咚咕咚听我吼声嗨嘀嘀[1]

他被撑在一棵橡树的枝杈上——往下看——唱着“有个人到处转悠点名”[2]的确——我点头问好——他也点头问好“啊他点了我妈妈的名字——让我痛苦不堪”我一只手里端着一杯沙子&另一只手里是牛犊脑袋——我抬头看看&说“你饿了吗？”&他说“有个人到处转悠点名”&我说“很好了”&继续走——他的声音在山谷里回荡——就像电话铃——真是烦人——“你在上边需要帮忙吗？”——“我要进城”他摇摇头“啊他点了我姐姐的名字&我完全变了样”“不错啊”我说——系好鞋带&继续走——然后我转身&说“如果你要人帮忙下来，你就进城&告诉我”他根本没听——“啊他点了我伯父的名字&你知道他无可指摘”“棒

---

1 “咕咚咕咚”（Chug A Lug-Chug A Lug），出自美国乡村歌手罗杰·米勒（Roger Miller，1936—1992）的歌曲《咕咚一口闷》（“Chug-a-Lug”，1964）。“吼”（holler），常指美国黑人传统民谣的一种劳动号子。“嗨嘀嘀”（Hi Dee Ho，Hi-De-Ho）是美国黑人爵士乐歌手凯伯·卡洛韦（Cab Calloway，1907—1994）在20世纪30年代成名的招牌唱法，曾拍过多部同名音乐电影。

2 “有个人到处转悠点名”(There’s a man going ’round taking names) 出自“铅肚皮”在20世纪30年代录制的同名传统民谣，这个人可能指死神，在歌中点了“我”父母姐妹的名字，任“我”徒伤悲。

极了”我说&继续向城里走去……还没过几小时我又恰巧路过——就在那棵树的地方，现在是一座灯泡厂——“这儿从前有个家伙趴在树上吗？”我对着一扇窗户嚷道——“你是不是来找工作？”便是回复……就是在那个时候我确定马克思主义也没有全部答案

为什么你要那样惧怕
受窘呢？你花了大量的
时间在厕所上对吧？为什么
你就不承认？为什么你要
那样窘迫于惧怕呢？

你的伯父
玛蒂尔达[1]

1 玛蒂尔达（Matilda）一般是女名。

天堂、陋巷&玛丽亚简述

肥肥阿佛洛狄忒的老妈——我向你鞠躬……&以我的蔬菜阴影上的淫欲疯狂永恒——我，在马脖子上擦拭着双手——马匹打嗝儿&你有印第安纳老哥——他用皮带抽你&你不为自己受折磨找理由&我想要你的平面舌——在反光镜中——那完美的宿命&这些残酷的夜魔有砖瓦匠指引我看到丑恶的关联&马克斯兄弟[1]咕囔**我不要你的智慧**[2]&你的大腿半梦半醒&我好恶心好恶心这些圣经人物中的情侣——“所以你就出来拯救世界对吗？你这冒牌货——你这怪胎！你是一个矛盾！你害怕承认你是一个矛盾！你在误导！你有大脚丫&你会踩翻你自己那些被你误导的人会把你捡起来！你没有答案！你不过是找着了一种打发时间的方式！没了这个，你就会瘪掉&毫无价值——你是害怕你毫无价值——你被这种想法套住了——它抓住你了！”我真的好恶心那些圣经中人——他们就像蓖麻油——就像疯狗&现在我希望得到你的眼睛——你是不谈

1　马克斯兄弟（Marx Brothers），美国笑星组合，流行于20世纪上半叶。

2　本章字体加粗部分原文为西班牙语。

什么生意的&给我的头脑提供空虚我想要你的眼睛&你的欢笑&你的奴役……不会有酒醉风险——我是一个亲密的埃及人——向水兵说再见

嘿——我刚到——可怕的旅行——这
个拎着一只白鼠的小男人
一路上老是盯着我——耶稣啊他
曾是个大帅哥[1]——这附近有没有
好律师？很快就去找你了——
先吃点东西

你诚挚的，
小青蛙

1 出自美国诗人e.e.卡明斯的《野牛比尔》："耶稣啊他曾是个大帅哥，我想知道的是你觉得你的蓝眼睛男孩怎样，死神先生。"

反战人士的一拳

小不点伯嚼，嘴巴跟一张信用卡似的——他&大肉杰克——会同来自贝可斯河[1]的桑迪鲍勃——他们牵着白象[2]去威奇托瀑布[3]&国王大道[4]之间的某处饮水——当时天色已晚&还是没有西贡的任何消息——又会同了杰拉德·麦克“啵音啵音”[5]的女儿——飞艇莉莎[6]——乘着一张两美元钞票[7]，这属于母鹅约翰·亨利，从丹佛来的黑人巫医，[8]他会唱民谣寻

1 贝可斯河（Pecos）流域位于美国南部新墨西哥州和得克萨斯州一带。

2 白象（white elephant）是东南亚的瑞兽，在英语中常比喻代价高昂但毫无用处的玩意儿。

3 威奇托瀑布（Wichita Falls），美国得克萨斯州城市。

4 国王大道（El Camino Real），西班牙人在美洲殖民地修建的道路系统，至今仍在一些老地名中有保留。文中可能借以对比“胡志明小道”。

5 杰拉德·麦克“啵音啵音”（Gerald McBoing-Boing），美国 1950 年同名动画片中的一个小男孩，他不（会）说话，弄出各种声音来表达，后来成为电台有名的神童音效师。另，杰里（Jerry）也是同时期动画片《猫和老鼠》（*Tom and Jerry*）中老鼠的名字。波音公司（Boeing）是当时最先进的 B-52“同温层堡垒”战略轰炸机的生产商。

6 这几句穿插了爵士乐老歌《莉莎》（“Liza”，1929），原词大意：月光映照河水，莉莎快来与我相会，天色已昏暗，但你的微笑将驱走我所有的阴霾，我们就要跟布朗牧师约好日子，去定下你将属于我的那个日子。另，飞艇（blimp），常指胖子。

7 两美元纸币很少使用，于 1966 年 8 月停印。

8 《灰鹅》（“Grey Goose”）、《约翰·亨利》（“John Henry”）、《巫医》（“The Medcine Man”）等均为美国传统民谣的经典曲目和常见题材。

开心 & 讲法语讨生活——走着走着正好碰到布朗丹，那个变态警察——他喜欢杀牛蛙 & 他的老板总是说“他伤了膝盖但你还是能看到他奔跑，宝贝，你还是能看到他奔跑 & 追逐那些到河边来的东方小妞”——反正布朗丹——他来是要打探陌生人，他的跟屁虫，人称小棍儿，带了一根烧焦的帽簪 & 两块卫生巾以备不时之需……他们在一个酷似渔人码头的空地上汇合了团队……焊工吉姆甘地从他的窗户望出来——& 嚷着像是“嘿嘿狗崽子们——快滚要不就永远闭嘴”这时小娘儿们摊开大腿进入交叉准心 & 倾泻巴拉巴拉种籽油，但没有谁打喷嚏——她开始叫嚷她老爸是谁谁，但是这也不起效……她的肥肥两美元钞票被一颗子弹打死下来——“得克萨斯傻死的旗帜插着你们”[1] 吉姆甘地大叫 & 小娘儿们立刻跑进山里——小不点丢了他的甜饼驾着一辆 XKE[2] 载上桑迪鲍勃的老表桑迪瘦子，他到处跟人炫耀他的纳赛尔[3] 照片 & 说“瞧好了小子，我可知道所有这一切事情——我曾在埃德赛

1　戏拟美国老歌《得克萨斯的眼睛》（“The Eyes of Texas”，1903），歌词大意：得克萨斯的眼睛注视着你，你无法躲避，不要设想你能够逃脱，无论夜晚还是凌晨，直到大天使吹响号角。

2　XK-E 是英国捷豹汽车公司在 20 世纪 60 年代推出的中高端跑车系列，造型时髦，评价甚高。

3　可能指贾迈勒·阿卜杜勒·纳赛尔（Gamal Abdel Nasser，1918—1970），时任埃及总统，1956 年成功收复苏伊士运河。

工厂[1]干过”趁着一片混乱，小棍儿偷走了白象……谁都没注意，包括布朗丹，他这一次是忙着用钢锯也要把大肉杰克活活揍死——总而言之，越南的局势非常乱

谁又想被人注意呢？只有你，
相信什么适合你，才能那样
过分地数落塞洛尼厄斯·贝克[2]——他
到底对你做了什么呢除了把他的
名字印在报纸上？你知不知道
人人都想挑一个白痴给你——
不要为这种鸡毛蒜皮让自己
太操心了——都会过去的——想大点儿——
你已经看见朕兆——反正，总之，
你是一个好小伙子——保持本色——
不要浪费金钱去理发——下次
在药店见

你的王子
流浪者秋葵汤

---

1 埃德赛（Edsel），美国福特汽车公司在1958年推出的中端车型，但遭遇惨败，沦为笑柄。另，福特公司并没有为该车型安排专门的工厂生产线，导致品控混乱。
2 混合了两个著名爵士乐演奏家的名字，塞洛尼厄斯·蒙克（Thelonious Monk，1917—1982）和切特·贝克（Chet Baker，1929—1988）。

神圣破锣嗓&叮当咣当的早晨[1]

继续吧——扑动你神秘的歌谣——啊萦绕不去&托凯[2]惊惊颤颤的你就像狂乱的脉搏——孩子的狂乱脉搏——那些绕啊绕玫瑰[3]的孩子们&漫游在印度各地的诗人们——杂耍师都叫错了你的名字&称你为受伤的猫咪——他们轻易就相信没有童话存在……以调式定弦[4]——停放的庞蒂亚克[5]没有一条腿站得住——瘟疫小子——在蓝调空间里东征西讨，他——在路边搭上那辆庞蒂亚克——对着公路思虑重重&寻找小丑[6]——也有可能是魔鬼的八鼓手“打倒狂热病！”瘟疫说“世事无常！终将消散！”&

1　参见迪伦歌曲《铃鼓手先生》：“嘿，铃鼓手先生，为我奏一曲，我还不想睡，也没有什么地方可去，在这叮当咣当的早晨，我愿意追随着你。”

2　托凯（Tokay），一般指葡萄酒名。

3　“绕啊绕玫瑰”（ring around the rosy, ring a ring o' roses），英语传统儿歌和游戏，类似“编花篮”。

4　调式定弦（modal tuning），吉他等弦乐器的一种非标准调音法，比如把所有的琴弦都调到一个音级，不区分大小调性，弹奏某些简单和弦或特殊声效。另，据下文也可理解为汽车的改装、升级、调试等。

5　庞蒂克（Pontiac），美国通用汽车公司旗下的中端品牌，在当时备受好评。

6　小丑（Joker），美国老牌漫画《蝙蝠侠》中的大反派。

兰德尔老爷[1]要着一大杯啤酒——芳妮·布莱尔[2]拖着一个法官——威利·摩尔[3]，一个鞋匠，他用弹簧刀打发时间还有詹姆斯爵士[4]，笨蛋，他进城的时候戴着烟囱帽[5]——马蒂·格罗夫斯[6]半夜里偷偷出去要劈掉教堂的尖塔，伙同爱德华[7]，他砍篱笆挣工钱&最后但不是最次要的——芭芭拉·艾伦[8]——她每个月两次把摩洛哥煤渣偷运到布鲁克林&她穿一身床单——她打很多针青霉素“凡无常之物皆可为金钱所用”瘟疫说&所有这些人——随便你怎么叫他们——他们都信他——昨天我跟阿伯纳谈了四十

---

1 兰德尔老爷（Lord Randall）出自同名英国传统民谣，大意讲妈妈不断追问儿子兰德尔为什么不对劲，最后才知道他在晚会上被自己的爱人投了毒，已经快要死去。

2 芳妮·布莱尔（Fanny Blair）出自同名英国传统民谣，大意讲一个囚犯临死前坚称自己被冤枉，没有强奸11岁的小姑娘芳妮。

3 威利·摩尔（Willie Moore）出自20世纪同名美国民谣，大意讲威利和安娜相爱，但父母不同意他们结婚，后来安娜投河自尽，威利孤苦一生。

4 詹姆斯爵士（Sir James）出自英国传统民谣《玫瑰詹姆斯爵士》（“Sir James the Rose”），大意讲杀人犯詹姆斯四处躲藏，但被情人出卖了行踪，最后死在仇家的长矛下。

5 在学校惩罚差生或捉弄笨小孩时给他戴一顶纸筒尖帽，形似烟囱。

6 马蒂·格罗夫斯（Matty Groves）出自同名英国传统民谣，大意讲少年马蒂在教堂勾搭上一个贵妇，他们被捉奸在床，马蒂死于决斗，贵妇也被丈夫杀死。

7 爱德华（Edward）出自同名英国传统民谣，大意讲妈妈不断追问儿子爱德华为什么剑上滴血，原来他已经杀死了父亲，准备抛弃一切逃往远方，任由家产荒废、妻儿乞食，他只给妈妈留下来自地狱的诅咒。

8 芭芭拉·艾伦（Barbara Allen）出自同名英国传统民谣，大意讲芭芭拉狠心拒绝了病危的追求者，但两人先后死去，他们坟墓旁的树交缠成同心结。迪伦1962年唱过这首歌。

分钟——他，阿伯纳——咒骂东得克萨斯，番茄&锡盘巷[1]——他不搭理我——他跟镜子说话——我没有勇气去砸烂或粉碎我自己……离开他之后，我遇见扑忽[2]——扑忽一无所有只剩下满口关于失业的坏话，箭牌留兰香糖&拉伯雷——我抽了自己一耳光——他告诉我说我疯了&我唯一的遗憾就是我不能用嘴巴放屁——我转头走进一家杂货铺……我要说的是一个不可言说的癫狂麦克风&盛大的鲜花庆典——那不是冒充的幻象而是温柔的黑暗——快看那黑暗——你的力量——那黑暗“自我&脊髓梦幻的联姻”瘟疫小子说&我们给他买一个车皮——歇斯底里——那歇斯底里的曲调——与之相反的是音乐所呈现的每一个声响都令生命得以存在而非沉寂……霍迪尼[3]&其余的平民百姓在61号公路[4]把皱

1 锡盘巷（Tin Pan Alley），大概位于纽约百老汇附近，在二战前曾是音乐人和相关产业的聚集区，因此成为旧时代流行音乐的代名词。

2 扑忽（Puff），出自1963年的热门歌曲《神龙扑忽》（“Puff, the Magic Dragon”），大意讲神龙扑忽和小男孩白纸杰奇原是纵横四海的玩伴，但男孩渐渐长大，忘却了年少时的奇想，神龙失去了朋友，也失去了勇气，它忧伤地躲进洞穴，从此不再玩耍。

3 哈里·霍迪尼（Harry Houdini，1874–1926），美国魔术师，以逃脱术享誉世界，晚年致力于揭露通灵术、招魂术、降神术以及各种宗教迷信的骗局。

4 61号公路（Highway 61）是纵贯美国南北的大道，从新奥尔良经孟菲斯、圣路易斯抵达芝加哥，很多老民谣歌手曾沿途旅行，迪伦的家乡就在这条路的北段。参见迪伦歌曲《重访61号公路》。

巴巴的耶稣招贴画全都撕掉——弥达斯[1]又把它们贴回去——宝座上陷没着克利奥[2]——她之所以陷没是因为太胖了……这片土地是你的土地&这片土地是我的土地[3]——那确实——但世界却由那些根本不听音乐的人来运转——“狂热病就是一种要打电筒才能听见的音乐”瘟疫如是说

真不想说宝贝但你确实太牵肠挂肚
不是吗？你知道就好比每个人
都来告诉你说你就像破鞋脑袋
已然剥皮……你知道被人读完之后
他遭遇了什么——哈他直接就
被妥妥地束之高阁……请告诉我
你是否懂得使用驯马师或者

1　在古希腊神话中，吕底亚的国王弥达斯（Midas）听到太阳神阿波罗和牧神潘的音乐比赛，他认为潘的芦笛要优于阿波罗的竖琴，阿波罗大怒，把弥达斯的耳朵变成驴耳朵。弥达斯用高高的王冠遮住耳朵，理发匠发现了这个秘密又不敢声张，只能对着河边一个土洞诉说，后来河边长出的芦苇都吹着“国王长了驴耳朵”。另一个故事讲弥达斯获得了金手指的神通，所触之物都变成黄金，但因此失去了人生幸福，比喻嗜财如命的大富翁。

2　可能指埃及艳后克娄巴特拉，或克利奥·布朗（Cleo Brown，1907—1995），美国爵士乐女歌手、钢琴家，1953年退出乐坛，成为修女。

3　这两句出自伍迪·格思里的代表曲目《这片土地是你的土地》（“This Land Is Your Land”，1940）。

适度的忧虑之心……

你的肉贩子

墩墩饼

宣传课挂科

那些陌生人带着一肚子毛病&他们的海报女郎：泽尔达耗子——滑头贝蒂&长腿火山——他们大驾光临——他们砰地冒出来&他们曾被人看见在礼拜堂哭泣[1]——他们的朋友说每个人都哭得很厉害——他是国会的人&带着照片——他名叫塔潘加红人[2]——在洛杉矶人称抹杀者——他咳得厉害——总之他们进来了——天还很早&他们点了黑杂种每人一杯——珍妮说“怎么不掳了他们？”“他们是警察！”一个刚刚爬过山的小男孩说&他懂得怎样在马戏场上闻味道——珍妮回到弹球机前——蒸汽越来越浓——泽尔达耗子又点了一杯黑杂种——要热的谢谢——其中有个男的吊着一块表在她面前晃悠“天晚了——泽尔达宝贝——天晚了”&泽尔达起了一脸疹子&她说“我过敏”——铃声响起&她说“瞧嘿——那边那妞儿打通关了”为了吸引珍妮

1 《在礼拜堂哭泣》（“Crying in the Chapel”，1953），美国流行福音歌曲，1965年“猫王”凭翻唱此曲重新走红。

2 塔潘加（Tapanga），一种非洲砍刀，书中指洛杉矶附近的一个小镇、艺术村托潘加（Topanga），以及芝加哥蓝调吉他手“坦帕红人”（Tampa Red，1904—1981），他对摇滚乐影响极大。

注意，其中有个男的问她“你是不是有麻烦？”珍妮答道“是啊——奥瓦尔·福伯斯[1]究竟遭遇了什么？”＆那人立马就放下话题——他的眼睛红肿他把其中一杯热的黑杂种打翻在可怜的泽尔达的裙子上——问她还想不想要再来一杯——所有人都笑出褶子除了有一个正对着窗户说话＆珍妮在忙着上分……那个男的长得像一块喉结——我想他是滑头贝蒂的人——他从凳上探过来——火山——她把他裹进国家内幕——人人都读他——珍妮猛攻弹球——那人死了——这时，那个国会的家伙拔出一把卢格手枪他说是一个德国泡菜佬在战场上吹牛，＆开始射击烧烤牛肉招牌……电台播放星条旗永不落——第二天，有个年轻纵火犯头上戴着龟壳＆两手叉在屁股上＆他腰椎滑脱，他看见我在东区遛驴子——“昨晚看到你跟珍妮了——在那儿干吗呢？”我说“上帝啊，你怎么问这种问题？你不知道在东方还有很多孩子忍饥受饿吗？”他说“没错，但那是昨晚啊——今天是新的一天”＆我说“是啊——那真是糟透了——但我还是不想告诉你任何有关珍妮的事”他叫我傻瓜＆我说“我的驴子给你了如果

1　奥瓦尔·福伯斯（Orval Faubus，1910—1994），1955 至 1967 年连任美国阿肯色州州长，1957 年 9 月派遣国民警卫队阻止黑人学生进入小石城中央中学就读。

能让你好过些的话——我反正是打算去看电影的”
还差五分钟到高峰时间——在第三大道发生一场奇
怪的货物交易——超级市场从营养不良中爆发——
上帝保佑营养不良

我才不管鲍勃·霍普[1]说什么——他
不会带你去任何地方——还有，约
  翰·韦恩[2]
或许能打败癌症，但是你
应该看到他的脚——忘掉那些
好莱坞演员叫你该怎么怎么做的吧——
他们迟早都要死在印第安人手上——
我们梦里见

爱你的，
塑胶人

1 鲍勃·霍普（Bob Hope，1903—2003），美国著名笑星、主持人，有“路”系列喜剧片，如《香港之路》（*The Road to Hong Kong*，1962）。

2 约翰·韦恩（John Wayne，1907—1979），美国著名影星，以硬汉形象闻名，1964年被诊断出肺癌，切除了左肺及4根肋骨。他从影前是橄榄球运动员，因伤退役。

星期天的猿猴

嗖&他们把他扔出门外&他落在卡车里——他在开往莫比尔[1]的某个地方下来&说“这一仗打得够爽——对吧白皮佬？”&马上就交起朋友来……“交朋友很开心是不是，猪脑袋？”这话更加拉近了关系&两人凑到一块——他们胖揍了某个为骑师工作的男秘书……不可触摸[2]——他们走过法兰西的街道&给狗下毒&他们回来的时候——两人都获得英勇勋章“戴勋章很开心是不是大驴怪？”他们没法分开这两个老友……他们应邀在宗教&大学集会上演讲&最终成为根汁汽水公司的董事会成员“喝根汁汽水喝到饱很开心是不是鱼粪？”一个牢不可破的绝对友谊……有一天一个老友发现他从来没做过传闻中的那些事……他去打听但是没有回音——他谋杀了另一位老友&城里的某个小阿飞——他被判90

---

1 莫比尔（Mobile），美国亚拉巴马州南部港口城市，原为法国殖民地；“mobile”也有运动、活动的意思。参见迪伦歌曲《又被困在莫比尔听孟菲斯蓝调》（“Stuck Inside of Mobile with the Memphis Blues Again”，1966）。

2 不可触摸（UNTOUCHABLE）可能出自美国警匪连续剧《铁面无私》（*The Untouchables*，1959—1963）。

年徒刑……一切都会被忽视除了约翰·休斯顿[1]——&确实是约翰·休斯顿——他据此拍了一部圣经片&改了所有人的名字——而且剧情当然一点儿都没提那根汁汽水的事——除此之外——全是瞎扯“我期待能看一眼莫比尔”公主说“我真的很期待能看一眼莫比尔”——公主是一只猿猴——她通常星期天去看电影

瞧你那臭屁股——也许我不过是
一个黄油雕塑家，我拒绝再迎合
你的赞美就是我的奖赏这样的观念——
难道你有什么资历证书吗？除了
对我们黄油雕塑家说三道四，你还会
干点什么？你知道做成一个黄油雕塑
是什么感觉吗？你知道真正地挤出黄油
&造出价值非凡的东西是什么感觉吗？你
　原说
我去年的作品“王者之气”是
杰出的&现在你又说我再也没做出那样
杰出的东西——你到底在跟谁

1　约翰·休斯顿（John Huston，1906—1987），美国著名导演，有影片《圣经·创世记》（*The Bible: In the Beginning*，1966）。

说话？你在现实生活中肯定也有你的
事情做——我能理解你昨天看了
那尊“猴子品尝师”之后发出的赞美
你的意思是说“一件好的黄油作品
就是要雕出一个青年男子的只喜欢
非洲婆娘的形象”你就是个笨蛋——这
根本
不搭界……因此我不想跟你的执念
有任何瓜葛——我真不在乎你怎么看
我的作品反正我知道了你根本就不
懂……我必须走了——我还有这一大块新
到的
人造黄油在浴缸里等着呢——对我说的
就是
人造黄油&下周我就可以定下来使用
奶油干酪了——&我真的不在乎你怎么
看待我的实验——你把你自己
太当回事——你这样会得溃疡的&
快上医院吧——他们会把你送进一个
绝对无人探视的病房——直到你
沤坏了脑壳——我就真的什么都不在乎
了——
你的那些规则&条条框框把我给烦得
都不想再跟你说话——但你要

记住，在你评价一个黄油雕塑的时候，
你不过是说你自己，那样
你最好签上你的名字……下次见，
如果你走运的话，就在基勒太太[1]的糕饼大
　会上

你的
雪犁浮浪子

另，你是我的朋友&我是想帮你

对撞

老板这样吓不吓人[2]
他们教你盯着些东西
就像你蹲在厕所里边那样——
她们的厕所！
这些嗜虐的护士——她们对我
说话时就好比我是一根手指——
我躺在这张无遮无盖的床上&
隔壁房间的那个家伙——他肯定

1　可能指英国舞女克里斯蒂娜·基勒（Christine Keeler，1942—2017），曾同时与英国陆军大臣和苏联驻英使馆武官有染，丑闻于 1963 年曝光，间接导致英国保守党在次年大选中丢失了政权。

2　出自美国幽默作家“侯爵大人”（Don Marquis，1878—1937）的讽刺诗《执拗的瓢虫》（“The Froward Lady Bug”，1913）。后文多处与“侯爵大人”的讽刺诗有关。

是个祖鲁人——连医生都
受不了他
&他无人探视——嬷嬷
说他是不敬神的但
我觉得他只是塞得太撑了
老板今天早上三具尸体已经
运走了——艾丝达女士[1]说
他们去了打猎场——
克罗尼说他们根本
就没那么值钱&圣狗屁连篇
念念有词——艾丝达女士是
一个清洁工&当我
醒来的时候她正在擦洗
床铺……有些蜡烛油
滴在窗户上——克罗尼说别
碰它

大厅上有一块标牌写着"静"——
它不等待任何人[2]——我想就是
这一点造成了人与标识之间的

1 艾丝达女士（Lady Esther），美国化妆品厂商，二战前后曾赞助几个有名的电台栏目。

2 英语谚语："时间不等人。"

区别

我对他说“他们会抓到你的”
&他说“不会”&我说“&如果他们
没抓到你，你也会抓自己”
&他说“你不讲礼貌&
我去教堂&没有谁要来
抓我”&这时有几个兵背着
降落伞走进来&喷了他
一口薄荷气&交给他一根
孔雀毛&然后他们切开
他的喉咙……我望着窗户
外边&看见这辆车停住——它
在保险杠上有张贴纸说
“我选山羊”[1]，一个人下了车&
在门垫上刮刮他的鞋——
他拿着一本伊索寓言
&这时艾丝达女士又进来了
&把垃圾打扫干净——我打开
收音机但前面发生的
那些事就是新闻了

1 亦即跳出驴党、象党二选一的框框。

老板这样够厉害吗就像一个
养波斯猴子的女人对待
另一个养胡同猴子的女人？
克劳黛昨晚过来看我——
她没有养猴子&她也搞不到
一只——就在那个时候，护士
进来了&说“外面大雨下得鸡飞&
狗跳——对你来说是不是实在
难以承受哈哈？”我差点没吃了她

今晚我的舞伴是草莓[1]，一个
穿血红裙的婆娘——我说她的脑袋
很有可能会像鸡蛋那样被砸碎
&她骂我——如果我感谢她
她就把我叫作婊子这样就
没出路了……我的思维紧跟着那些厨房
帮工但在他们抓蜘蛛的时候&
拔掉它们的腿脚&大笑——这声音
经常吵醒我……我最恶心有人
赞美爱因斯坦——资产阶级幽灵——

1 出自美国早期流行歌曲《乐队开始演奏》（“The Band Played On”，1895），又名《草莓红金发美人》（“The Strawberry Blonde”），同名电影曾获1941年奥斯卡最佳音乐片奖。

我最恶心英雄的哀伤

只要我一离开这儿
我就去找我的吸血银行
&提款&然后去
希腊——希腊很美
&那里没人理解
你

那个镶了玻璃眼珠的门房——
他很好——起码他
重视他的职业——他
告诉我说莎士比亚的亲戚
杀了他的祖先——&所以现在
他家的兄弟都不会去看莎士比亚……
他说他从前常骑着一头牛
上教堂&后来教堂被卖掉了
他也卖掉了那头牛……
门房不错的……艾丝达女士
说她绝不可能
有啥了不起但我
从不跟艾丝达女士说话&
她对镶了玻璃眼珠的人
又能有什么了解呢？

我的胸部感觉就像有
掘墓人在里面整夜整夜地
挖着……明天
如果走运，我就可以在天堂
吃早餐……我的窗户挂着某种
疯狂的鱼钩——看来我还是
起床吧＆用额头走路——
看来我还是丢了所有的票票……
但愿还能有些东西是我
极度想要的就像这枚鱼钩
想要表现它自己

尊敬的议员先生：
我要说我房子的事——不久
前我跟一家果汁公司签约
在当街的立面上给他们
做广告——事情刚开始还
不坏，但很快他们在另一面又
画了个广告——我根本都没
留意，但他们把每个窗户
都糊满了怀里抱着果汁罐头的
女人像——作为交换
公司付我的电话费＆煤气费＆
买了些衣服给小孩——我上报给

市政局说我已经想尽了办法
只求能有点儿阳光照进屋里但是他们
说我们不能得罪那家糖浆公司
因为它叫作华盛顿奶奶牌
糖浆&人们都习惯把它联想到
国家体制……邻居们也都不肯
帮我因为他们觉得如果什么事情
离了我的房子，就肯定要轮到他们家
&他们都不想自己的房子落得像
我家那模样——公司出价要买我的房子做
永久广告牌，但上帝啊，我的根都
扎在这儿&我立刻就拒绝了——现在他们
又告诉我说有一帮黑人要搬进
这条街来——你看，事情到这一步
就不怎么好了——我的大儿子
在部队所以他什么也做不了——我
企盼您能给予宝贵意见——
谢谢

您忠诚的
炸弹佐巴[1]

1　佐巴（Zorba），出自希腊著名作家尼科斯·卡赞扎基斯的长篇小说《希腊人佐巴》（*Zorba the Greek*，1946），同名电影于1964年上映。

牛仔天使蓝调[1]

而此刻回到得克萨斯——美丽的得克萨斯[2]——弗洛伊德来来 & 回回踱步——跟他的靴子做斗争 & 努力喝完他的苦艾酒——“恐怕你的头脑想错了克拉普先生——我要是你的话，我就让一步 & 去帮我妈妈把那些大树都劈掉——毕竟，我们每个人心中都有一个小妈妈”“没错但我想说的是为什么你认为我会那么干？为什么你认为每次她叫我去砍那些树的时候我就会故意放火烧我的床？为什么？”“是啊——哈——克拉普先生——也许那是子宫的呼唤——你懂的——也许在你还小的时候，你听见一棵树倒下 & 那声音响着唔姆[3] & 现在你长大了——每当你听到那个声音——当然是以这样或那样的形式——你就想——哦我们应该说——把它点

---

1 牛仔天使，亦即自由、流浪或堕落的天使。参见迪伦歌曲《伊甸园之门》（“Gates of Eden”，1965）：牛仔天使骑着四条腿的森林乌云，用他的蜡烛照射太阳。另参见美国流行小说《午夜牛郎》（*Midnight Cowboy*，1965），讲一个得州男妓在纽约挣扎的故事。

2 《美丽的得克萨斯》（“Beautiful Texas”，1933），美国乡村音乐老歌，作者奥丹尼尔（W. Lee O'Daniel，1890—1969）早年是有名的电台主持人，后任得克萨斯州州长、参议员，1960 年在民主党总统候选人提名中曾击败林登 · 约翰逊。

3 原文“WOOOOM”音近“子宫”（womb）。

燃？”“没错这很合逻辑——非常感谢——我觉得现在就该把那些大树劈掉”“啊但是孩子你要记住——有一棵树在森林里倒落得无声无息就没有任何人能听见！[1]”“是啊——哈——我应该去那儿——我不会再烧我的床了”“好啊——要让我知道你的进步&如果有什么强烈反应——拿着——吃这些药——另外，你应该叫你妈妈‘斯特拉’[2]好让她看到你是当真的——哦&等你到那儿的时候，也劈点柴火给我好吗？”“行——没问题——再次感谢你——请原谅先生——你的靴子是不是有问题？”“没有——没有——只是我的腿有点儿发毛——就那么回事”……回到这美丽的得克萨斯&不要换那头牛——燃烧的圣体[3]——惯偷——蛆虫&百万富翁交易儿孙&金钱&木头往回滚——黑吉卜赛女士[4]&巴迪·霍利[5]

---

1 出自英国哲学家乔治·贝克莱（George Berkeley，1685—1753）在《人类知识原理》（*The Principles of Human Knowledge*，1710）中提出的命题的衍生版本：如果一棵树在森林里倒落但没有人听见，它有没有发出声音？

2 可能指斯特拉·阿德勒（Stella Adler，1901—1992），美国女演员、教育家，开办演艺学校，借鉴斯坦尼斯拉夫斯基教学法，培养了马龙·白兰度、朱迪·嘉兰、伊丽莎白·泰勒等大批明星，被誉为“演艺之母”。

3 圣体（Corpus Christi），也可指得克萨斯州海滨城市科珀斯克里斯蒂。

4 参见迪伦歌曲《伊甸园之门》（1965）：“摩托车黑圣母两轮吉卜赛女王和她银亮镶钉的魅影。”

5 巴迪·霍利（Buddy Holly，1936—1959），美国早期摇滚歌手，1959 年 2 月 3 日在巡演路上他和乐队一起死于空难，被称为“音乐死亡日”。在霍利死前两天，17 岁的迪伦近距离聆听了他的演唱会。

本人进入坦克&虚空被李·马文[1]捧上瘦巴巴的天际&四十大盗[2]光彩夺目&被纪念的桑丘·潘萨[3]如在阿拉伯月历&被遗忘的马尔科姆·X[4]像一条网中鱼&诧异着——啊就是诧异着——就是那个是什么意思……爱情小镇好悲惨&成年人在哭泣——风向在这里抛锚&你不扰乱这些泪水或河流——你不在被人遗弃的浴缸里沐浴只爱混合电子香草&给大白山[5]做看家犬……疯了的菲德拉[6]——在请勿打扰标牌&黑老A[7]的歌声中央——她努力直视大碗钱财——大家都说——她已经一只脚踏进坟墓——见习丑角假

---

1 李·马文（Lee Marvin，1924—1987），美国演员，在影片《女贼金丝猫》（*Cat Ballou*，1965）中分饰正反派两个人物广受好评。

2 丘吉尔把1921年（开罗）中东殖民地会议的代表们称为“四十大盗”。

3 桑丘·潘萨（Sancho Panza），意即“神圣大肚皮”，堂吉诃德的侍从。

4 马尔科姆·X，美国黑人伊斯兰运动领袖，早年思想极端，后转向民主民权斗争，被极端分子枪杀。另，美国学者玛格丽特·克拉普（Margaret Clapp，1910—1974）著有《被遗忘的第一公民》（*Forgotten First Citizen: John Bigelow*，1947）。

5 大白山（Great White Mountain），不详，可能指纽约百老汇的剧院聚集区，因灯火通明被戏称为“大白路”（Great White Way）。

6 菲德拉（Phaedra，怀德拉），古希腊神话中英雄忒修斯的第二个妻子，她爱上了继子希波吕托斯，遭到拒绝后自杀，并给忒修斯留言说希波吕托斯奸污了她，忒修斯因此咒杀希波吕托斯。参见迪伦歌曲《我要做你的爱人》（“I Wanna Be Your Lover”，1966）：“菲德拉心如明镜，躺在草地上，她把一切都搞砸了，她垮掉了，因为她太过表露，但你不同，我想做你的爱人，你的男人，我不想做她的，只想做你的。”

7 布莱克·艾斯（Black Ace，1905—1972），名字直译为黑色的A，美国得克萨斯蓝调歌手，以夏威夷吉他为乐器。

小子在她的脚边——他被行内人叫作粗毛兔子&在弹一把自制的钢吉他[1]——要是喝飞了，他真能大咬一口——贪婪的麦鸡正从一匹累塌了的母马观看这情形&他用一张他的贼赃通缉令点了根烟……“爱是有魔法”[2]菲德拉——疯起的菲德拉说——兔子不作声——贪婪的麦鸡说“来吧姑娘！”“爱是奇妙无比”菲德拉说“抓住啊，陌生人！”贪婪的麦鸡说——菲德拉脱下她的牛仔帽——五只小兔&一枚千疮百孔的硬币蹦出来“去老挝怎么走？”其中一只小兔说“好把戏！”贪婪的麦鸡说——“爱是那种滑动的感觉”“太棒了！&我要做个机灵鬼！”贪婪的麦鸡说——“爱是温柔——体贴——像奶油一样”菲德拉说——她正在打枕头仗——她的武器，一张床垫——她站在一块废弃的棉花软糖上——她的敌人，某些一神论者他们从高高的山脊跌落&又活了过来讲这故事——他端着一品脱法西斯酸奶“爱是骑着花斑母马在野蛮人的星期天穿过那纵欲的原野”见习丑角粗毛兔子大叫——这是他整日里说的第一句话&现在他支支吾吾——菲德拉——与此同时——被打得满地找牙——“那确实”贪婪的

1　钢吉他（steel guitar），一般指横置弹奏的夏威夷吉他、平板吉他。

2　参见《新约·哥多林前书》（13：4—8）：“爱是恒久忍耐，又有恩慈；爱是不嫉妒，爱是不自夸，不张狂，不做害羞的事……爱是永不止息。”

麦鸡说“&然后你的母马到头来也跟这个一样——然后你给胳膊吊上一条三角巾——你的双脚踩进墓室&然后你找了一份活计去给骆驼打工——对不对？”菲德拉——被打得丢盔卸甲——她慢慢爬回来——捉住兔子——扯掉他的衬衫——把他的胳膊扭到背后&把他扔进风车磨坊——贪婪的麦鸡被随军牧师们制服了&所有的通缉令飞遍全美国——母马被没收&不得保释……克拉普先生——与此同时——又一次去拜访弗洛伊德“只有富人才供得起你”他说“只有富人才供得起各种艺术——难道不是这样吗？”“难道不是一直都这样吗？”弗洛伊德说“没错啊”克拉普先生叹道——“另外——你妈妈好吗？”“哦，她很好——你知道她的名字叫艺术——她赚了很多钱”“啊？”“没错——你的事情我都已经告诉她了——你必须找个时间来家里”“好的”弗洛伊德带着玛莎·雷伊[1]式的咧嘴笑说道“好的——我也许会去的”……菲德拉把拳头砸进一摊水里——挠着她的蛇咬伤口——逃亡飞车一路上满载：布拉索斯河边闲躺的三个猎人——两个在窗前窥看的妈妈各自捧着些莉莉·圣西尔[2]的腐朽照

---

1 玛莎·雷伊（Martha Raye，1916—1994），美国女笑星、歌手，绰号“大嘴”（Big Mouth）。

2 莉莉·圣西尔（Lili St. Cyr，1918—1999），美国著名脱衣舞女。

片——小碟熏肉——几个失去特权的奖金宝贝[1]满肚子右旋安非他命——脸上挂着图版的画家——杠铃一副——德古拉抽着烟&嚼着一个天使——猎豹之灵，琛夫人[2]&布里代·墨菲[3]全都裹在牙膏里——整箱的魔法杖&一个无辜的旁观者……不消说——车里根本没地方了——菲德拉绷着脸&她怒吼“爱是要疯狂透顶”&红酒瓶破碎——得克萨斯爆炸&海滨晚餐——仪表堂堂的船长们——他们被看见——他们被卡车司机看见——那些卡车司机控诉劫匪&眼看这些船长骑着种马进入咆哮的墨西哥湾&菲德拉驾到“爱是要彻底疯狂”……她身边是克拉普先生——笑眯眯的——他戴着一顶里朝外的帽子——他在吃好果子呢——他会[4]一切顺利——克拉普先生——他会一切顺利

亲爱的小嗡嗡：

我要把圣经涨价百分之三十——

为了显得合理，我要给每本圣经

---

1 奖金宝贝（bonus baby），直升全美职棒大联盟并获得丰厚条件的运动新秀。

2 琛夫人（Madame Nhu，1924—2011），美国扶植的南越政权领导人吴廷琰的弟媳，因吴氏兄弟被推翻而流亡。

3 布里代·墨菲（Bridey Murphy，1923—1995），一个据称拥有前世记忆的美国妇女，曾名噪一时。

4 他会（HE’LL）谐音“hell”（地狱）。

附送一把免费梳子——此外，巧克力
耶稣不应该在南方销售……还有
一件事，关于这场世界游戏的
终局——如果你能为之发动细菌战
也许你能卖上两倍那么贵——这里的
情况有点儿波澜——办公室乱成一团——
秘书最近被搞掉了——猜猜总统的
那些肖像遭遇了什么？啊哈，有些个
捣蛋鬼在原作上给他画了一个耳环
&制作部门不知怎的竟然没看出来——
不消说，我们这里肯定是没办法
处理掉任何一张的，所以我们只好
把它们都运去波多黎各——事情
进展顺利——那边的经销商说这些肖像
卖得好抢手……简直跟红&白&蓝汉堡[1]
套餐一样畅销——哦——我是想
告诉你，我觉得如果你把“我选
赢家”纪念章做成三角形的，那样会
好卖一些……另外，我还想告诉你
把“我是披头士食用者”手帕发到
多米尼加共和国&不是英国——恐怕你

1 夹着红白蓝三色食材以象征美国国旗的汉堡包被称为“爱国汉堡”。

在此处犯了小错误，嗡嗡小子！如我
所说，办公室乱成一团——新招了个家伙
　但他
立刻就掉进冷饮水机里边……他还要我们
　赔偿
牙齿损害费——麻烦一大堆

餐厅再见
知心兄弟，
危险的悉德

地下乡愁蓝调[1] &金发圆舞曲

让我来说说贾丝汀——她身高 1.58 米 & 有一双匈牙利眼睛——她的信念是如果她能跟博·迪德利[2]一起干——她就能把自己理顺——现在讲露西——她不一样——她一直想看一场斗鸡 & 17 岁的时候就离家出走 & 去了墨西哥城——她认识阿肿的时候才 18 岁——阿肿也来自她的家乡——起码刚认识的时候他是这么跟她说的——后来他们闹崩了，他说他从没听说过那个地方但这无关紧要——反正这三个人——他们组成领域乐团……我正好在餐桌上认识他们 & 他们从我这儿拿了两年的特许但我本人从来不大说这件事——贾丝汀一直在努力证明她的存在就像她当真需要一个证明似的——露西——她一直在努力证明博·迪德利的存在 & 阿肿则是在努力证明他只为露西而存在但后来又说他只是在努力证明他为自己而存在——我？我都开始纳闷到底有没有谁是存在的不过我从没往深处琢磨——尤其是阿

1 参见迪伦歌曲《地下乡愁蓝调》。

2 博·迪德利（Bo Diddley，1928—2008），美国歌手，摇滚乐先驱。参见迪伦歌曲《发自别克 6 型》："她不会让我紧张，她不会说个没完，她走路活像博·迪德利而且她不需要拄拐杖。"

肿还在的时候——阿肿讨厌自己 & 他嗑太高了之后就会把每个人都当成一面镜子

有一天我发现我的那些秘诀不经用了——我使劲想让它们再强大起来但贾丝汀说“这都二十世纪了宝贝——我说你懂的吧——它们再也没效果了——为什么你不到街上走走——那样才能让你的秘诀变强大——整天耗在屋里做这些是没有用的——你这是浪费生命——我是说如果你想成为大力神查尔斯[1]那样的人，那就上吧……但你最好去肌肉海滩[2]——我是说你不如干脆去绑了简恩·曼斯菲尔德[3]——成为你们那帮人的王者 & 创办某种秘诀健身房”……既然被嘲笑到这样的程度——我决定抛开我的那些秘诀 & 贾丝汀——贾丝汀说得对——我的秘诀越长越大——实际上它们已经大得超过了我的身体……我那段时间搭了很多趟便车 & 你必须做好准备——你没法知道你在路上会碰见什么样的人

1　大力神查尔斯·阿特拉斯（Charles Atlas，1892—1972），美国健美运动明星、大众偶像。

2　肌肉海滩（Muscle Beach），美国加州圣莫尼卡海边的一处露天锻炼场，现代健美运动的发祥地之一。

3　简恩·曼斯菲尔德（Jayne Mansfield，1933—1967），美国女影星、性感偶像，死于车祸。

有一天我在森林里唱歌&有人说是三点钟——那天晚上我在读报，我看到一座廉租公寓被烧着了&三个消防员&十九个人失去生命——火灾也是三点钟……那天晚上我在梦中又唱了起来——我在同一座森林&同一个时间唱着同一首歌——在梦里也有一座廉租公寓熊熊燃烧……没有烟雾&梦里是清晰的——这不值得分析因为没什么值得分析的——你从一大堆不可思议的过往学到东西——不管得到怎样的经验反正不管怎样——立刻控制住问题的现在时态——多少有点儿像罗伊·罗杰斯&扳机[1]的关系，按目前的西方标准来说是不可能发生的——我唱着——我走出森林——在一瞬间就被吓傻了&被拎起来&在地面上拖走——燃烧的廉租公寓也在同一时刻被拎了起来&拖向我这边——我，仍在唱着&这幢房子仍在燃烧……不消说——我&房子相遇&它顿时一停，然后又开始运动——我，唱着歌&房子燃烧着——我就在那儿——千真万确——当着烈火熊熊歌唱——我对这火灾真是无能为力——你看——不是因为我懒或者喜欢围观大火——而是因为我&火灾两者的确都处在同一个时间但我们并不在同一

1　罗伊·罗杰斯（Roy Rogers，1911—1998），美国西部片影星、乡村音乐歌手，他的马“扳机”（Trigger，1934—1965）出演过多部电影，他的妻子黛尔·埃文斯（Dale Evans，1912—2001）也是著名影星、歌手。

个空间——我们唯一相通的就是我们存在于同一个瞬间……我对于站在一旁唱歌不会有任何罪恶感因为如我所言被拎起来&拖到那儿不是出于我的自由意志而是出于某种难以置信的强力——我跟贾丝汀说过这个梦&她说“没错啊——很多人对这样的情形都会觉得有罪&闭上他们的眼睛——这些人扰乱&干涉了其他人的生活——唯有上帝才能于同一时间&空间无处不在——你只是人——也许这显得很悲哀&愚蠢”……我那天下午喝得大醉&一个玄奥的困惑进入我的身体——“我听见爆炸的同时，还看见红色&疯狂的仇恨”阿肿说——“我听见爆炸的同时，还看见一个死修女的脑袋”我说——阿肿说“什么？”……我从来不把我的歌当回事——更别提我的其他爱好了——很认真地——从那以后——我只是接受它——正如我会接受其他罪恶一样

大胡子士兵说我的孩子过来问你几个问题但长毛孤儿说尽吹牛——胡子士兵说什么叫吹牛？&长毛孤儿说什么叫孩子？面包的味道很寻常但谁又能&谁又有兴趣告诉别人它是什么味道——它的味道就是面包那样的味道呗……要探究为什么伯莎[1]不会

1 可能指一头名叫伯莎的母象（Bertha the Elephant，1944—1999），美国马戏明星。

把那个男的从高空秋千推下去你就不能靠思维去探究——你必须成为伯莎——这样你才能探究出来

让我来说说贾丝汀——露西 & 阿肿——他们根本就没有点儿相互理解——贾丝汀——她后来加入了一支摇滚乐队 & 露西——她决定从事职业斗鸡赛 & 而根据最后消息，阿肿在时装街区上班……从此他们都过上了幸福的生活

我现在住的地方，唯一让这个地区
保持运转的东西就是传统——正如你想
　象的
那样——这不算太要紧——我周围的
一切都在腐烂……我不知道它这个样子
已经多长时间了，但如果它继续下去，
　很快
我就要变成一个老头——& 我才 15 岁——
　这一带
唯一的工作就只有采矿——但耶稣啊，谁
　又想
去当矿工……我拒绝成为这种轻如鸿毛的
死亡的一分子——每个人都在谈论
中世纪就好像这当真处在中世纪一样——
我会千方百计离开这里——我的头脑

正随着大河流向远方——我要把我的灵魂
卖给大象——我要戏弄狮身人面兽——
我要哄骗征服者……哪怕你也许
不肯好好认识这一点，但我还是会
和魔鬼签一家连锁店……请不要
再给我寄老爷钟表——也不要
书籍或爱心包裹……如果你打算
给我寄点什么，就寄一把钥匙——我会
找到那一扇配得上它的大门，即便
这会耗尽我的余生

你的朋友，
彭友

暴火西蒙的黄段子

我做了个梦
有个厨师
倚在
阳台上
&挥着
拳头&向
人民是的人民[1]
说是的
&他对人民
这样说
“我要四杯冲锋队——
一大勺天主教——五份骇人偏执狂——
再来些水牛——半磅左翼——
六杯叛匪——两个俏皮的无神论者——
一夸脱瓶的拉比——一茶匙
苦味自由派——再来些打胎片——
四分之三黑人民族主义——

1 “人民，是的，人民”出自卡尔·桑德堡长诗《人民，是的》（“The People, Yes”，1936）。

一点点柠檬公鸡粉——
再来些大卫星[1]资本家＆一整个
外快滚滚的大胖子”
然后厨师的助手
出场了
＆清清喉咙＆然后他
向人民是的人民
说
“另外我们还想要一只反舌鸟[2]
＆一些挤牛奶的村姑——几个被强奸的
大学生＆一只湿淋淋的母鸡——
一双无指手套
＆一只鹧鸪＆金酒＆梨树”[3]
我从梦中醒来时
惊恐万分——跳下床＆
跑到厨房——闯进门去＆
砸开灯／跪下
我的膝盖＆
感谢上帝

1 大卫星（Magen David），即六角星犹太标志。

2 反舌鸟（mockingbird）象征被践踏的纯真无辜者。

3 这段话戏拟英语传统圣诞歌曲《圣诞十二日》（“The Twelve Days of Christmas”）：“圣诞节第十二天，我的真爱送给我礼物，十二面鼓咚咚，十一支笛嘀嘀……三只法兰西母鸡，两只斑鸠鸟，还有一只鹧鸪在梨树上。”

冰箱里
没有任何东西是新鲜的

亲爱的小鬼头，
我的电吉他跟你换了
一把所谓肠弦的[1]……你可以
自己随便弹——不需要乐队——
以避免所有争斗当然除了
其他的肠弦吉他手
之外——我干得不错——没意识到
发生了什么只知道这些姑娘
长了胡子，她们都为我
疯狂——你有机会必须试试她们——
天气真好——扔掉我那些
左手弗里兹尔[2]唱片吧——还有我的
风雪大衣——你可以留着我的奶牛因为我
　已经
走在通往自由的路上
　　　　　　　再见了短吻鳄[3]
　　　　　　　老鸭弗兰克基

1　传统的提琴、吉他等弦乐器使用羊肠弦。
2　左手弗里兹尔（Lefty Frizzell，1928—1975），美国乡村音乐歌手。
3《再见，短吻鳄》（“See You Later, Alligator”），美国早期摇滚歌曲，1956 年走红。歌中离心离德的恋人将对方称为“挡道的鳄鱼”。

我发现钢琴师是个斗鸡眼但非常结实[1]

他来时在手腕上缠着胶布&他还扛着他自己的衣帽架——我一眼就能看出他不需要桑尼·罗林斯[2]但我还是问他“格雷戈里·柯索[3]到底遇到了什么？”他只是傻站着——他掏出一沓扑克&他说“要玩牌吗？”我对此答道“不玩但是珍妮·拉塞尔到底遇到了什么？”他弹起扑克牌&它们满屋子乱飞“我爸爸教我的”他说“这叫52式捡牌[4]但我叫它49式因为我差了三张牌——嗬嗬赶快尖叫吧&那是谁的钢琴？”从他这个姿势，我安心地看到他是个凡人——不是一个圣徒你要注意——&他也不很讨人喜欢——但不管怎样——他是个人——“那是我的钢琴”我说“它长了牙齿的”他立刻就浪荡过去&他狠狠跺过地板“嘘”我说“你会惊醒了我的宠物禁入牌牌”他耸耸肩&掏出一截粉笔——他开始在我的钢琴上画他的孩子“嘿

1　迪伦很喜欢法国导演弗朗索瓦·特吕弗的影片《射杀钢琴师》（*Shoot the Piano Player*，1960）。

2　桑尼·罗林斯（Sonny Rollins，1930—），美国爵士乐萨克斯手。

3　格雷戈里·柯索（Gregory Corso，1930—2001），美国诗人，“垮掉派”核心成员之一。

4　开玩笑把整副扑克牌乱扔叫傻孩子去捡，并声称考验他是否识数。

瞧啊——是不是我的钢琴出了岔子——我说我不是跟你作对——这跟你一点儿关系都没有，只是我的钢琴都跑调了——我可不在乎你要搞些什么反正现在给我修好它——修好为止”“我的孩子要做宇航员”“我希望如此”我说“& 另外——你能不能告诉我朱利叶斯 · 拉罗萨[1]到底遇到了什么？”一张亚伯拉罕 · 林肯肖像从天花板掉下来“这哥们儿像个小妞——我在大舞会[2]上见过他——他是个同性恋”“你真聪明”我说“赶快 & 把我的钢琴修好——这个艺伎妞儿今天半夜会过来见我 & 她就喜欢扑上去”“我的孩子要做宇航员”“别扯了——干活——我的钢琴——我的钢琴——快点它都跑调了”这一次，他搬出了他的工具 & 开始敲几个高音——“哈确实跑调了”他说“但也 5 点半了都”“那又怎样？”我郁闷不已地说“就是下班时间呀——就是这样”“下班时间？”“哥们儿你瞧我是工会成员……”“瞧好你自己吧——你听说过伍迪 · 格思里吗？他也是工会成员 & 他为着组织你们这样的工会而奋斗 & 他懂得人民的需要 & 你知不知道他会怎么说如果他知道有一个工会成员——无

1 朱利叶斯 · 拉罗萨（Julius La Rosa，1930—2016），美国流行歌手。

2 《大舞会》（*Shindig!*，1964—1966），美国电视综艺节目。

愧于上帝的工会成员——对一个困苦无助的可怜人的需要竟然不屑一顾——你知不知道他会怎么说你知不知道他会怎么想？”“好了我真的很烦你老是跟我冒出一堆人名来——我从没听说过什么古里古屁＆反正……”“伍迪·格思里不是古里古屁！”“哈好吧反正我不知道他会怎么说，但明天——如果你现在想明天另换一个人——你打个电话就可以了＆工会很乐意为你派人过来——跟我没关系的——反正我又不止这一份活计哥们儿——我有的是活计”“什么！你竟然对你的工作一点儿自豪感都没有？我真是难以置信！哥们儿你知不知道古里古屁会对你做什么？我是说你知不知道他会怎么想你？”“我要回家了——我讨厌这里——这根本不是我的风格＆反正我从没听说过什么狗里狗屁”“是古里古屁，你这可怜虫——不是狗里狗屁＆给我滚出去——马上滚！”“我的孩子要做宇航员”“干我屁事——你哄不了我——我懂得很——滚蛋——滚蛋”……他离开之后我试着弹我的钢琴——没用——听起来就像一路咣当的保龄球道——我把我的宠物禁入牌牌换成了美好家庭牌牌＆纳闷儿为什么我一个朋友也没有……下雨了——雨声像一个卷笔刀——我往窗外看去＆人人都不戴帽子到处走——5 点 31 分——到了庆祝某人生日的时间——钢琴调音师把他的衣帽架落下了……这让我郁闷得很

真遗憾我的朋友，你不会从我这儿
得到你想要的消息——我的先生，我
不是一个线人！我所有的亲戚都不
是也不曾跟本尼迪克特·阿诺德[1]有关系
&我本人鄙视约翰·威尔克斯·布思[2]——
  我不
抽大麻烟&我们家人都讨厌意大利
风味——我的朋友没有谁喜欢看黑&白
片&再说我本人，我从来没看过
俄国芭蕾——还有，我创办了一个组织
专门捉拿那些看新闻纪录片发出
嘲笑的人——所以：麻烦你不要再
写信给地方检察院说
我知道是谁杀了我妻子——我的原则
申明如下——我绝不会为了一时的快乐
而牺牲原则——我是个正派人

你成长中的，

爆血伊万

1 本尼迪克特·阿诺德（Benedict Arnold，1741—1801），美国独立战争时期的著名叛徒。

2 约翰·威尔克斯·布思（John Wilkes Booth，1838—1865），美国话剧演员，刺杀林肯的凶手。

破坏狂拆掉了把手[1]（歌剧）

南达奇斯县[2]迎来他们&伍尔沃斯[3]傻瓜&凯旋的爱丽丝·托克拉斯[4]，穿短袖的国民银行&老主顾——忠实的老主顾们——议会死到临头——还能生养&满地窖的想象的俄国农村小妞们捧着三角尺[5]——这些三角尺是真实的——末日城议会，一座学院——有个牧师带着他从雷诺[6]赢来的钱财乘降落伞来临……“要整合议会！”“除非你希望活在你不想要的地方”“那就炸掉议会吧！”“除非你希望你自己一个人活着”“那你有什么建议？”“这是个没用的议会——别管它了——它自己也很郁闷的——它养育灾难——它迫使你去学那些跟外部世界毫无

1　参见迪伦歌曲《地下乡愁蓝调》最后一句：“水泵不工作了，因为破坏狂拆掉了手柄。”另在前文《吉他之吻》中，水泵房看守被希特勒谋杀了。

2　达奇斯县（Dutchess County）是纽约的卫星城。

3　伍尔沃斯（Woolworth's），美国“一元店”连锁便利超市品牌。1960年，四个黑人大学生在“仅限白人”的伍尔沃斯超市餐吧台前静坐半年，试图迫使超市停止种族歧视，他们的行动引发大量关注和效仿，成为民权运动的标志性事件之一，但该超市直到1965年才正式取消歧视政策。

4　爱丽丝·托克拉斯（Alice B. Toklas，1877—1967），美国先锋派女作家格特鲁德·斯泰因（Gertrude Stein，1874—1946）的情人，晚景凄凉。

5　迪伦家祖辈是俄裔犹太移民。两个三角构成大卫星（犹太标志）。

6　雷诺（Reno），美国内华达州城市，以便于离婚和赌场而闻名。

干系的东西&然后它把你一脚踢到外边——议会不需要你了——为什么你还那么卑屈地需要它呢——走吧——离开这议会越远越好”“不，我的朋友，你的思维方式就叫作放弃”“你爱怎样就怎样吧，你的方式叫作失败——这甚至不是一种思维方式”牧师垂着眼睛离开了——他在考察岩石但他忘了他的降落伞已经用过一次……爱丽丝·托克拉斯躺在绿茵茵的草坡[1]&祝福一朵花儿“哦，敌人——要当心敌人——敌人就是圣诞爷爷！”……花儿并不需要她——花儿需要雨露

我们曾坐在一个房间，自称“万兽死灵之王”的哈罗德从梯子爬下来&他说“是友是驴？是友是驴？”他蒙着黑披肩&有人说他在镜室的深处做实验——蓬丘非常惊愕&大叫“我来给你是友是驴，你这怪胎！”&用一招柔道劈砍把他撂倒&把他的脑袋塞进梯档——“不要这样”一个非常爷们儿相的姑娘从烟囱爬下来说“他非常阴郁但他是个好人——有人想要一块面包吗？”蓬丘说他想要一块肾——我说我想要一块个人财产……姑娘就开始

1　1963年11月22日，美国总统J. F. 肯尼迪在得州达拉斯市迪利广场遇刺身亡。最初的现场新闻报道说枪击来自一个“绿茵茵的草坡”（grassy knoll）。

哭了

在照片上——你看到尼斯 & 丹吉尔的沙滩 & 所有温文尔雅的医学人士 & 然后出现那些雷达奴隶——个个都想成为传道者 & 他们拿着电描记图——我们称他们为雇员 & 一个个说起话来都是“拖啊嗬嘿” & “扛起来呀约翰尼”[1] & “我根本不鸟哈里 · 詹姆斯[2]！” & 超无聊，一个来自垮掉一代的残余吓人精 & 一个可疑的健康怪胎对他那晕头转向的鸟儿姑娘拉子嘘嘘说“哦说吧——快告诉大家我是你见过的最嬉皮的人，这又不花费你什么——快呀——我为你做了那么多！” & 嘘嘘说“但我从没见过人——你从来不让我见人！” & 还有奥利弗，有一次干架他还揍过卡尔 · 帕金斯[3]的眼睛 & 现在为富裕民主党人制造欢笑机器——他带了设备过来 & 你得以通过一条窄桥[4]有几百游客跟随其后 & 带着你双脚上记录的铅锤上路 & 他们把你放进一个巨大的班车喇叭 & 大声嘶鸣“我要那个——我要那个！”

---

1 “拖啊嗬嘿” & “扛起来呀约翰尼”（“haul away ho” & “heave ’m johnny”），出自传统水手号子《南澳大利亚》（“South Australia”）。“扛起来呀约翰尼”（heave 'm johnny）参见老歌《扛起来呀，我的约翰尼》（“Heave Away, My Johnny”）。

2 哈里 · 詹姆斯（Harry James，1916—1983），美国爵士乐小号手。

3 卡尔 · 帕金斯（Carl Perkins，1932—1998），美国歌手，早期摇滚先驱。

4 犹太人谚语：整个世界就是一条非常窄的桥，但重要的是不要被恐惧吓到。

回忆夫人来了 & 她拿走你的照片 & 在整个外部世界只剩下你的手——小宝宝们在啃它 & 妈妈们在尖叫尖叫“对——他可以赢得我的选票——随时我都会投给他”……现在你是一条塑料血管——你已经消失在一个完整信息的内部——历史性的电话都打进你的肚子 & 古怪的圣幕[1]都在你的思维中缓缓移动——搭车——搭个没羞没臊的小便车穿过你头脑的愚钝——你的理想一去不返 & 剩下的只是你站在超市里的照片剪切[2]——班车还在开但现在你跟丛林小子们打出租车……自我主义者向你展示他的日记 & 他说“我已学会沉默” & 你说“你已学会个屁——你刚刚就在说话”

这一带的好心人，他们提了一大堆问题——他们用棒棒糖将大象殴打致死——“白熊就是疯熊”盗贼们说，他们其实不是真的盗贼而是普通人，这些人并不希望他们的朋友遭灾染疾，那样他们就会需要他们——在山区有一种病 & 上个星期天从绿色

---

1 圣幕（tabernacles），《旧约》中犹太先民在荒野流浪时的中心大帐篷，内有约柜等圣物。

2 剪切（cut-up），美国垮掉一代作家威廉·巴勒斯从超现实主义风格发展出的一个实验写作概念，迪伦受其影响。

钱包里长出一棵灰质炎百合[1]——中心广场上搁着一枚危险的硬币……人人都在观望着谁会捡起来……探究即忽略 & 厄运来势汹汹 & 在这周围我们有一大帮人但我们只会捡大票子

鲍勃·迪伦长眠于此
被身后
战栗的肉体[2]
谋杀而死
凶手遭到拉撒路拒绝之后[3]
就扑上他
以求个清净独处
但惊讶地发现
他已经变成
一辆电车 &
这样的结局正适合

1　戏拟伊莱·礼来公司名（Eli Lilly），1955 年大力推广脊髓灰质炎疫苗。

2　参见莎士比亚戏剧《理查三世》第五幕第三场，暴君被死者幽灵诅咒的最后恐惧："灯火烧蓝，死亡之夜来临。冷汗滴落我战栗的肉体，我在恐惧什么？我自己？这里没别人。理查爱理查，只有我和我。这里有凶手吗？没有。对，我就是凶手。逃吧！逃离我自己？以免我来复仇。我自己向自己复仇？"另参见《旧约·诗篇》（119：120）："我因惧怕你，肉就发抖，我也怕你的判语。"

3　参见《新约·路加福音》（16：19—31），财主下地狱被火烧，乞丐拉撒路上天堂躺在先灵的怀抱，财主乞求拉撒路用指头尖沾点水，给他凉凉舌头，但遭到拒绝。

鲍勃·迪伦

他如今安息在现实太太的
美容院
上帝抚慰他的灵魂
&他的鲁莽

两个兄弟
&一个赤裸的好妈宝
长得好像耶稣基督
现在可以分享他的病痛
的遗体
&他的电话号码

再也没有力量
可奉送——
现在每个人
都可以将它拿回

鲍勃·迪伦长眠于此
毁于维也纳[1]礼节——

1 维也纳是欧洲古典音乐的故乡和精神分析学的圣地。

他们现在可以声称发明了他
冷静人士现在
可以写有关他的赋格曲
&丘比特现在能踢翻他的煤油灯——
小鲍勃·迪伦——丧命于被遗弃的俄狄浦斯
后者到处
转悠
调查一个幽灵
&发现
那幽灵同样
要多过一个人

南达奇斯县进口金字塔&满车的食腐动物&屠户老表——他已经走了&然后去讲飞天盘的故事一晚上赚三块钱……有个战争贩子——安东尼奥——在修车场没日&没夜苦干——他帮奥林匹克游泳队偷运挂锁&给棒球选手找女人——他非常安静&非常有时尚感——他知道他的宗教地理学——他在训练他的孩子成为大猩猩&然后他会把他租出去给别人关进密室——他说他的右手握着战争但他的左手握着一个潮湿的偏执狂微笑……和平贩子——洛奇——上次被人看见——正在追火车——他说他的右手握着和平但他的左手被看见握着一个门把手&

肉钩子……南达奇斯县扎着绷带&小晒黑女士努力分析白化病恐怖分子[1]……南达奇斯县——幻象般纯洁&未受教育——应历经那些要命的补充部分——历经它的劳苦无休&历经可能性

你没法糊弄我——我太聪明了——你
坐在那趟地铁里的时候那个
小孩挨了刀子——你就坐在那儿——你
走在大街上的时候那辆黑色轿车
开过来&把某种东西抛进了
河里——你转过身&走到
电话亭&假装你要打给某某人……
也是你在那儿的时候他们正当众
阉割一个可怜小子——你没法糊弄我——
你没那么厉害——的确，你对少年
违法行为立场强硬——你说过要
把所有阿飞都赶出城——哦你可真
威风——的确，你说你是爱国者——你
说你根本不怕扔一个什么氢弹&
让所有的人都知道你是说话算话的

1 “晒黑”（Suntan）戏拟“苏丹”（Sudan）、“撒旦”（Sutan）；“白化病”（Albino）戏拟“阿拉伯”（Arabian）。

但你却不肯说别的只会说你根本
不怕扔一个什么氢弹——你怎能说
我的孩子都必须跟着好榜样
学？他们跟着坏榜样学也
是可以的——他们可以跟你学也可以
跟我学——你再也不能把我按在你的大
　拇指
底下——不是因为我太难弄，而是因为
你的手是用水做的……如果你希望
跟我说话，要让我提前知道——我会
拿一口大桶来等着……就因为你老婆
怀孕了，你也没有特权来干涉我
或者我朋友的事情——问问你老婆是否
还记得我

你忠实的
西蒙多德

又及，你可能会把我记成
大喇叭朱利叶斯

机关里的一个县警[1]

边缘人——那个疯小子——受孕于一个圣灰星期三[2]，当时老花子认识了跪舔妞——现在老花子他都抽傻了——他完全废了——自从有一个侏儒（后来发现只是个抽雪茄的儿童演员）把他像气球一样踩爆，老花子就再也不是同一个人——有人说他玩儿残了他家乡的汽水小哥＆如果他不喜欢你，他会放那小哥出来收拾你——据我所知，这种事从没发生过……跪舔妞——她整过形的鼻梁一直在下垂＆她去舞会的时候只好带上一个园丁——她在跟急冻人主教说话，他问她“你觉得莫奈的那幅画咋样？我是说我刚花五天时间读了克尔凯郭尔——独守空房啊宝贝——就我一个人＆克尔凯郭尔——是啊——＆当我走出房间的时候第一眼看到的就是那幅画——啊！神经？让我告诉你我神不神？我是说你能搞懂那该死的前额里边的智慧吗？你能在鸡仔的微笑里搞到面包屑吗？”“是啊我觉得这实在是

1　机关（machinery），机器、国家机器，另参见本书第一章：在床垫（mattress）上守候大审判的肥胖县警们。

2　参见前文《漂浮驳船上的玛丽亚》：一个废弃的冰柜纸箱里，小男孩们在圣灰星期三为战争＆为天才做好了准备。

太……我觉得这实在是太……”“专题研究吗？”老花子说，他想帮她脱身＆跟她搞一把“是的＆我也觉得这性感有趣”急冻人主教回家之后，跪舔妞就去找老花子＆感谢他“别客气”老花子一边说一边解着衬衫＆向她展示他肚皮上签着他的名字“去年在卡达拉沃帕做的——在墨西哥你懂的”“那个驴蛋乡下呀——我熟得很——那海滩真是极端梦幻了——但我听说条子已经把那儿抄了”“没错宝贝去年圣诞节前后条子就进去了——现在地方已经改到了丛林里”“你愿意骑我的种马去跑上一圈吗——我们撇开那园丁”“当然了宝贝——以后也许我们可以回去＆猎野牛”“好啊——太棒了——我有枪＆我们可以谈卡达拉沃帕＆什么都可以”“卡达拉沃帕嘛＆你认不认识那边的瘦鬼吉姆？”“不知道那鲁皮德鲁皮呢——他是个退休咖啡专家——从海边过来的，你认识吗？”“认识呀——哦上帝——我真的认识——我觉得他实在太嗯……实在太……对”“他是自然之子——他是自然的——虽然脑子溜冰了但他优美无比——就是他告诉我丛林在那边”“我也是——我觉得他极端有趣”……现在天黑了＆老花子抱起跪舔妞的大腿——她重新摆好她的嘴巴＆他们两人从后门出去看月亮……边缘人受孕

一张油腻腻的报纸摊在罗杰的柜台上——罗杰，

通宵咖啡厅店主——就是开个西班牙通宵餐馆——9个月来头一次有人说起——他的妈妈在巴黎失踪了&他现在担心那些法国佬会拿他们认为是她的尸体的东西来找乐子……罗杰扫了一眼腻油油的报纸上的新闻——好莱坞有一只老虎脱逃——安妮特&弗兰克·阿瓦隆[1]在太平洋现身——双手被绑在身后——兔八哥[2]纪录片的菲林原盘在汤姆·米克斯[3]的肺里寻到，人人都以为他已经死了但作为盒盖封面出现——叛匪在梦幻城袭击了沃尔格林药房——独裁者来电索要更多糖果——美国派出陆战队&阿诺德·斯堂[4]——在凤凰城，一男子在下午2点吃了他老婆——联邦调查局介入/诺曼·梅勒[5]家餐具室炸弹爆炸——导致他色盲——体育部人事大震荡——埃德·苏利文[6]&新鲜小子，兰尼埃亲王[7]的亲戚&应

1 安妮特·富尼切洛（Annette Funicello，1942—2013），弗兰克·阿瓦隆（Frankie Avalon，1940—），美国青春偶像组合，当时因"海滩派对"系列电影而走红。

2 兔八哥（Bugs Bunny），美国华纳公司推出的动画片形象。

3 汤姆·米克斯（Tom Mix，1880—1940），美国电影明星，老一代西部片代表人物。

4 阿诺德·斯堂（Arnold Stang，1918—2009），美国笑星，配音演员。

5 诺曼·梅勒（Norman Mailer，1923—2007），美国著名作家，他不喜欢鲍勃·迪伦，曾说，如果鲍勃·迪伦是个诗人，那我就是棒球选手。

6 埃德·苏利文（Ed Sullivan，1901—1974），美国著名电视综艺节目主持人。1963年迪伦因政治嘲讽歌曲被删而拒绝参加他的节目。

7 兰尼埃三世（Rainier III，1923—2005），摩纳哥君主。

休·伊朗[1]的孙子孔朗邀请访问这个国家——被人看到逃脱时带着捕球手们的手套——隐形眼镜&麻药片——希恩主教[2]非常烦扰——在被询问见解时——只是声明“我无法相信——我无法相信埃德会遭遇这种事——肯定是因为他近来接触的那帮人”——写东方菜谱的小威廉·巴克利[3]——很心烦他从跳板掉进没有水的游泳池之后的生活——沃特·曲轴箱[4]在犹他州因举烛台被捕——在讯问时，他冷静地解释说他要用这些蜡烛来听小理查德[5]的早期唱片——海绵博士，毒鹿药&酥酥脆脆&嘎嘣玉米片[6]的发明者——给点小钱就可以接洽/小姑娘们在艾哈德总理[7]从迈阿密抵达时给他喷洒肥鹅油——总统

1 休伊·朗（Huey Long，1893—1935），美国政客，死于刺杀。

2 富尔顿·希恩（Fulton Sheen，1895—1979），时任纽约副主教，以在广播和电视上传道而闻名。

3 小威廉·巴克利（William F. Buckley Jr.，1925—2008），美国著名保守派作家、媒体人，文笔犀利。

4 沃特·克朗凯特（Walter Cronkite，1916—2009），美国 CBS 电视台晚七点新闻主持人，因现场报道肯尼迪遇刺案成为美国最受欢迎的主播。书中将他的姓氏揶揄为“曲轴箱”（crankcase），可指扭曲、乖戾、奇思怪想、疯话连篇或妙语连珠等。

5 小理查德（Little Richard，Richard Wayne Penniman，1932—2020），美国著名歌手，早期摇滚明星。

6 酥酥、脆脆和嘎嘣（Snap, Crackle and Pop），美国家乐氏公司（Kellogg's）系列方便早餐的卡通形象和广告歌。

7 路德维希·艾哈德（Ludwig Wilhelm Erhard，1897—1977），时任联邦德国总理，1966 年下台。

在宴会桌前放出尴尬臭屁——归咎于鸡蛋——股市创下多年来最大跌幅——在印第安纳州加里市[1]，一有色男子头部中二十枪——法医称死因不明……城里没有好电影看 & 招聘广告栏只有一种工作——诚聘：实诚男子一人为友善家庭捡垃圾——须身强体健——篮球运动员为佳——须爱护孩子——沙发 & 马桶——薪金面议——请致电 TOongee1965……罗杰放下那张油腻报纸 & 除了老花子跟跪舔妞没谁会来了——大清早的 & 他们不再是恋人了——他们是消费者

9 个月后，边缘人出生——他穿短裤了——上大学了——在战争杂志找了份工作——他娶了个漂亮的胖妞，她爸爸是天生赢家 / 边缘人认识了更多 & 更多人——他开始节食 & 后来他死了

同学们：

我想大家应该都已经读过

---

1 加里市（Gary），由美国钢铁公司（USS）建立，拥有当时全球最大钢铁厂，但已走向产业衰退，有色人种居民比例约占全市一半，1967 年选出了美国最早的黑人市长之一。1962 年热门音乐电影《音乐人》（*The Music Man*，1962）的男主角、骗子教授哈罗德·希尔声称自己是加里人，有插曲《加里，印第安纳》（“Gary, Indiana”）。

&理解弗洛伊德——陀思妥耶夫斯基——
　圣
米迦勒——孔夫子——可可乔[1]——爱因斯
　坦——
梅尔维尔——蛇人波吉[2]——祖鲁的约
　翰[3]——卡夫卡——
萨特[4]——小鱼苗[5]——&托尔斯泰——那
　好吧——
我的工作就是——仅仅是把他们停住的地
　方再
接下去——此外无他[6]——你们可以

---

1 《可可乔》（"Koko Joe"，1958），美国流行歌曲，据说作者"小子波诺"（Sonny Bono，1935—1998）写下这首歌时才16岁。

2 出自1959年美国热门音乐电影《波吉和贝丝》（*Porgy and Bess*），主人公波吉是一个瘸腿跪行的黑人乞丐，反映了底层男女的悲惨爱情。另，英语传统儿歌《乔吉波吉》（"Georgie Porgie"），原词大意讲小坏蛋乔治偷偷亲吻女孩子，把她们吓哭，然后他又跑掉了。另，美国民谣蓝调歌手"蛇人"戴夫·雷（Dave "Snaker" Ray，1943—2002），迪伦早年曾在他家听碟学歌。

3 约翰·查德（John Chard，1847—1897），英国殖民军中尉，在祖鲁战争（1879年）中因率领工程兵150人抵御数千祖鲁军队的进攻而获得最高勋章。以他为主人公的英国电影《祖鲁》（*Zulu*）是1964年的热门片。

4 1964年，萨特拒绝接受诺贝尔文学奖。

5 《小鱼苗》（"Small Fry"），美国流行歌曲，1938年在热门电影《棠棣歌声》（*Sing You Sinners*）中由宾·克罗斯比演红。

6 参见迪伦《全部带回家（唱片文案）》（"Bringing It All Back Home [liner notes]"，1965）："成功毫无意义，我不想成为巴赫、莫扎特、托尔斯泰、乔希尔、格特鲁德斯泰因或詹姆斯·迪恩，他们都死了，伟大的书都被写过了，伟大的话都被说过了。"

一言以蔽之——现在我给大家发我的书——我希望你们都能投入进来——考试将在两个星期后进行——每个人都必须自带橡皮。

你们的教授

赫罗德教授[1]

1 参见前注电影《音乐人》中的骗子教授哈罗德。

玛丽亚变速箱中的假睫毛[1]

玛丽亚——她是墨西哥人——但她跟啸狼[2]一样是美国人——“我心里那个愁啊，叫我烦得要死！我根本都睡不了！直犯恶心！”她的兄弟说，他摸过了边界&沉迷于那些瘦巴巴的婊子&土耳其煤气——“玛丽亚需要来一针”村民之王说“她需要一针非常厌烦的上帝”——其余村民唱起一首歌，听起来像是威尔士口音的“哦四九年的日子”[3]&阿德莱·史蒂文森[4]在山顶上发动暴乱……玛丽亚曾经靠钉棺材谋生——“我要把一扇平板玻璃窗砸到阿德莱·史蒂文森头上！”她那个沉迷土耳其煤气的兄弟说“我要证明他也是个受虐狂——我会叫他服帖得像个女人&但愿他已经爬货车去了旧金山”——有个陆战队队员啃着手指——约瑟芬——

1 参见迪伦《全部带回家（唱片文案）》：“我的诗是用一种经过非诗性变形的韵律写成的，除以穿孔耳朵、假睫毛，减去那些用描述性空洞的优美诗行不断互相折磨的人。”

2 “啸狼”（Howlin' Wolf，1910—1976），美国著名黑人蓝调歌手。

3 《四九年的日子》（“The Days of Forty-nine”），美国传统民谣，原词指 1849 年。

4 阿德莱·史蒂文森（Adlai Stevenson II，1900—1965），美国民主党人、演说家，时任美国常驻联合国代表。

她的爷爷死在示罗[1]——她曾经刺伤玛丽亚&藏起她的衣服——她因乱伦罪被捕……村民之王受着癌症的煎熬，他正在润饰他那俗艳的胡须&嘀咕着“警察——进步——美国纪念碑”&“什么都无所谓”玛丽亚最近跟一个乞丐做爱了——他包裹着亮闪闪的锡箔——他们在马鞍袋里边干——她可以5点9天跑一英里&每年一度穿过城里的巡回路演为此向她致敬

玛丽亚的爸爸死在小山上——有钱的皮条客们——人性&文明踩过他的坟墓向她表明他们是当真的……她今年不打算再搞什么亲善之旅——她的变速箱里边有一个假睫毛……没有太多地方能让她品味

这是我最后一封信——我以前老想
讨好你，但现在我觉得你
脑子里的东西太多——你需要的是
有个人奉承你——我可以那样做，但
那样值得吗？说到底，我

1 示罗（Shiloh），希伯来语原意：和平安宁之地，在《旧约》中是古以色列建立耶路撒冷之前的宗教中心，供奉着约柜。1862年4月，美国南北战争的一场重要战役在田纳西州的示罗教堂附近爆发，双方伤亡两万多人，北军取得惨胜。

对你一无所求——你实在太多
纠葛，所以你已经变成了
一块饥饿——当世界的
神秘论者在阳光下蹦跳，你已经
变成一个灯罩——如果你打算思考，
不要思考为什么人们不能彼此
相爱——要思考为什么他们不爱自己——
那样，也许你就开始爱他们了——如果
你有什么要说，请告诉我，我就
近在眼前，由飞控中心给我
定位——放松点&不要那样
紧张了——看看绿胡椒吧&我想你得到了
足够的爆米花——你正在变成瘾君子——
我说过，根本没有什么东西是我能给予
你的除了一句话——没有什么东西是我能
从你那里拿走的除了犯罪感——我不能
　给予
也不能拿走任何嗜好……化装舞会上
见

苦恼不堪的
送水哥[1]

1 “送水哥”（water boy）出自同名美国传统民谣。

阿尔阿拉夫[1] & 军事委员会

下面讲无政府主义者——我们叫他莫安——他载上我们 & 美杜莎——她带着假发——莫安带着地图——中午的时候，我们来到深渊门厅——戏法师们的影子投在墙壁上 & 从切尔西[2]的天花板坠下和尚——莫安的小子——美杜莎走进一个在门上悬着两柄剑的房间——里边还有些活动的镜子——美杜莎消失了……拉奇，该组织的一个奇特对应物——他拿着一面镜子从房间出来——门上的两柄剑掉落——有一柄插进地板——另一柄把他切成两半……和尚，典型的马屁精 & 奇文怪句作家要告诉你本人你是否过于执着安第斯山[3]——他把我们领进一个房间那里的中文名言都写着"苦干一分钱是一分钱是一分钱是一分钱"[4]……那里有面巨大的镜墙 & 和尚立刻就解体了……午餐后，你听见一片轰隆的落石 & 车祸在扩音器传来 & 张钟——像个过客 &

---

1 阿尔阿拉夫（Al Aaraaf），出自爱伦·坡早期同名长诗（1829）。

2 可能指纽约切尔西饭店（Hotel Chelsea），迪伦以及很多文艺界人士是那里的常客。

3 安第斯山指代南美洲，正在发生革命。

4 混合了英国谚语"节省一便士就是赚得一便士"和美国先锋派作家格特鲁德·斯泰因的名句"玫瑰是一朵玫瑰是一朵玫瑰是一朵玫瑰"。

一位专业的超感官流浪汉他没有任何荣誉或羞耻感&他在兜售军事叛乱口号&“怎样成为一颗避孕药”小册子——“帮我编造一个签名吧”妈妈说“我必须去签署一些有关真理拉链的文件”“真理拉链！”张钟说“根本没有真理！”“正确”莫安说“但是有拉链呀”“非常抱歉——灰墙爆线——都是我的错——就怪我今天穿了双大码鞋子就是这样”“下次不要这样了”莫安说着，低头看看自己的鞋……现在照相小妞[1]坐着轮椅到门厅来了——她是莫安的花儿&她在吃一泡牛屎饼

老太君奶奶驾到——向大家点点头&想知道她去哪里才能找个女仆——“懂不懂亨利·米勒？”她有点儿狡黠地问——“你是说那个死得匪夷所思的亨利·米勒？那个房产经纪人亨利·米勒？”“你说什么呢？”老太君奶奶说“亨利可不是房产经纪人——他是个穴居人——他是个艺术家——他在写上帝”“我想到另一个亨利·米勒了”——我想到有一个在裤裆上插着郁金香&写过塞西尔·德米尔[2]

1 照相小妞（Photochick），参见迪伦 1965 年新港民谣音乐节宣传册文案《剪掉我的头顶》（“Off the Top of My Head”）：“她的嘴唇上别着胡佛纪念章，不能开口。”
2 塞西尔·德米尔（Cecil B. DeMille，1881—1959），美国电影导演，好莱坞元老级人物。

的姑娘们……老太君从兜里掏出一个橘子[1]“在阿兹特克乡下得了这个——都瞧好了小子们”她抓着橘子 & 非常轻柔 & 缓慢地压挤它——然后她死命将它掰开 & 嗥叫着 & 它汁水横流 & 从她嘴里淌下来——滴满她的衬衫——继续滴着——滴着，她全身都被橘汁浸湿了——莫安来时带着他的艺术批评家——肖恩查个屎 & 两人一块——他们开始讨论一桩航运买卖“小博克刚写完一本讲第一次世界大战的小说——给我们这边说了很多好话 & 我们一定要记得不能用来擦屁股”“我正打算用来擦屁股呢”照相小妞说“请解释清楚！”莫安说 & 照相小妞解释说一个人的真理肯定是另一个人的谎言 & 莫安他就用他的地图猛抽她 & 她开始哭 & 走进一个装满镜子的房间 & 爆发了——“现在继续谈那桩航运买卖”莫安说着，转身发现肖恩查个屎的正跟老太君奶奶滚在地板上 & 两人都浸满了橘汁“再跟我讲讲这个亨利·米勒吧”肖恩说“噢哟很精彩是不是”老太君奶奶说

1 有关亨利·米勒和橘子的叙述见前文《电影明星嘴里的沙子》。另参见迪伦作品《11 个简要墓志铭（唱片文案）》（“11 Outlined Epitaphs [liner notes]”，1964）：亨利米勒站在乒乓球桌的另一头，不停地谈论我。

在庞塞·德莱昂[1]之地——工会领导人——暴风领袖——在表演跟一个女摔跤手搏斗……从他的过往冒出了疯喜狂乐尖叫着&舞蹈着尖叫——嘟囔着——“世界属于老动着——老动着——你们谁都不想成为老动着——谁都不想——你们谁都不能做到——谁都不能”“闭嘴！”莫安说，没人注意他进了房间“闭嘴——我腰痛得很&反正是劳动者又不是老动着！”“世界是他的——是他的，他长得像只海象[2]&走起来像只海象&还必须跟一个摸上去像只海象的老婆睡觉&他为了一帮聒噪的小孩被迫去做一只海象&他去参加聒噪的海象顶球比赛&跟一帮海象打扑克&然后他被撵进了泥土&嘴里含着海象一起埋葬——关于他我不敢说太多——他住在他的胳肢窝里&他恨你们——他对你们一无所求——你们干扰他的生活——你们很幸运能在他的世界里厮混——你们除了赤裸裸行走没有别的选择——为什么还那么引以为荣——为什么跟一群猪猡睡觉还那么引以为荣？”咣当撞击“把那小子跟格言作家放

1 胡安·庞塞·德莱昂（Juan Ponce de León，1474—1521），西班牙探险家、殖民先驱，在佛罗里达半岛被印第安人击败身死。

2 参见迪伦歌曲《就像个女人》（“Just Like a Woman”，1966）：“她做派就像个女人，是的，她做起爱来就像个女人，是的，她有欲火就像个女人，但她心碎却像个小女孩。”

一块儿——但要给他一个恶评&就说他打老婆&吃猪肉——说他在星期五吃肉——随便怎么说——总之叫他离开这儿除非他肯接受训练”……有个迷路的驿站骑手从活板门往外偷看——他正扛着一幅绘有长廊的图画&他的说话就像要把词语轰出来——他说“你们都是笨蛋！你们根本不识数！你们能从一数到一百万但是你们谁都不能——谁都不能——算出你们脚下这块地的总数”亲爱的伪君子立刻放火去烧地板&人民的外国佬重拳捶打一本书&说摇摇椅&西瓜只是拼写不同的同一个词……来自防暴队[1]的神圣面包——领着他的棋子们进来&一片欢闹的雄起&他也笑了

妈妈说你要走那个方向&每时
每刻你都要积德行善&说我说
妈妈但早都有人做过了&她说
那这样你还有什么能做的&我说
我不知道妈妈，但我不想走那个
方向——我想走那个方向&她
说好吧但你要去哪儿&我说我不

1 参见迪伦歌曲《荒凉路》：“防暴队坐立不安，他们需要有地方可去。”

知道妈妈但我不是汤姆·约德[1] & 她说
行啊那我就不是你妈妈

戴六角星[2]的哈姆雷特王子——不讲卫生天使们的酋长——他骑上一台裸背器械[3]——关系到大看台现实性的精确系数——泰姬陵[4] & 克吕蒂亚[5]的日晷丢失——这个精确系数丢失……尽管如此——锅底冒泡[6]并未干扰他——莉莉丝[7]在教她的新丈夫笨巴怎样使用香体露——而且她还教他“臭便便”意即肮脏污秽 & 这两堂课合起来就是锅底冒泡第一

1 汤姆·约德（Tom Joad），美国著名作家、1962 年诺贝尔文学奖获得者约翰·斯坦贝克的长篇小说《愤怒的葡萄》（*The Grapes of Wrath*，1939）的主人公，他出狱后和家族一起离乡背井前往加利福尼亚讨生活，他的妈妈是家中主心骨，最终汤姆又因杀人被迫逃亡，他向妈妈发誓，无论去到哪里都会坚持抗争。参见伍迪·格思里歌曲《汤姆·约德》（1940）。

2 六角星（hexagram），此处可能指美国警察系统的某种徽章，如洛杉矶县警为六角星徽中间有一头熊；一般指犹太标志大卫星、秘教标志所罗门封印等；中国《易经》的六十四“卦象”在西方也被称为“hexagram”。

3 裸背器械（bareback instrument），摩托车，如不配鞍鞯的机器马，哈姆雷特王子骑哈雷摩托（Harley-Davidson）。参见迪伦歌曲《像一块滚石》：“你从前常骑镀铬的骏马和你的外交官出游。”另，“bareback”也指不带套性交，后文有暗示。

4 泰姬陵的墓主玛哈皇后（Mahal）结婚 19 年生育 14 个子女，38 岁死于难产。

5 克吕蒂亚（Clytia），古希腊神话中的一个海仙女，苦恋着太阳神赫利俄斯，死后化作向阳花。

6 “锅底冒泡”（Bubbling Under），亦即将近沸腾、接近成功，是美国《公告牌》每周单曲 100 强之外另设的潜力榜。

7 莉莉丝（Lilith），犹太传说中的大女妖，据说是亚当的第一个妻子。

名……奥比[1]不肯——他的眼睛像打过蜡&他们说他活在一个自我的世界里——他不断重复着"这些都不是正常人对不对？对不对？哦上帝呀——把脆饼递过来——这些都不是正常人对不对？喂喂你听得见吗？""的确如此——他们是——他们是正常人"王子说着——他给奥比来了个小咯吱——让他笑了起来"但要记住——就像人头马入侵大鹅妈妈们的领土时夜魔怪对人头马说的，'你不一定非要跟那些人周旋不可'——而且，我曾听说你活在一个自我的世界里""的确如此"奥比说"&我也不去生日晚会""非常好"王子说"继续保持好状态"……对于这台裸背器械——有时候王子能确定他在上面但不确定是否骑着——又有些时候，他能确定他骑在上面，但不确定它是不是裸背——偶尔还有些时候，王子能确定他正骑着某种裸背的东西但不很确定它是不是一台器械……他日复一日的历险，不成功的土豆&其他海盗们试图把他限定于确实性&把他放回他的位置一了&百了"喜欢扳腕子吗？"有人说——"你就是个假货——你不是王子！"更聪明的人们这样说着便走进浴缸&要求按常规……王

1 出自美国山地摇滚歌曲《奥比多比》（"Ooby Dooby"，1955），由罗伊·奥比逊（Roy Orbison，1936—1988）唱红。

子见到许多杰克 & 吉尔滚滚掉落"看这些真是有趣，你都没法找到一块能捡起来的碎片"这话他通常每天都要跟他的裸背器械说上一次——它从不搭话——大多数好灵魂都不会

并不是说难以接受任何以第一人称书写或行使的东西——只因为没有第二人称

猛犸象诺亚 & 东方劫匪们都在吹嘘道德 & 和谐牧师穿着紧身衣——他现在跟天使们在一块儿了 & 他说"全都没用——没用的" & 本能，上古鼎盛时期诗人——扬起他的蹄子 & 嘶鸣"全都并非没用——全都意味深长！" & 发神经的花衣魔笛手[1]偷掉王后的卒子[2] & 胜利的战叫"都不——都不" & 监狱被焚毁 & 监狱倒塌 & 新近到来的灵魂们在挖——用指甲——用他们的指甲互相对挖……射门——切腹自杀 & 残酷妈妈[3]戏弄你那无辜的命运……一眼

1　参见迪伦歌曲《墓碑蓝调》："把花衣魔笛手关进监狱，把奴隶们养肥，然后把他们派遣到丛林。"

2　国际象棋中，王后前面的那个兵叫"后兵"。参见迪伦歌曲《只是别人棋局中的一个小卒》（"Only a Pawn in Their Game"，1964）。

3　《残酷妈妈》（"The Cruel Mother"），英语传统民谣，大意讲妈妈在林中产下私生子，将他杀死、埋葬，回到家又看见有孩子在玩耍。另，哈姆雷特的妈妈格特鲁德王后也是一个"残酷妈妈"。

望去乔治·拉夫特[1]——理查德·尼克松——利伯拉切——d.h. 劳伦斯&巴勃罗·卡萨尔斯[2]——全都是同一个人——&斗争——斗争&你的卷毛飘飘的武器&挖——挖一切[3]

阿瑞莎——在盖洛普[4]她名为69号——在
惠灵[5]是叫春猫——在匹兹堡
是5号，在布朗斯维尔[6]是走左边的路[7]，
是孤独之声[8]——在亚特兰大是
别跳舞，听歌——在滚球绿地[9]是

1 乔治·拉夫特（George Raft，1901—1980），美国演员，以反派形象出名。

2 巴勃罗·卡萨尔斯（Pablo Casals，1876—1973），西班牙著名大提琴家。

3 挖（digging），也意为：理解、喜欢、发现。

4 盖洛普（Gallup），美国新墨西哥州城市，印第安人聚居地，很多西部片在这里拍摄。迪伦早年曾吹嘘，他7岁时就离家出走，在盖洛普长大。也可能指盖洛普民调。

5 惠灵（Wheeling），美国西弗吉尼亚州城市，靠近匹兹堡。也可能指旋转、轮盘赌等，参见迪伦专辑名《自由飞旋的鲍勃·迪伦》（*The Freewheelin' Bob Dylan*，1963）。

6 布朗斯维尔（Brownsville），美国得克萨斯州港口城市，位于美国大陆领土最南端，对岸就是墨西哥；美国还有多个同名城镇。

7 出自美国哲学家纳尔逊·古德曼（Nelson Goodman，1906—1998）的“问路难题”：在陌生路口有个本地人，他要么是骑士要么是流氓（要么只说真话要么只说假话），他只会回答“是”或者“否”，你应该怎样问路才能得到想要的答案？你不必管他是好人坏人，你只需问：“你是否在当且仅当左边的路通往正确目标时才是一个骑士？”衍生版本：“你是不是能够断言左边的路通往布朗斯维尔的那一类人？”

8 孤独之声（the lonesome sound），美国蓝草乡村歌曲的一种唱法，大意指高声调、失声跑调地唱出心中的凄楚郁闷。

9 滚球绿地（Bowling Green），纽约市曼哈顿金融区的一个街心小花园。

哦不，不，不要再来了——在夏延族[1]
她被称为小母马——在纽约城她
就直接地被称为阿瑞莎……我应该把她
当成我的王牌来打

我也想去做些有价值的事情比如在海洋上种一棵树但我只是一个吉他手——对她的盛名没有荒唐的恐惧，黑妹与旋律共存&我要感受我的蒸发就像黑妹感受她的共存……我可不想扛着一把草叉

哈姆雷特王子——他高高在图腾柱上的某处[2]——他哼哼着一支无力的小曲“哦用坟墓把我杀死”[3]——阿瑞莎——移民们的戈黛娃夫人——她也在歌唱……图腾柱下围着很多历史学家——都假

1　夏延族（Cheyenne），北美印第安人部族，在文化上以太阳舞仪式闻名。

2　早期基督教有一种柱顶苦修士（stylite）长期在高柱顶上斋戒、布道；荷马史诗中，奥德修斯叫水手把自己绑在桅杆上抵抗塞壬海妖的魅惑歌声。参见尼采《查拉图斯特拉如是说》（1883）第二十九章“狼蛛”：朋友们，把我紧紧绑在柱子上吧，我宁可做柱顶苦修士，也不愿（因狼蛛的毒）飞旋起舞。另参见兰波诗《醉舟》（“Le Bateau ivre”，1871）：“当我在无情的大河漂流，我不再感到纤夫的指引，吵嚷嚷的红种人已将他们捉来当成靶子赤条条地钉在彩柱上。”

3　“哦用坟墓把我杀死”（oh killing me by the grave）戏拟三角洲蓝调之王罗伯特·约翰逊（Robert Johnson，1911—1938）的老歌《说教蓝调》（“Preachin' Blues”，1936），原词大意：蓝调是卑鄙的心疼病，就像肺痨，一步步把我杀死（killing me by degrees）。

装是在谋求生计——还有很多间谍&海关密探——教主们没有退位——艺术家们在同一时间活着——同一时间死去&在它的位置出现了某些时间——但那里从来未有过什么真正的某些时间[1]&海关密探&间谍们通常在寒假里就变成溜冰明星&他们默默怀念同一时间/他们通常不认识那图腾柱下的任何人除了他们的上级……旧金山冻结了&纽约笼罩在爱伦·坡&著名蛮族的魔咒之下"如果你一无所有你就可以做到"对着一碟意面晚餐念叨王子——在泥泞的溜冰场上日渐憔悴——不属于任何人&伐木工们来了"我在寻找——我在寻找某种意义!"奶壶女士，一头脱逃的狼人说——她戴着一顶镀铬头盔&已研究南斯拉夫长达十个月[2]——她的摩托车上有一台内置点唱机"你的头脑太小——它是有限的——你一定要得到哪种知识呢?"王子说"我也想到图腾柱上去"她直言道"伐木工都来了呀"王子说&然后他抽出他的衬衫下摆&开始对着空气画圈圈"这件衬衫下摆有万磁力&它们可以收拢所有零碎的时刻——你看——我已经有事情要做了——为什么你不去看看这个家伙——他名叫莫安——他会给你摆平的——&如果他办不了——他知道谁能

1 亦即，艺术家们活跃的那个时代，那个"同一时间"已经逝去了，现在也许在不确定的"某些时间"还会有艺术家，但实际上那种"时间"并不真的存在。

2 指十月怀胎。

办”奶壶有个朋友，一个鼓手他不打鼓只是让鼓槌落在鼓面上——出自丛林——有点儿虐待狂的派头 & 他的全套行装不过是一件陆战队制服 & 一件洗旧的护士大褂——他大嚷“我在找一个搭档——给我透露点机密吧！”[1] & 当时有两个小男孩在那儿表演 & 一个说“如果我拥有世界，每个人都会得一百万”& 一个说“如果我拥有世界——每个人在他的生命中都有机会拯救世界一次”……戴六角星的哈姆雷特王子——他拖着一列火车[2] & 跟朱丽安·约翰逊[3]小姐做爱“我说给我透露点机密吧——我只是个普通啤酒”这个鼓手说 & 王子在柱子上雕刻孟菲斯——伦敦 & 越南“只有几样东西是存在的：布吉乌吉[4]——高能跳跳蛙——纳什维尔蓝调——口琴漫步[5]——80 个月亮 & 熟睡的小矮人——只有三样东西是持久的：生命——死亡 & 伐木工来了”

1　上帝保存电汇机密，胡佛保存国家机密。

2　美国著名乡村音乐歌手约翰尼·卡什（Johnny Cash，1932—2003）的歌曲《伐木工》（“Lumberjack”，1960）中有长达 1 分钟的火车音效和念白。

3 《朱丽·安·约翰逊》（“Julie Ann Johnson”），美国黑人传统民谣，由“铅肚皮”演唱成名，有多个录音版本，3 分钟加长版混合了伐木歌，说道：“现在斧头落下，小伙们要唱朱丽·安·约翰逊，让你知道节奏会继续不停，哪怕斧头落下，你现在没听见，但他们马上砍回来……斧头砍回来了，砍啊砍啊。”

4　布吉乌吉（Boogie Woogie），一种快节奏的爵士乐钢琴曲式。

5　口琴漫步（harmonicas walking），不详，或可参见本书第一章开头的“疗救那些尖酸懦夫、骸骨 & 往故的口琴大军”（harmonica battalions）。

好一头八臂琴魔 译后记

《狼蛛》及青年鲍勃·迪伦的纯文学创作

or

They'll stone you when you're playing your guitar[1]

——罗池

1　出自迪伦歌曲《雨天的女人们第 12、35 号》（"Rainy Day Women #12 & 35"，1966）。意为：他们拿石头砸昏你，趁你弹吉他。

这是文学吗？

I put down my robe, picked up my diploma[1]

《狼蛛》，鲍勃·迪伦作品，这本书是 20 世纪后半期在地球表面上最难以定位、最不知所云的奇著之一。有人说这是一本“小说”，有人说是“散文诗”，有人叫它“实验写作”，当然还有很多人斥之为“failed”（失败之作），或“bullshit”（狗屁不通），也就等于说，它根本不属于“文学”。

至于评价，众说纷纭，在互联网平台[2]还算马马虎虎，但在评论界，除了一笑而过之外，最多也就一笔带过：很多大部头的迪伦传记、论著实在避不开它，只好随手应付，完成任务了事。《狼蛛》问世已有近六十年，迄今为止，能认真对它予以较正面论述的作者在全世界可能最多就十几个，而且他们基本都带着一点儿跟人争吵的架势。

文坛从来不缺少争吵，可以吵到要开除你的“坛籍”。2016 年诺贝尔文学奖获得者鲍勃·迪伦所招致的强烈质疑，就是近年来国际范围内影响最

1 出自迪伦歌曲《蝗虫之日》（“Day of Locusts”，1970）。意为：我放下我的袍子，捡起我的文凭。

2 在 Goodreads 网站，《狼蛛》英文版有 4072 个投票（截至 2024 年 7 月），平均得分为 3.26（满分 5），其中五星 17%，四星 24%，三星 32%，二星 17%，一星 8%。

广的事件之一。多位诺奖前辈羞与迪伦同席，巴尔加斯·略萨（Mario Vargas Llosa）说："我不认为他是个好作家。诺奖是给作家的，不是给歌手的。"奥尔罕·帕慕克（Ferit Orhan Pamuk）指出："是的，我非常失望。……我认为很多作家在那一天受到了伤害。"索因卡（Wole Soyinka）称，给迪伦颁奖是"为了打破成规而打破成规。……真是荒唐"[1]。在相关报道中，甚至有言论把院士丈夫性侵、高层大乱斗和迪伦获奖并列为瑞典文学院的三大丑闻，令"公信力大减，让桂冠失色，这些污点必定难以轻易洗去"[2]。以上只是刊载在2019年一张中国报纸上的消息而已。

说来话长，这位摇滚天王头戴着惹人争议的光环已是长达半个世纪的老故事。早在五十多年前他就凭借歌词赢得了"诗人"荣誉，支持者为他奉上"穿牛仔裤的荷马""唱片上的华兹华斯""可乐世代的乔伊斯""点唱机上的布莱希特""诗人的诗人"这样的耀眼桂冠。但几十年来，也一直有资深评委坚持灭灯否决我们的歌手迪伦晋级"诗人"

1　康慨，《沃莱·索因卡公开发难：鲍勃·迪伦获诺贝尔奖真是荒唐》，《中华读书报》，2019年3月13日第4版。

2　康慨，《霍拉斯·恩达尔退出诺贝尔委员会，瑞典学院宣布重启诺贝尔文学奖》，出处同上。

资格，正方反方的笔仗足以编出一大部精彩纷呈的厚书。

如 1965 年 11 月，在常青藤联盟院校英文系大学生中进行的一项调查显示，鲍勃 · 迪伦力压罗伯特 · 洛威尔、索尔 · 贝娄（Saul Bellow）、诺曼 · 梅勒（Norman Mailer）等名家，被新一代知识青年选为当代美国作家之首。这件事在主流文学界引起不小的震荡，《纽约时报》还做了后续报道。诗坛巨擘 W. H. 奥登（Wystan Hugh Auden）对迪伦敬谢不敏："我恐怕对他的作品一无所知。但无所谓了——我要读的东西实在太多。"路易斯 · 辛普森（Louis Simpson，1964 年普利策诗歌奖获得者）不以为然："我根本就没觉得鲍勃 · 迪伦是个诗人，他就是个艺人——诗人这个词现在简直任谁都可以用了。"[1] 对这个话题，诺曼 · 梅勒很干脆地说了一句名言："如果迪伦是个诗人，那我就是棒球选手。"[2] 而迪伦也不是省油的灯，他在《狼蛛》中这样回敬梅勒："诺曼 · 梅勒家餐具室炸弹爆炸——导致他

1 Thomas Meehan, "Public Writer No. 1?", *New York Times Magazine*, Dec. 12, 1965. 关于这场论争综述见 Shelton, p. 162，参见中译本，第 415—416 页。主要引用书目见文末。

2 Shelton, p. 234.

色盲——体育部人事大震荡。”[1]

知名乐评家罗伯特·克里斯戈（Robert Christgau）历来就很对任何歌星——包括鲍勃·迪伦——的“诗人”头衔不感兴趣。当然，克里斯戈本身就不喜欢美国现代口语诗，他认为金斯堡（Allen Ginsberg）更像个野人，还把摇滚乐诗潮归入“刻奇”（kitsch，媚俗，媚雅）。他说：摇滚歌词不是诗（也许）——

> 诗是靠读或者念的。歌是靠唱的。……再重复一遍：迪伦是唱作人，不是诗人。他最成功的那些作品也仅仅只有极少数——如《别想二次，都没事》《就像个女人》——能够在书页上立得住。纯属例外而已。……迪伦的唯一创新就是他在唱歌，这是一种控制所谓“语感”的好方式，但远还谈不上“现代诗的一大革命”。他或许开创了些不错的东西，但现代诗歌一直进展顺利，谢谢。[2]

不用谢。

1 Dylan 1971，p. 124.

2 Robert Christgau，“Rock Lyrics Are Poetry (Maybe)”，原载 *Cheetah*，Dec. 1967，引自作者个人网站。

但必须指出，在歌手鲍勃·迪伦的另一面，他也确确实实是一个标准的现代诗人。迪伦可谓笔耕不辍，他的早期代表性诗作主要以“文案”的形式随唱片一起发表。其实，单单这些“文案”拿到任一家文艺书店，出版一两本常规的小诗集都绰绰有余，但他不是太忙就是太懒，后来干脆罢手不玩了。而文坛、学界也好，歌迷、乐评人、传记家也好，对迪伦的纯文学创作基本没有给予足够的艺术关注，大家都围着他的歌词打转转（虽然歌词也是广义的诗）。就连迪伦的支持者、当年执美国新先锋之牛耳的安迪·沃霍尔（Andy Warhol）也曾说：“如果迪伦变成一个不弹吉他的诗人，还说那些同样的东西，是不会有效果的；但是当诗歌冲上十大金曲的时候你就不能忽视它了。”[1]

不奇怪，印在纸上的迪伦诗作既然没有登上某个文化工业排行榜的实力，就大概率要领受全方位的“忽视”。尤其《狼蛛》，迪伦的第一本“纯文学”书，这部实验文体作品如此极端、彻底地在先锋异途上狂奔，完全的 freewheelin'（自由不羁），都不照顾一下普通读者的感情，结果成了他名下最饱受争议的一个“什么玩意儿”，直接被打入冷宫。但

1 Warhol，pp. 146-147.

迪伦对这类问题却相当犀利地反问：

> **你怎么看这些诗？**
>
> 恐怕你得去找个学者来问问。
>
> **但你怎么说？**
>
> 但我怎么说？那我也得去请教学者。它们是诗歌，或者它们不是诗歌……这真的很重要吗？对谁才那么重要？[1]

鲍勃·迪伦写的那些文学东西在评论圈里长期不受待见，难道都是临时瞎搞出来，甚至嗑药嗑出来的吗？真不是。迪伦年轻时的写作量一直非常大，随时写，随地写，窝在汽车后座里写，一边跟朋友聊天还能一边写，打字机色带一卷接一卷。然而，最后正式、半正式发表为歌词和诗文的仅是其中的一小部分，而且迪伦还对千挑万选出来的作品极不满意。悔其少作，他就不是那种愿意凑数的人。

虽然已公开的迪伦手稿数量有限，但我们仍可以通过他的歌曲创作和不断修订的过程明显地看到迪伦的文学匠心。如他在1965—1966年的巅峰时

1 Dylan 2008，p. vii.

期，除了三张正式专辑之外，还留下一大堆录音，现已正式整理发行的就有《尖锋 1965—1966》（*The Bootleg Series Vol.12: The Cutting Edge 1965-1966[Collector's Edition]*）十八张 CD、《1966 巡演现场录音》（*The 1966 Live Recordings*）三十六张 CD，大多数曲目都是同一首歌重重复复的不同版本，改来改去，改来改去，证明了迪伦那份一丝不苟的艺术要求。

> 有趣的是，尽管迪伦（作为歌手以及作家）的概念和用语对我们当年的耳朵而言如同时刻不停的马刺，驱策着一代人的急躁，但他在实际工作中却吹毛求疵。他试验每一个词、韵律、音调的分寸，一连几个小时、几天，直到他满意为止。他像诗人一样工作——这种方式他后来就不再有了——但他要处理的问题比［正统诗人所面对的］格律或对句要复杂得多：他必须将它与音乐融合，在不同的试唱中又完全变了个样，直到一切结合起来成为完成的作品。[1]

那么，这位很用功、很用心，乃至吹毛求疵的

1 Mikal Gilmore, "Why Bob Dylan Is a Literary Genius", *Rolling Stone*, Dec. 9, 2016.

鲍勃·迪伦，当他转身于书页，只作为诗人或作家而存在的时候，他在文学创作方面的水平到底怎么样？好吧，他确实很喜欢写东西，很热爱文艺，但是，这样就算得上一个文学家吗？

迪伦就是如此不断地被反对者提出这样仿佛万世不易的问题，在诺贝尔奖获奖感言中，他毫不退让地表示：

> 我首先想到莎士比亚，这位大文豪。我猜想他会把自己看作戏剧家。创作文学的念头不会进入他的头脑。他的文字为舞台而写。用于口述而非阅读。……我敢打赌，莎士比亚头脑中最不可能思考的就是“这是文学吗？”……即便在四百年后，有些事情也未曾从未改变。我一直没有闲暇来问自己，“我的歌是文学吗？”所以，我要感谢瑞典文学院，不仅花时间考虑这个问题，而且，最终，做出了如此精彩的回答。[1]

迪伦又把球踢回去了。到目前为止，这是最精彩的回答。

---

1 “Banquet Speech by Bob Dylan”，Dec. 10，2016，引自诺贝尔奖官网。

见习诗人：

He's an artist, he don't look back[1]

年少的鲍勃·迪伦，原名罗伯特·艾伦·齐默曼（Robert Allen Zimmerman），1941年生于一个俄裔正统犹太人家庭，在明尼苏达州的工业城市希宾（Hibbing）长大。这个曾兴盛一时的采矿中心，美国的铁岭（Iron Range），已日渐萧条没落，在少年的眼中，它处处流露着闭塞、颓败的气息。迪伦曾多次写到他对于故乡生活的精神分析，如在《狼蛛》中：

> 我现在住的地方，唯一让这个地区
> 保持运转的东西就是传统——正如你想
> 　象的
> 那样——这不算太要紧——我周围的
> 一切都在腐烂……我不知道它这个样子
> 已经多长时间了，但如果它继续下去，
> 　很快
> 我就要变成一个老头——&我才15岁——

1　改写自迪伦歌曲《她属于我》（"She Belongs to Me"，1965）。意为：他是个艺术家，他从不回头看。

这一带
唯一的工作就只有采矿——但耶稣啊，谁
又想
去当矿工……我拒绝成为这种轻如鸿毛的
死亡的一分子——每个人都在谈论中
世纪就好像这当真处在中世纪一样——
我会千方百计离开这里——我的头脑
正随着大河流向远方……[1]

幸运的是，迪伦家在街上经营电器商店，收音机、电视机、电唱机，便利的现代视听装备给他打开了一道通往广阔音乐天地的侧门。而且希宾还拥有当年矿老板巨资兴建的土豪级公立学校，设施一流，师资雄厚，藏书丰富，连音乐厅都富丽堂皇。他的妈妈说：

鲍勃静悄悄地待在楼上当了十二年的作家。他把所有的书都看过了。他买漫画也只买那种有意义的，像“经典名著绘本”。他经常泡图书馆。我不知道他喜欢那些作者，我们几

1 Dylan 1971，pp. 108-109.

乎不谈作家。我们只会说笑和聊天。[1]

总之，我们的鲍勃同学成了希宾镇上有名的文艺特长生，十岁的时候他就懂得写诗作为礼物送给父母，惠而不费。其中《父亲节献诗》（"For Father's Day"）的开头还模仿了一段饶有趣味的电器说明书文风：

> 这份礼物只献给我爸
> 打高尔夫球或在家坐着的时候使用。
> 他可以在饭后，或在开汽车的时候使用，
> 他可以在休息或出远门的时候使用，
> 我知道我爸是世界上最好的。[2]

迪伦早在中学时代就已经开始有了文学自觉，给自己诗歌本中的习作打分："好诗""差诗"，但鲜少示人，只给父母看过。他每天都窝在房间里鼓捣文艺爱好，却让父母忧心忡忡。他的妈妈又说了："写这些诗，你是要到死了以后才会被人发现的。……诗歌又不能当饭吃。……你不能一天又一

1 Shelton，p. 39，参见中译本《迷途家园：鲍勃·迪伦的音乐与生活》，第 91 页。
2 Shelton，p. 35，参见中译本《迷途家园：鲍勃·迪伦的音乐与生活》，第 78 页。

天就这样坐在那里发呆、做梦、写诗来过活。我真担心他到头来成了一个诗人！你知道我说的是哪种诗人吗？就是没有抱负、只为自己写作的那种。在我们那时候，诗人就是没有工作、没有抱负的人。”在迪伦即将离家去上大学时，妈妈还语重心长地唠叨他：“波比，为什么你不做点儿有用的事情呢？……别再老是写诗了，求你。去学校要学点儿建设性的东西吧。拿个学位。”[1]

迪伦于1959年夏进入州城明尼阿波利斯，文艺青年扎堆的大学城真正打开了他的当代文学视野。他在文青圈子里搜刮市面难觅的唱片、最新潮的垮掉派作品，而且不惜做出窃书不算偷之类的糗事。“我直到高中毕业才真正开始写诗。在大概十八岁的时候我发现了金斯堡、加里·施耐德（Gary Snyder）、菲利普·惠伦（Philip Whalen）、弗兰克·奥哈拉（Frank O'Hara）这一批诗人。然后我又回头去读法国的诗人，兰波（Arthur Rimbaud）和弗朗索瓦·维庸（François Villon）。”[2]

迪伦像一块疯狂的海绵。据学弟爆料，明州大学图书馆每一本兰波的书背后的借书条都有齐默曼

1 Shelton, p. 40，参见中译本，第92页。

2 Heylin, p. 138.

的名字，英文版、法文版都有，还用同样的墨水乱划杠杠。[1]艾伦·金斯堡多次提到，对大学生迪伦影响最大的诗人是凯鲁亚克。

> 迪伦本人说过在1959年给他打开诗歌大门，并激励和促使他立志成为一个诗人的那本书，是凯鲁亚克的《墨西哥城蓝调》(*Mexico City Blues*，1959)。……当时[1975年11月]我们站在凯鲁亚克墓前，拍他[迪伦]的电影《雷纳尔多和克拉拉》(*Renaldo and Clara*)。他从我的手上拿过《墨西哥城蓝调》然后开始朗诵，我说："你对这本书怎么看？"他说："1959年在圣保罗[2]有人借给我一本，[我当时还看不大懂，现在才更明白，但那时]它轰开了我的头脑。"我说："为什么？"他说："它是第一本用我自己的[美国]语言对我说话的诗集。"所以迪伦作品中那些亮闪闪的意象珠串(chains of flashing images)，比如"摩托车黑衣圣母两轮吉卜赛女王和她的银光扣钉幻影情人"，

1 Mark Spitzer，"Bob Dylan's Tarantula: An Arctic Reserve of Untapped Glimmerance Dismissed in a Ratland of Clichés"，原载 *Jack Magazine*，Issue 7，Oct. 2003，转引自迪伦官网。

2 明尼阿波利斯都会圈的一部分。

它们就是借鉴了凯鲁亚克的亮闪闪的意象珠串以及自发性写作。[1]

多年后，纽约佳士得拍卖行以七万八千美元的高价售出一件迪伦大学时期的诗歌本：封面题为《无标题诗》(Poems Without Titles)，共十六张手写册页，每首诗都有署名“Dylan”或“Dylanism”。这一组习作滑稽、泼辣，有来自垮掉派诗人格雷戈里·柯索(Gregory Corso)的明显影响，对于未满二十岁的大学生来说堪称老练，其中甚至还非常在行地戏谑了T. S. 艾略特(T. S. Eliot)的《普鲁弗洛克情歌》，还有詹姆斯·乔伊斯(James Joyce)的《芬尼根守灵夜》：

我想我看见汉弗莱尿尿[2]
在一碗热番茄汤里边
他边尿我边瞧着
我边瞧边等着

1 Seth Goddard, “The Beats and the Boom: A Conversation with Allen Ginsberg”，原载*Life*, Jul. 5, 2001，综合转引自伊利诺伊大学现代美国诗歌网站。
2 汉弗莱，指休伯特·汉弗莱(Hubert Humphrey，1911—1978)，曾任明尼阿波利斯市长，时任联邦参议员、党鞭，在《狼蛛》时期为美国副总统；也指乔伊斯小说《芬尼根守灵夜》同名主人公(Humphrey Chimpden Earwicker)。

我边等着边看见整个社会

……

我觉得他就像一个

白痴儿硬要在暗处阅读詹姆斯·乔伊斯

然后出于某种乌漆墨黑的信念

他尿了四十日又四十夜——

然后大战爆发了

整个社会都饿得要死

然后就像他突然彪尿一样

他突然尿停了

他说“五旬节快乐”[1]

这份手稿表明，此时的迪伦已有志于成为一个具有正式身份的现代诗人，他初窥门径，并给自己确定了沿用至今的笔名。

但这还不够。这些还不足以构成一个迪伦。博览和泛听，从古希腊到后现代，单靠正统文学以及依附正统而来的所谓先锋文学（如垮掉派），还无法“集齐龙珠、召唤神龙”。我们现在都知道，迪伦是从美国传统民谣、蓝调中掘出了他的第一桶金和第 n 桶金，但在当时，二战后的保守年代，那些

1 引自佳士得官网。

具有强烈的民本意识、左翼色彩的野生吟游文化传统已接近断档、失传。迪伦需要跳出以金斯堡、凯鲁亚克为代表的新先锋派之外，另辟蹊径，重新接上美国人民文学的“任督二脉”，才能打通这一关。

在迪伦卖唱的比萨店，有个姑娘问他有没有听过伍迪·格思里（Woody Guthrie），他当然听过，“一点点”，而姑娘哥哥的唱片收藏中竟然有十二张是格思里的。他被格思里的嗓音和歌词迷倒，那完全是直击人心的另一种音乐。随即，大概 1960 年 9 月，他借到了伍迪·格思里的自传小说《奔向荣光》（*Bound for Glory*，1943），这本书在当时很罕见。于是，一种全新的言语方式把迪伦震住了。该书开篇第 1 章正好发生在迪伦的家乡，各种肤色的流浪汉们挤在货运列车上经过明州北部，这些都是迪伦曾习见的事实，而格思里用非正统的行文把美国底层社会生猛麻辣的俚语表现得淋漓尽致。原来，文学也可以这样！他开始模仿书中流浪汉、外省失地农民、黑人劳工们的用语方式，如简略的快速拼写、灵活的常用词、错乱的蹩脚语法、双重否定（ain't no）表示强烈否定、外语移民口音等等。

在类似题材中，《奔向荣光》对青年迪伦的影响要比《在路上》重大得多，他迫不及待地想占据格思里的一切，想成为另一个格思里。从阶级分析上讲，以垮掉派为代表的新先锋派作家多是衣食无忧、温文尔雅的名牌大学高材生（柯索、奥洛夫斯基等极少数几个例外），他们的艺术革新仍局于沙龙（salon）、咖啡馆（café）、写作班（workshop）。虽然迪伦的家境还行，入学成绩也不错，但他在明尼苏达大学基本就没怎么上过课，他早年卖唱的馆子也够不上先锋派们时常光顾的比波普（bebop）爵士乐酒吧那种档次。

不过，如果迪伦真是聪明乖宝宝的话，他也许会绕过凯鲁亚克和格思里，走上另一条按部就班的金光大道，他在明大得到驻校诗人艾伦·塔特（Allen Tate）、约翰·贝里曼（John Berryman）的名师指点，那就是另一个故事、另一种成功了，但也许没有那么精彩。而现时空的故事版本中，诗人阿德里安娜·里奇（Adrienne Rich）在十年后（1969）给已成为摇滚巨星的迪伦扳回了这一局：

> 一种新语言正在那些操着英语的美国人头脑中演化出来。其他国家都拥有自己的本土语言以及词典的安全保障，而美国人必须从外来的基本元素中改良出他们自己的语言。……莎士比亚的英语和一些[美国]游方艺人的副歌在此相逢，互相致敬、互相传习，……英国（美国）语言。谁能完全理解它呢？在这个时代也许只有两个人：鲍勃·迪伦和约翰·贝

里曼。[1]

总之，十九岁那年，迪伦自己找到了自己的导师，把垮掉派的先锋性与格思里的人民性相接合，他要承续现代吟游诗人的传统，如格思里所言：

> 我听见一道词语洪流在我身体里奔腾，几百首歌、几百本书都写不完。我知道我听来的这些词语不是我自己的私人财产。我是从你们[人民]那里借来它们。……你们的创作和我的创作手挽着手，我们的记忆永不分离。我从你们的生活的创作中借来我的生活。我能感到你们的能量在我身上涌动，也看到我的能量在你们身上。也许曾有人教你们用“诗人”这个名字来称呼我，但我并不比你们更是一名诗人。……你们才是诗人，你们每天的谈话就是我们的最佳诗人的最佳诗作。我不过是某种职员或社会风气的品尝者，我的工作室在人行道上，在你们的大街、你们的田地、你们的公路

---

1 Adrienne Rich，原载 *The Harvard Advocate*，Spring 1969，综合转引自新版贝里曼诗集导言：John Berryman，*The Heart Is Strange: New Selected Poems*，Farrar，2014，p. xxviii；John Berryman，*The Dream Songs: Poems*，Farrar，2014，p. xxv。

以及你们的房屋。[1]

1961年1月，迪伦决定弃学从艺，背着一把吉他走向了“荣光之路”。明尼阿波利斯已无可留恋，旧金山、洛杉矶也没有更大的吸引力，因为他知道格思里一直在纽约养病，而且，或许还因为纽约更热闹又路途更近，总之他要去纽约看望格思里。2月初，他终于如愿以偿见到了偶像，不久便以格思里接班人的身份在纽约民谣界落下了脚跟。

纽约纽约：

It's alright, Ma, I'm only typing[2]

纽约超级大都会的视野远远比大学城还要辽阔。漂在纽约，迪伦的饕餮诗欲可以“肆虐”了。他疯狂听碟、疯狂阅读、疯狂打字，押韵的歌词，不押韵的口语诗或分行散文，有整有零的纸头满天飞。

1963年，迪伦开始进入创作的旺盛期。他的

1 Woody Guthrie，“The People I Owe”（1946），综合转引自 Shelton，p. 65、151，参见中译本，第163、385页。

2 改写自迪伦歌曲《没事的，妈妈（我只是在流血）》[“It’s Alright, Ma (I’m Only Bleeding)”，1965]。意为：没事的，妈妈，我只是在打字。

个人演唱会（4 月 12 日）节目单上刊载了（伪）自传诗《我在偷闲一刻的生活》（“My Life in a Stolen Moment”），而最后一个节目是诗朗诵《对伍迪 · 格思里的最后想法》（“Last Thoughts on Woody Guthrie”）。迪伦发表的第一批诗作多为青春自述，还明显露出格雷戈里 · 柯索的垮掉派文风和伍迪 · 格思里的脱口蓝调（talking blues）歌词互相混合搅拌得不够均匀的痕迹，散漫拖沓的口语诗甚至有沦为分行散文的危险。

《我在偷闲一刻的生活》的这一段有很多传记家喜欢引用：

希宾是一个美好的旧城
我 10、12、13、15、15½、17 和 18 岁就逃离它
我每次都被人抓住送回家除了这一次
我写的第一首歌给我妈妈题为“给妈妈”
我写在五年级作业上老师给打了个 B+
我 11 岁就开始抽烟中间只停过一次
好歇一口气
我不记得我爸妈是否爱唱歌
至少我不记得跟他们交流过什么歌曲
我进了明尼苏达大学念书
那个冒牌文凭我从没拿过

我去上科学课但挂科了因为拒绝观察
一只兔子死亡
我被英文课开除因为使用四个字的词
在论文中描述英文老师
我在传播学课也没及格因为每天点名
都说我没能来
我的西班牙语倒很好但那是我早就懂
　的了[1]

迪伦很清楚地定义过自己的跨界性：

我能唱的东西，我叫作歌。我不能唱的东西，我叫作诗。我不能唱但是又太长不成其为诗的东西，我叫作小说。但我的小说没有通常的故事线。它们写的是我在特定时间特定地点的感受。[2]

他甚至还号称他正在写三本小说，可惜，从来没人见过。他的艺术发展是狂飙猛进的，很快他就找到了自己的腔调（voice）。1963年的鲍勃·迪

1 Dylan 1985，p. 70.
2 Nat Hentoff，“Freewheelin’ Bob Dylan (jacket notes)”，Columbia，1963.

伦跟主流或先锋的诗坛都还不挂边，但在歌坛他是备受欢迎的创作能人，他写的歌曲（如《答案在风中飘》）由同行唱红，他的口语诗或分行散文在各种民谣报刊和演唱会海报、节目单上大量刊登；此外，他还应邀为朋友们的新唱片封套或歌词本撰写诗文，称为“文案”（liner notes，jacket notes），琼·贝兹还有彼得、保罗和玛丽三重唱等多位民谣同行的唱片都用过他的文案。

写给“民谣女王”琼·贝兹的文案[1]可算上迪伦的新版自述，他在更广阔的想象剧场空间里重新构筑了一个“纽漂”文青的精神史。这首三百行长诗的前段象征性地回顾了他的旧日时光，中间部分围绕“美”的观念展开一个心理自传，同时也是对新女友的浪漫表白。

[……从前我是铁路边上一个粗暴、苦闷、
  自闭的孩子……]
我最初的膜拜是“美”这个词
因为铁路的线条并不美
它们乌漆墨黑一片邋遢的颜色

1 “Joan Baez in Concert, Part 2 (jacket notes)”，又名“Poem to Joannie”，1963年11月随唱片发行。

满是烂臭、煤烟和灰尘
而我就用这些标准来评判美
只要它是丑的就接受它
只要我能用手抓得到
因为那时我只理解这些
还说“啊这是真实”
[……后来我遭到幻灭，“美”变成羞耻，
我恨不得将它抛弃……]
再后来到了纽约
年纪渐长我用自己的话语说
“真正的美就藏在裂缝和路沟之中
身穿着裙袍满是尘灰和污垢”
我在一个个窟窿里寻找它
然后迎头扑进它的胸怀
在它耳边把歌曲轻唱
亲吻它的嘴唇拥抱它的腰身
在它的身体里四处巡游
在它的肚皮上昏昏沉睡
像盲目的恋爱中人莽撞地飞翔
我在我创伤的深处发出呐喊
“替我和家人说话的歌喉
是肮脏不堪的阴沟声响
因为它只有这样我才能触到
只有这样的美我才能感受”

[……我认识了许多人，唯有一人向我证明男孩仍在成长……]
一位姑娘和我有很多共同点
她喜欢我乱弹一气的孤独之歌
那“迷人的歌喉”我以前从没听过
人们说“一物有一物的美”
作家写道“神奇万籁”
但我说“我讨厌那种声音
真正的美是丑陋的，哥们儿
那些爆裂、震荡、破碎的声音
就是我所理解的真正的美”
[……我固于偏见，对她总有隔阂，但她用温柔打开我的心扉……]
啊多么愚蠢狭隘可悲
我曾以为“美”不过是
丑陋和污秽的东西
但它其实是一根魔杖
指挥和挑逗着我的思维
它知道只有它才能有感觉
知道我是毫无机会的
它愚弄我把它当成我的双手
去把握和理解事物
[……我不再受愚弄，因为我在姑娘的歌声里听到真实的微风……]

它蕴藏圣歌和奥义
而奥义极为复杂难懂
不可能用手用脚或指尖
去理解或解答
而且它不应被冠上一个下流的名字
[……如果再回到铁路边，我将开朗乐观，
但依旧叛逆……][1]

迪伦的分行体太受同行们欢迎了，以至于欠下很多笔债，他在一篇文案的开头就说："我不是唱片文案作家——决不曾是、决不将是、决不愿是。"署名："鲍勃·迪伦／满脑子暴雨和饿痛。"[2]

1964年他已星途闪耀，就很少给外面写东西了，而他最出色的诗作当然留给了自己的唱片，主要包括《时代正在改变》《鲍勃·迪伦的另一面》《全部带回家》《重访61号公路》等专辑。直到1973年，迪伦才把歌词和诗选一起汇编成书，按各个唱片专辑分章节，可以说他的确是一个真正的"唱片诗人"。[3]

---

1 Dylan 1985，pp. 78-85.

2 引自"新世界"乐队歌手个人网站。

3 迪伦诗作主要收录在：*Writings and Drawings*(*1973*) 及 *Lyrics, 1962–1985*(*1985*)；后来新版的迪伦歌词集均未正式收入诗作。

组诗《11个简要墓志铭》（“11 Outlined Epitaphs”），即《时代正在改变》唱片文案，1964年1月发行，全文共十一首八百多行，可视为迪伦的第一本诗集。“在迪伦为第三张专辑写下《11个简要墓志铭》的时候，他已经把民谣和垮掉派诗歌结合到一起了。”[1]

《墓志铭》组诗中包括迪伦的“保留节目”自传诗（#2），以及抒情夜歌（#10），都很出色，但在那个特定时代，更令人印象深刻的是他的政治诗。第一首墓志铭是一位死于枪击的无名牺牲者的自述，自然叫人联系到同一专辑中的歌曲，如《只是棋局里的一个小兵》（“Only a Pawn in Their Game”）[2]、《海蒂·卡罗尔的孤独死亡》（“The Lonesome Death of Hattie Carroll”）等，但与歌词不同，它的风格是“简要”的。

我完蛋
在黄昏时分
盲目捶打蒙布
气喘吁吁

1 Shelton，p. 74，参见中译本，第186页。

2 《小兵》歌词中有：“他将在他的墓旁看到碑石长存，他的名下刻着简单的墓志：只是棋局里的一个小兵。”

结结巴巴
怒火冲天
往哪走？
到底是做错了什么？
谁放哨？
谁战斗？
在什么窗户背后
我才至少
能听见有人从晚餐桌上
抬头问
“我刚听见外边有人是吗？”
[……死者被绘成油画、海报被人吹捧，
过后又被扔进垃圾堆……]
“他什么时候还会睁眼？”
“他是谁？你知道吗？他是个疯子
他从来都不睁眼的。”
“但他总会想念这个凡尘世界吧”
“不！他只活在他自己的世界”
“诶呀那他肯定就是个疯子”
“对他是个疯子”[1]

1 Dylan 1985，p. 106.

作品发表时，J. F. 肯尼迪总统刺杀案（1963 年 11 月 22 日）仍在持续轰炸着全美国的神经。在这种语境下，《墓志铭 #1》的刺激性极为强烈，而第七首的政治挑衅意味就更加熏眼刺鼻了。

有个俄国人长着三颗半红眼睛
五根燃烧的触角
拖着甜菜色的铁球脚镣
要把细菌偷偷倒进
我的可乐机
"烧掉边境的所有树桩"
那些性饥渴的变态佬
在清晨时鼓吹战争
"往天空投毒这样飞机就过不来了"
装备爱国盾牌的
桦木色骑士们大叫
[……]
扎紧武装带吧
枪手先生
再去买几个新螺栓
因为你的脖子
没有右翼
或左翼……
只有上翼

和下翼[1]

专辑《鲍勃·迪伦的另一面》(1964年8月发行)的文案组诗《一些其他类型的歌……》(“Some Other Kinds of Songs...”),也是十一首,共约九百行,算是他的第二本诗集,并首次正式标注出:Poems by Bob Dylan(鲍勃·迪伦诗作)。这批作品更加广阔,“如同他的歌曲扩展了诗,他的诗也扩展了他的音乐……《一些其他类型的歌》更深入地记录了迪伦在口头音乐上的实验以及他通常难以捉摸的世界观。其风格是印象派的和超现实的”[2]。

第三首写给金斯堡。(诗中很明显,因为他们都是犹太家庭出身的叛逆者。)先是讲两人下象棋,谁输谁就要学爬爬,然后他们海阔天空地闲聊社会见闻、犹太人处境、身份标牌等等,“我”想到长羽毛的小男孩死在后院、被查禁的亨利·米勒跟“我”打乒乓球、记者追问“我”对共产党和人性的看法、“我”说该死的非美活动委员会和CIA、但她只想要“我”说她想要“我”说的她能理解的话、她追逐我想查明“我”的标牌(星座),然后“我”——

1 Dylan 1985, pp. 111-112.

2 Shelton, p. 159,参见中译本,第407页。

我带艾伦·金斯堡去认识奇幻
伟大美妙的艺术家但是禁止入内
木牌钉得死死随处都可看到。
驱离。传染坏疽和
原子弹。两个极端的存在只
因为那里有人想要
利润。男孩失去视力。成为
飞行员。人们捶打自己的
胸膛以及别人的胸膛并
解释圣经以适应他们自己的
目的。遵奉只是一个被曲解的词
如果耶稣基督本人能来
看看这些街道，那基督教
就要从头再来一遍。站
在万物发源地。昆虫
游玩在它们自己的世界。长蛇
滑动穿过树丛。蚂蚁沿着草叶
来来往往。海龟和蜥蜴
在沙地走出各自的路。一切
都在爬行。一切……
而一切仍在爬行[1]

1 Dylan 1985，p. 147.

第五首是一首长诗，从约书亚率领以色列人攻打耶利哥的圣经战争故事开始，说到在布鲁克林大桥上有一个人要投河自尽，“我”和很多人都在围观，就像看马戏，但“我”突然看不下去了，因为“我”认识到，在“我”内心深处是真的想看到他往下跳。“我”逃离麻木、无聊的人群，变成惊惶的鱼，在一条条河流、街道上乱窜，沿路看到纽约城的种种幻觉和异象：

不他们做不到
从他们岸边
我进入他们的河流
（我想知道他跳了吗
我真的好想知道他跳了吗）
我转身
要离开河流
离开河流
再继续向前
我掉转头
却发现
我在另一条河流上
[……]
（那家伙跳了吗？）
聪慧的蜘蛛

在第六大道拉网
点四五左轮枪
探出它们的
肚脐眼
我这辈子
第一次
自豪地感到
我从来没读懂
任何一本经典名著
（但为什么我硬是想去看
那个可怜的灵魂呢？）[1]

迪伦的未刊手稿还有庞大存量，近年他或者他的出版商突然翻出一个名为《好莱坞照片修辞学》（*Hollywood Foto-Rhetoric*）的 1964 年旧稿，让读者意外惊喜。这还是迪伦迄今第一次正式出版的“常规”诗集单行本。这组作品的灵感来自他的合作伙伴、摄影师巴里 · 范斯坦（Barry Feinstein）的好莱坞纪实照片，迪伦给它们编出故事，像冷峻的默片字幕。其中一些短诗是迪伦少有的，如第三首，写一个裸模在棚内拍照，另一个女子在棚外抽烟：

1 Dylan 1985, p. 150.

从屋外边
看进去
手指摆动
门廊穿着长裤
耷拉着
并不排斥
在爱情和选择上
一切可行
但宝贝要小心
遮住窗户的情感
也别忘了
带包烟
因为你很可能
就会发现
在屋外的人
走向更远
而屋内的人
只走向另一个[1]

作为他的自我道路选择，大概从 1964—1965 年开始，迪伦的创作渐渐弥漫某种恣意又任性的犬

1 Dylan 2008，p. 10.

儒、末日论、虚无主义的气息，三言两语难以概括。这些因素导致他的文字（歌词以及诗作）虽然貌似有着透明、洗练的措辞，简简单单的句法，但越来越倾向于意象晦涩、线索错综，充满了许多剧场式的片段细节，常叫读者迷失其中，难以把握这位作者要表达什么，要走向哪里。他的“诗艺特权”（poetic licence）的经营范围不限于静态的、固化的纸上写作，他是那个站在屋外的人，他会走向更远。

熔融和引爆：

He's lookin' for the fuse[1]

在相当程度上，每一个诗人都是被其他诗人激发出来的。他们先是阅读，然后交游，“其交游也，缘义而有类”[2]，然后再碰撞出火花。不然就很容易变成迪伦妈妈说的那样，死了以后才被人发现。不过，青年迪伦毫不“社恐”，他有庞大的朋友圈，并从

---

1 出自迪伦歌曲《墓碑蓝调》（“Tombstone Blues”，1965）。意为：他正在寻找导火线。

2 《荀子集注》，王先谦编，中华书局，1988，第234页。另有版本作“……缘类而有义”。

中获益良多。

迪伦文学生涯的第一个贵人是伍迪·格思里，1961 年初通过打入格思里亲友团，他迅速在纽约民谣界立下根基。比如，他袭用和发扬了一套纯美国的俚语正字法，像接头暗号一样，在以歌迷为代表的听觉系受众中打开局面，赢得一个基本盘。

> 像使用小写字母、去掉撇号、省略化拼写等实验手法，迪伦是在追随 e.e. 卡明斯（我们在高中语文都读过，而且迪伦在《狼蛛》中还多次提及他），另外也是想显得更新潮、先锋、高深莫测。至于用古怪拼写来表示发音，迪伦是在追随马克·吐温、约翰·斯坦贝克，尤其是伍迪·格思里。在《奔向荣光》中，格思里确实非常善于用拼写来传达方言俚语，尤其是写到他在货运车皮里遇见一大堆南腔北调的流浪汉的时候。[1]

除格思里之外，青年迪伦还疯狂吸收了丰盛的美国传统民谣 / 蓝调的美学营养，如：卡尔·桑德堡的诗人歌曲以及他采编的《美国歌谣集》[2]、哈

---

1 Pichaske，p. 313.

2 Carl Sandburg，ed.，*The American Songbag*，1927，1950.

利·史密斯收录的全套《美国民间音乐选》[1]、罗伯特·约翰逊和“老妈”雷尼（Ma Rainey）等等前辈歌手的老蓝调。多年来，研究者们更多地关注到布莱克、兰波以及布莱希特、垮掉派等正统的“文学”资源如何影响了迪伦的创作，但对于书籍之外的美国口述传统、吟游文化、民谣历史、蓝调美学等等，这些东西又是怎样塑造了一位自命为“鲍勃·迪伦”的伟大艺术家，学界所做的努力还不够恰如其分。类似情况也发生在托马斯·沃尔夫（Thomas Wolfe）、凯鲁亚克等等许多热情拥抱音乐并带着敏锐耳朵来码字的古今中外写作者身上。

在领取诺贝尔奖时，迪伦坦言：

> 听完所有早期民谣艺人的歌，你开始唱自己的歌，模仿那些俚语（vernacular）。你会将它内在化。……你听出所有微妙之处，你学会了所有细节。你便知道它说的都是些什么。掏出手枪，收回兜里。在车流中疾驰，在黑暗处讲话。你知道晃腿老李是坏人，弗兰姬是个好姑娘。你知道华盛顿是资产阶级城市，你听到天启者约翰，看见泰坦尼克沉没在一条泥泞的

1 Harry Smith, ed., *Anthology of American Folk Music*, Folkways Records, 1952.

小溪。你和爱尔兰流浪汉、垦殖园奴工们成为伙伴。你听见沉闷的鼓声和低哑吹奏的笛音。你曾眼看荒淫的唐纳德老爷用刀刺向他的妻子，你的许多同志都裹上了白亚麻布。我把这些俚语都记下。我知道它的修辞。一点儿都没忘——乐器、技巧、诀窍、秘传——而且，我还知道它历经过多少荒凉的路才走来。我能够把它和时日之流再完全连接起来，一起前行。当我开始自己写歌的时候，民谣行话（folk lingo）是我所掌握的唯一词库，我就用它。[1]

迪伦的第二个文学贵人是艾伦·金斯堡，以及垮掉派核心和周边的先锋文学圈子。其实，在大学时期（1959—1961），迪伦对垮掉派有过一轮先扬后抑的情感变化，然后他选择了民谣和格思里这边。格思里的影响"一直存在于第一、第二、第三张专辑，但到了第四张，它就有点儿疲沓了"。[2]"迪伦似乎是想把民谣的激进和垮掉派作家的文学练达相结合起来。"[3]经过几年来的艺术探索，当迪伦从民谣挺

1 "Bob Dylan Nobel Lecture"，Jun. 5，2017，引自诺贝尔奖官网。

2 Heylin，p. 179.

3 "Interview with Allen Ginberg (8/11/96)"，引自乔治华盛顿大学国安档案解密网站。

进摇滚，试图用电吉他摧毁传统歌迷的听觉习惯，新的艺术决断又摆在他面前。迪伦在“自传”《编年史·第1卷》(*Chronicles*: *Volume One*, 2004) 中总结道：

> 我想我［最初］是在寻找《在路上》里边读到的东西——寻找大城市，寻找它的高速和喧响，寻找艾伦·金斯堡所谓的“氩气点唱机世界”。也许我一辈子都生活在它里面，我不知道，但没有人这样说过。劳伦斯·费林盖蒂（Lawrence Ferlinghetti），垮掉派诗人之一，称之为“塑料马桶坐垫、卫生棉条和计程车的接吻不掉色的世界”。这也很有意思，但格雷戈里·柯索的诗《炸弹》更加到位而且更能抓住时代的精神——整个荒废的完全机器化的世界——到处忙乱嘈杂——大堆的货架要洗，纸箱要摞。我可不想把我的希望寄托在那里。在创作上你没法对它多做些什么。反正，我［后来］进入了一个平行宇宙，那里遵循的是更加古老的原则和价值观，那里的行为和美德是老派的……它不是用纸餐碟端上来的。民谣音乐是一个在更辉煌维度上的现实。……它非常真实，比生活本身还要忠于生活。它是生活的放大版。民谣音乐是我的存在所需的一切。但问

题是，它还不够。它太旧了，跟时代的状况和潮流失去了适当联系。它有一个庞大的故事但却难以让人理解。而一旦我溜出边界之外，我的六弦琴就像变成了水晶魔法杖，我便能前所未有地驱动事物。[1]

其实，迪伦初到纽约时在煤气灯咖啡馆（Gas Light Café）驻唱，那里就曾为垮掉派诗人们的聚会和朗诵场所，后来仍是纽约新一代文艺青年的一个打卡热点；但直到 1963 年圣诞节，迪伦才见到漫游世界归来的垮掉派领袖金斯堡，两人很快成为朋友。当时的垮掉派运动也亟待补充新鲜血液，因为巴勒斯、凯鲁亚克、卡萨迪和柯索等几员干将的明星效应已日渐褪色，或淡出江湖，同时，喜新厌旧的文化舆论兴奋点转向更热门的新民谣和摇滚乐，而社会思潮已转向更为激烈、紧迫的政治问题。也许是这样的情境下，金斯堡和迪伦互相在对方身上找到了碰撞的火花。金斯堡需要吸收更接美国地气的新血，而迪伦则需要“再入”，重新与垮掉派的先锋美学找回联系方式。[2]

1　Dylan 2004，pp. 235-236，参见中译本，第 235—236 页。

2　有关迪伦与金斯堡以及垮掉派的交往综述，见 Wilentz，pp.48-84，参见中译本，第 55—95 页。

前引中提到的“氢气点唱机”（hydrogen jukebox），出自金斯堡的杰作《嚎叫》(*Howl*, 1956)：

> 他们整夜沉没于比克福餐厅的深海灯光然后浮出水面在荒凉的弗加齐酒馆傻坐一个馊啤酒下午，听着末日在氢气点唱机上噼啪作响[1]

这是金斯堡的一个著名的“跳省并置”（elliptical juxtaposition），政治和音乐的并置，戏拟氢弹（hydrogen bomb）。他在访谈中说：

> 问题是怎样触及思维的不同部位，它们同时存在着，同时进行着各自的联想，那就一并选取两者的要素，比如：从爵士乐、点唱机等等，我们得到点唱机；然后政治、氢弹，我们有了氢，于是你就看到了“氢气点唱机”。它实际上在瞬间压缩了一系列的东西。[2]

1965 年的鲍勃·迪伦已扬弃了单线条的抗议民

1 Ginsberg, p. 134，参见中译本（上），第 188 页。

2 “Allen Ginsberg, The Art of Poetry No. 8”, *Paris Review*, Spring 1966.

谣、时事歌曲，带着电声乐队走向融合创新。当被激怒的民谣歌迷指责迪伦投奔摇滚乐就是向商业利益出卖灵魂时，金斯堡用点唱机的典故为迪伦大力辩护：

> 迪伦是出卖给上帝了。也就是说，他的大法力是尽可能广泛地传布他的美。有一种艺术挑战就是看看伟大的艺术能否在一台点唱机上完成，而他证明这是可行的。[1]

而作为“点唱机首席诗人”，迪伦当然拥有他的“神器”。如《狼蛛》一开篇，他还戏拟了荷马以来的古典史诗传统，高声召唤他的黑皮肤非裔美国缪斯，“阿瑞莎 / 水晶点唱机圣歌 & 生哥儿女王”[2]，他乞求后现代的诗神赐予无上的灵感。

金斯堡带迪伦认识了一大票新先锋诗人，迪伦也带金斯堡进了摇滚青年的圈子，这些交往不仅是人和人的相遇，更是风格和风格的相遇，绝非一堂单向度的文学课。诗人迈克尔 · 麦克卢尔说：

---

1 金斯堡在 1965 年 12 月迪伦伯克利演唱会后答记者问，转引自 Heylin 2003，p. 223。

2 Dylan 1971，p. 1.

> 如果有学者对诗歌和摇滚浪潮的会聚做一番深入分析，那么列侬、凯鲁亚克、迪伦和金斯堡之间的对照会很有意思。整个事情要从20世纪50年代的诗人们说起。那是一场“炼丹术生理学”（alchemical-biological）的实践运动，而非文学的。[……从垮掉派到披头士、迪伦然后又到垮掉派……] 有着来来回回互相反应的广阔空间。[1]

迪伦用自己的唱作实践经验在怎样捕捉和运用声音方面给这些严肃文学的诗人们提供实打实的建议，他赞助金斯堡购买了一台专业级的德国产Uher牌小型录音机，金斯伯格称之为“写作新法宝”，利用它完成杰作《威奇托涡旋经》（“Wichita Vortex Sutra”，1966），进一步加强了口语诗、朗诵诗的人声音乐性探索。迪伦还送给麦克卢尔一把自鸣筝（autoharp），说他应该把诗作先唱出来，后来麦克卢尔和“大门”乐队主唱吉姆·莫里森（Jim Morrison）成为好友和合作伙伴，也许与此不无关系。麦克卢尔说：

1 Michael McClure, “Bob Dylan: The Poet’s Poet”, *Rolling Stone*, Mar. 14, 1974.

> 鲍勃·迪伦 1966 年初送给我的那把自鸣筝在壁炉架上搁置了六个礼拜我才捡起来弹弄它。一把黑色的具有魔力的自鸣筝。我怕音乐，从前总是觉得自己根本没有乐感——顶多只会欣赏。鲍勃曾问我喜欢弹什么乐器（我当时写些歌词）。我就脱口而出：自鸣筝，虽然我对自鸣筝到底长什么样子其实毫无概念。想必是在我的肯萨斯童年时代有农人弹奏过吧。
>
> 1965 年的旧金山诗人都很穷啊，这真是一件令人感动的礼物，而且它让我从此致力音乐。写歌词是很有意思的，或许也是一种使用韵律的新方式。摇滚对一切人都具有相互吸引力；不管我们是诗人、印刷工还是雕塑家都一起加入这场共同的部落群舞，它是我们大家进行都有份参与的一种形式。[1]

而迪伦也在 1964—1965 那两年的观念碰撞中迎来了一个文学大转型。1965 年两张专辑《全部带回家》《重访 61 号公路》中的文案，以及同时期的其他诗文作品，如《去掉我的头顶》（“Off the Top of My Head”）、《大学之外的选择》（“Alter-

1 Michael McClure，出处同前。

natives to College”）等，表明迪伦似乎已经玩腻了回车键，开始转向某种不分行的拼贴式的半叙事散文诗，其中既有波德莱尔、兰波以降的法国象征主义传统的承续，也有垮掉派及其他美国新先锋写作技法的发挥，同时也从未丢弃民谣 / 蓝调的平民美学色彩和底层关怀基调，还有他一贯的虚无主义和叛逆精神。

迪伦的《全部带回家》文案（1965 年 2 月发行）就是这样一篇艺术宣言（manifesto）。

> 如果有人认为诺曼梅勒比汉克威廉斯更加重要，那无所谓。我没有争议而且我从来不喝牛奶。我宁愿去做标准口琴支架也不想讨论阿兹特克人类学 / 英语文学。或联合国的历史。我接受混乱（chaos）。我不确定它是否接受我。我知道有些人害怕炸弹。但有些人却害怕被发现他手持一本现代电影杂志。而经验教导我们沉默才最令人害怕 [……] 伟大的书都被写过了。伟大的话全都被说过了 / 我只想给你勾画一下某个时候在这附近出现的事情。尽管我本人也不是很理解到底发生了什么。我只知道我们有一天都会死而死亡并不会停止这个世界。我的诗用一种非诗性变形的韵律写成 / 除以穿孔耳朵。假睫毛 / 减去那些不断互相折磨

的人。描述性空洞的优美哼叽诗行——有时通过黑墨镜去看，以及其他形式的心理爆炸。一首歌是能够自己行走的东西／我被称为歌曲作者。一首诗是一个赤裸的人……有些人说我是一个诗人[1]

迪伦在这个时期的作品形式，实验散文诗，跟后来的《狼蛛》实际上已经没什么差别了。如《重访61号公路》文案（1965年8月发行），全文如下：

慢车上时间并无干涉&在阿拉伯路口等大白堆子，一个报社的人&他身后是一百不可避免者由山岩&石块构成——奶油法官&小丑——玩具屋里野蛮玫瑰&可定者简简单单地生活在他们的野生动物的奢华中……秋天，她的鼻梁上架着两个零，在争论太阳是黑的或巴赫跟它的暴乱一样著名&说她本人——而非俄耳甫斯——是个有逻辑的诗人"我是个有逻辑的诗人"她大叫"至于春天？春天只是开了个头！"她企图招惹奶油法官的妒忌便跟他讲脚踏实地的人们&当宇宙喷发时，她指点慢车&

1 Dylan 1985, p. 182.

祈求下雨祈求时间干涉——她并不极端肥胖只是有些进行性的不开心……一百不可避免者隐藏他们的预言&来到酒吧&喝&醉，以他们极为特殊的清醒方式&这时汤姆杜力，这类人你总以为你曾经见过，他和大白堆子一路溜达进来，一百不可避免者都说“那人是谁呀看上去那么白？”&酒保，一个好人，&一个在头脑里养野牛的人，他说，“我不知道，但我确定我曾在什么地方见过另一个人”&这时保罗萨金特，来自第四大街的便衣人士，在凌晨三点钟进来&把所有人都震得难以置信，没人真的生气——大多数人只生了一点儿文盲&罗马，一百不可避免者之一和约翰夫人悄悄嘀咕“我早说会这样”……野蛮玫瑰&可定者正豪放地抛飞吻给卡纳比街六角星破鞋&给所有神秘少年人&奶油法官正在写一本书关于梨子的真实意义的书——去年，他写过一本讲南北战争名犬的&现在他有假牙&没孩子……当奶油见到野蛮玫瑰&可定者的时候，他的介绍人正是了无生气——了无生气是个大敌&总穿一件嬉皮裤——他非常嬉皮……了无生气在介绍每个人的时候说“去拯救世界吧”&“要介入！这是关键”&诸如此类&野蛮玫瑰朝可定者打个眼色&奶油走开了用三角巾吊着胳膊嘴里唱着

“夏天啊&生活多悠闲”……小丑出场了——塞了一个口衔在秋天的嘴里然后说“有两种人——简单人&正常人”这照常引得沙坑里发出爆笑&大白堆子打个喷嚏——晕倒了&扒开秋天的口衔&说“你叫秋天是什么意思，缺了你就没有春天了吗！你个笨蛋！缺了春天，才没有你呢！你到底怎么想的？？？”这时野蛮玫瑰和可定者过来&踢他的脑瓜&涂他粉红色因为他是个冒牌哲学家——然后小丑过来大叫“你这个冒牌哲学家！”&跳到他的头上——保罗萨金特过来了还穿着一套裁判服&有个读完了所有尼采的大学小子过来&说“尼采从来不穿裁判服”&保罗说“你想买衣服吗，小子？”&然后罗马&约翰离开了酒吧&他们往哈莱姆走去……我们今天唱的是大扫荡帮——大扫荡帮并购、持有、运营发神经工厂——如果你不知道发神经工厂在哪里，敬请向右走两步，擦擦你的牙&去睡觉……主题是——尽管毫无意义——要做点儿什么给漂亮陌生人……漂亮陌生人，维瓦尔第的绿夹克&神圣慢车

你是对的约翰科恩——夸西莫多是对的——莫扎特是对的……我不能再说眼睛这个词了……我一说到眼睛这个词，就好像我是在说我依稀记得的某人的眼睛……没有眼

睛——只有一系列的嘴巴——嘴巴万岁——你的屋顶——如果你还没知道的话——已经毁掉了——眼睛是浆质体 & 你在这方面也是对的——你真走运——你不用操心眼睛 & 屋顶 & 夸西莫多之类问题。[1]

“另一面”的鲍勃·迪伦，一个青年诗人已完全“成型”。对这个问题一直都有人说好说坏。其实，迪伦本人一直最喜欢调侃他作为“诗人”的身份，除了扮酷和反讽之外，可能还出于两个原因：一、他认为在职业文士之外，歌手、艺人、笑话家以及所有进行真诚表达的普通人，都是诗人；二、他不喜欢被限定在一个文绉绉、土得掉渣的标签上，但舆论似乎总要给他戴一顶桂冠，实在让他受不了。也许他很清楚，单凭那几年间的歌词和零散诗文，他还称不上一个伟大诗人，所以，何必呢，他宁可俏皮地说自己是个吊秋千、走钢丝的艺人。[2]

艾伦·金斯堡是我唯一认识的作家。其他的作家我可没有太多敬意。如果他们真要想，

1 Dylan 1985，pp. 209-210.

2 迪伦在访谈中经常自嘲为各种马戏团艺人，如：1965 年 8 月访谈，Cott，p. 52。

那他们得先唱出来。我不愿意自称为一个诗人可不仅是因为我愿意自称为一个“抗议歌手”。那些人总想把我归进一个范畴，跟一大堆让我厌烦的人放在一起。我就是不想进入他们的范畴。我不想糊弄任何人。[1]

如果真要归入一个范畴，迪伦还是愿意和金斯堡他们为伍。权威性的《垮掉派便携读本》在《同行者》（“Other Fellow Travelers”）一章收入鲍勃·迪伦的《答案在风中飘》《时代正在改变》和《暴雨将至》三首歌词以及《狼蛛》（节选两章），[2]分量不少。纽约民谣老将戴夫·范容克（David Van Ronk）对迪伦在垮掉派的地位有一段推介：

鲍勃基本上是垮掉一代的产物。迪伦的确是跟凯鲁亚克同一窝的人。你再也不会看到他这样的了。鲍勃刚好在［时代的］尾巴尖儿上抓住了垮掉派诗歌。他超越了他们所有人，也许除了金斯堡。但鲍勃是个迟到者而且不会有接班人，就像他的名字也不会有接班人了。[3]

---

1 1966年3月访谈，Shelton，p. 242，参见中译本第二册，第200页。

2 Charters，pp. 371-379.

3 Shelton，p. 79，参见中译本，第201—202页。

慢车开来：

The words that are used for to get the ship confused[1]

三十岁以前，迪伦都没出过一本“文学著作”，这对于诗人来讲的确不算什么美事。尽管早在 1963 年秋，他就曾与劳伦斯·费林盖蒂见面，商量在旧金山垮掉派重镇——城市之光书店（City Lights）出版一本迪伦作品，列入著名的口袋诗人丛书，和金斯堡、凯鲁亚克、柯索们的诗集在一起。这多好呀！但直到 1964 年 4 月迪伦还没有交稿，他写了一封分行诗体长信给费林盖蒂解释。[2]

微风从西部吹来而我正准备动身
明天去法国。要翻遍我所有的裤袋
才能搜罗东西寄给你。
因为我现在正忙着毁灭我做过的
一切（我甚至把旧打字机砸成碎片把钢笔
都烧成一个个塑料小雕像）
我知道我这段时间的某一天会把东西给你
寄去的。

1 出自迪伦歌曲《大船入港时》（“When the Ship Comes In”，1964）。意为：而人们所用的语言，徒增大船困扰。

2 Heylin, p. 140.

我要做的就是写完它然后寄给你。[1]

这首书信诗写得非常漂亮，像在飞一样，但迪伦终究没能兑现诺言。此外，还有《好莱坞照片修辞学》，也是同时期的另一个半途而废的原定书稿[2]——迪伦不是太忙就是太懒，而且总是悔其少作。结果他的经纪人阿伯特·格罗斯曼（Albert Grossman）替这个交稿拖延癌晚期患者另行决定商业计划，和大牌的麦克米伦出版公司签订了一单大合同。两年后，迪伦总算身体诚实地为新合同交出了一本另起炉灶的新书：《狼蛛》。

其实，如果按城市之光的口袋诗人丛书规格，一般就巴掌大的短方形小开本，正文有个四五十页到百来页就可以了。最典型、最有名的巴掌小诗集，如，金斯堡的《嚎叫及其他》（*Howl and Other Poems*，1955），满打满算不过五十六页。基本上，迪伦的《11 个简要墓志铭》加《一些其他类型的歌……》就绰绰有余，势头好还可以再出第二、第三本，这样精悍，但动能相当强劲。即便是《狼蛛》这样野心更大的作品，如果放在城市之光，或者更主流一

1 引自城市之光官网。

2 Heylin，p. 141.

点的新方向（New Directions）、克诺普夫（Alfred A. Knopf）甚至兰登集团（Random House）等专业文艺出版社，那也许会是另一种局面。不能不说，在这个抉择上，作为青年诗人的鲍勃·迪伦已经被他的流行音乐经纪人主宰了，没有走向“人迹更少的那条路”。摇滚天王与小清新书店绝缘了，这可谓“生涯规划”上的一个典型（失败）案例。

而《狼蛛》会是一本怎样的书？在迪伦头脑中，它还是非常清晰的。如1965年3月的一个访谈中说：

> **你有本书要出来了。是说什么的？书名呢？**
>
> 暂时，叫Bob Dylan Off the Record（《不可录的鲍勃·迪伦》）。但他们跟我说已经有很多书用过“off the record”（非正式，私底下）这个标题。这本书其实是不能取名的，它就是它那种书。我也准备给它写点评论。
>
> **为什么写书而不是歌词呢？**
>
> 我已经写过一些超常规的歌词了，就像一大组韵诗，这类的——但我还没有真正有机会写一部完全自由的歌。嘿，你懂不懂剪切（cut-

ups)？我说，就像威廉·巴勒斯？

对，有个人在巴黎出了一本没有页码的书。书就装在一个盒子里边，你当空一抛，它怎样落下来，你就怎样读它。

对，就那样。因为那就是它的方式，总之。好了，我要写这本书是因为里边有很多的东西是我不可能唱出来的……各种拼贴（collages）。我唱不出来是因为它太长或者太超出常规了。我只能跟一些真正懂的人一块玩。因为对于大多数听众——不管他们从哪来、他们够不够上道——我觉得它都会完全失效。它没有韵律，都是剪切，什么都没有，只是一些即兴发生的，都是词语的。

那你写这本书是要说些东西了？

对，但确实没有任何深刻的见解。这本书不想开始也不想结束什么。

但你有东西要说。你是想说给某人听的呀。

对，我说给我自己听。而且，我很走运，因为我可以把它放进一本书里。现在别的人很快也能看到我对我自己说的话了。[1]

1 1965年3月访谈，Cott，pp. 48-49。

大概数易其稿，迪伦用一年多时间基本完成了新书。在1966年3月巡回演出的航班上，迪伦一边摆弄着《狼蛛》的校样，一边跟老友罗伯特·谢尔顿打趣。

他[迪伦]对《狼蛛》即将为正统文学界、被严肃诗人所接受有什么看法呢？“首先，”他饶有兴趣地说，“你先要明白，你是不是要为诗人和文学界来写作——”他停了一会儿，“我觉得诗人是任何一个不会自称为诗人的人。任何人只要自称为诗人就不可能是一个诗人。他们不过是沉湎于他们先辈的传奇以及他们对于虚假故事的历史知识。然后他们大概还以为他们略高一筹。刚开始有人称我为诗人的时候，我说：‘哦，帅呆了，被称为一个诗人真是帅呆了！’但这对我一点儿好处都没有，真的。这并不能让我更幸福。嘿，我也喜欢说我是一个诗人。我当真愿意把自己设想为一个诗人，但我就是做不到，因为所有的懒虫都被称为诗人了。”那谁是诗人呢？金斯堡？“他是一个诗人，”迪伦回击。“成为一个诗人并不一定意味着你非要在纸上写字不可。你知道我的意思吗？从旅馆楼梯走下来的那些卡车司机当中就有一个是诗人。他一说话就像个诗人。我是说，除此之外，一个诗人还需要做什么呢？诗人，……诗人，老头，死亡，腐朽，就像罗伯特·弗罗斯特诗中的那些树木和枝条那样的人，但这不是我要说的那种。”[1]

在那一日的谈话里，迪伦意气飞扬，正处于他的巅峰云端。但在鲜花着锦、烈火烹油的升腾中，crash（撞车）！迪伦坠入了一个幽深的不应期。在1966年的夏天，他什么都要做，什么都不想做，什么都想做好，什么都做不满意，什么都想重来，但什么都不愿再来一次。强行达到激越之后的陡然消沉，像淹没在泥石流中的泰坦尼克号。《狼蛛》的修订工作也随即告吹，在戛然间不告而吹，甚至没有一个“answer is blowin’ in the wind”。

关于《狼蛛》被弃置的问题，鲍勃·迪伦在低潮时期兴致阑珊地告诉记者，当初，他不知怎么地脑子“瓦特”[2]了，就跟大牌出版商签订一笔巨额合同，但其实连一点儿稿子都还没有，结果事情就变成欠了他们一本书。

1 Shelton，p. 242，参见中译本第二册，第199—200页。

2 上海方言，意为坏掉。

……总之，我就这样欠了他们一本书了。

于是我就坐下来，说：“没问题，我以前那么多事情都能做成，写一本书也没什么难的。”于是我就坐下来给他们写一本书，在酒店房间和各种地方，加上我还搞了一堆其他纸张，穿插别人写过的东西，然后我用一个星期就把它拼凑起来，寄给他们。

没过多久我就收到回件要我做校对了。我拿到回件然后我说：“俺滴肾裂，这东西是我写的？我不能把它放出去。”你懂我的意思吧？“我不能把它放出去。别人把它买回家根本就看不懂的。”我说，“我必须给它做点儿修改。”我告诉他们，然后就动手修改。我告诉他们我在改。

他们正急着要这本书。他们才不管它是什么样子。那边的人都在说，“他是詹姆斯·乔伊斯重生”，还有“第二个杰克·凯鲁亚克”，他们还说什么“荷马再世”……他们都只顾着满脑子的胡言乱语。

他们只想卖书，这就是他们想要的一切。其他都不相干……我知道的——我认为他们也肯定知道，他们是做这行的。我知道，我是无关紧要的。连我都知道了，那他们呢？他们只是在玩儿我。还有我的书。

然后我又写一本新的。我自己觉得满意了才寄过去。他们看到之后说:“嘿，这是另一本书呀。”我说:“是的，但这本更好。”他们说:“那行，我们就印这本吧。”他们就印了出来，并寄回给我校对。于是我开始校对——刚看了第一段——我就知道我不能够任由它那样。所以我去巡演的路上随身都带着这一堆东西。我准备全部重写一遍。扛着打字机满世界跑。拼命地追赶他们给我说定的出版截稿日期。他们都把我逼到墙角了。很多从未谋面的人。所以到最后，赶着赶着截稿日期，一直在写，直到我的摩托车翻了。[此前]那段时间，我研究了各种不同的印本，以及我想要他们怎样印这本书。我还研究了很多当时的诗人……在我想象中有一种能给我引领方向的书……而且我在各种事情上都用了一些。

然而，它还不是书;它仅仅是按照合同交付出版商去印行的东西。懂吧?然后我的摩托车就翻了，也让我摆脱了这一切，因为我再也不管它了。就现在的情况来说，我可以写一本书。但是我要先写出来，然后再交给他们。你懂我的意思吧？[1]

于是，《狼蛛》的出版经过就是一趟很慢、很慢，绕着大弯开过来，一趟神圣的慢车。它1965年预告，1966年宣传，然后“咣当”，一个黑暗撞击就使它停摆了。然后，过了五载，不知是什么东西的推动，据说在迪伦要求下，或者是对盗印本坑钱砸锅的反击，总之，直到1971年5月，《狼蛛》正式版由麦克米伦出版社发行。这些在“出版人前言”（见本书）已经做了解释，或者言不由衷的辩解。

但该前言没提到的是，在《狼蛛》迟到的这五年中间发生了多少事情，比如还有一个历史性的1968年呢！这几年里摇滚乐艺术和产业的狂飙突进，滚石（Rolling Stone）、平克·弗洛伊德（Pink Floyd）、杰斐逊飞机（Jefferson Airplane）、感恩而死（Grateful Dead）、大门（The Doors）、地下丝绒（The Velvet Underground）、黑色安息日（Black Sabbath）随手列举……连迷幻的调调都快过时了，歌迷们正在向往更震撼和直接的重金属。一个全新的多元共和在20世纪70年代初已经欣欣向荣，而鲍勃·迪伦先生，只是凌霄阁里面叫下一代俄狄浦

1 “Interview with Jann S. Wenner”, *Rolling Stone*, Nov. 29, 1969, Cott, p. 156-157.

斯们敬拜瞻仰的先辈伟人。这一波新“摇滚诗人”什么都敢做，什么都敢写，甚至直接用强力撕扯、考验着市民朋友们敏感的神经末梢。仅就文学 / 文字而言，时代正在改变，且已然改变了，但《狼蛛》一点儿没改。迪伦抓住了垮掉一代的尾巴，但《狼蛛》一书却不幸掉出 20 世纪 60 年代的尾巴——那曾经的“摇滚文学”已经过时了。

瞬间沧桑啊，笔者这种吃瓜看戏的代入感主要来自迪克斯坦（Morris Dickstein）那本旧版《伊甸园之门：六十年代美国文化》（*Gates of Edens*, 1977）中的一句话：

> Never were the sixties more over than on those illusory occasions when it seemed that nothing had changed.
>
> 六十年代的结束最明确无疑地体现在那些似乎一切依然照旧的虚幻时刻。[1]

但毕竟是老牌流量明星带货，《狼蛛》的销量不坏，然而反应就很不咋地。在麦克米伦 1971 年版的“出版人前言”中，作者的口气相当勉强，甚

1 Dickstein，p.184，译文引自中译本，第 185 页。

至都不曾署名。[1]而且它的护封勒口上写道：

> 这是一部活力与想象之作，一场穿越我们生活和时代的奇异之旅。你也许会把它多读几遍，因为它是不容易让人一眼就看懂的。它遍布着文字游戏，以及才华的峰峦和幽默的原野。它既有简单的真实也有复杂的真实；它非常感伤但有时又滑稽得叫你不禁大笑出声。[2]

这等于警告读者，这本书是看不懂的，而且很搞笑，大家可以买来看看，但千万别认真对待，如无特殊爱好，就不要深究了，都是为了生意，请多多体谅……（对照“出版人前言”来看，您认为是不是就这样的一个效果？）

公司宣发部门似乎也“放羊”了：他们仅照例在各报末版刊登些豆腐块软文，原先说好的整合营销推广活动根本没有发生。迪伦本人更神龙不见首尾，他一直躲在远郊的隔音地下室，忙着磨炼他的音乐新转机。至于畅销书业界必备的巡回见面、朗诵、签售会什么的，都不存在。炒作，有啊，但是

1　该前言的执笔人应为麦克米伦责编鲍勃·马克尔（Bob Markel），他一直负责这个项目。

2　护封文案，*Tarantula*，Macmillan，1971。

是负面的，大小媒体和论家、写手们对这本东西进行冷嘲热讽，到今日还戏谑不休。（不过，我们也正好可以通过早年的那些酷评，“理中客”地了解一下西方专业读者的最初观感。详见下章。）

《狼蛛》完稿时，迪伦二十五岁，《狼蛛》正式出版时，他三十岁。也许，他过量地消耗了青春，然后又过早地步入了中年。从 1966 年夏天过后那几年，迪伦本想做一个安安静静的美男子，但事情并不如意。上一张专辑《自传》（*Biograph*，1970）得分超低，被乐评人格雷尔·马尔库斯评为“这是什么鬼”（What is this shit）[1]。新专辑《新晨》（*New Morning*，1970）刚挽回一些名声，又因为《狼蛛》被批评圈和歌迷大泼冷水。是可忍，迪伦亦可忍，他已经“一点儿也不在意”（didn't care anymore）了。对于《狼蛛》，迪伦已经“悔其少作”到了极致，他干脆摆出一副“管生不管养”的态度，至今也未见松口的迹象。

从早产的盗印本开始，《狼蛛》就成了没有继承权的不受待见的私生子，几乎全靠饭圈里的少数“干爹”灌水养活。它真的就像黑巫师的“邪典”膜拜物（cult item），只有一些超级粉丝在歌迷小

1 Greil Marcus，“Self Portrait No. 25”，*Rolling Stone*，June 8，1970.

杂志和互联网博客、专业论坛上自娱自乐，但在外界几乎毫无声息。

迪伦年轻时最擅长反讽调侃，年长之后更加成熟圆润，关于《狼蛛》他已不愿再谈，但他在三十六岁那年说过的一句很意味深长的中肯话语，值得一提：

> 艺术是幻觉的永恒运动。艺术的最高目的在于激发。除此之外你还能做什么？除此之外你还能对别人做什么呢，除了激发他们？[1]

一地鸡毛：

Come writers and critics who prophesize with your pen[2]

其实，很多实至名归的大作家也曾被人一路取笑过来，迪伦绝对不算最倒霉的那一个，但《狼蛛》确实不走运。它的盗印本洛阳纸贵，而正式版却碰了个满头包，这首先是一场营销公关的灾难。

如《柯克斯书评》（专为新书上市写写软文的

1　1977 年 12 月访谈，Cott，p. 211。

2　出自迪伦歌曲《时代正在改变》（“The Times They Are A-Changin’”，1964）。意为：来吧作家和批评家，用笔写出你预先要说的话。

中庸刊物），就在第一时间发出了快评：鲍勃·迪伦的《狼蛛》是一堆垃圾。

> 《狼蛛》，1966 老款，延宕五年后正式发行，无疑仍会再次令我们困惑和费解；现在，当我们已经习惯了《纳什维尔天际线》的甜美平庸和《新晨》的清晰明了，迪伦却重访 61 号公路，在美国的垃圾场里东翻西捡，在“利伯拉切的田园”上抛洒他的超现实主义便便。……他舞动着滑动着，在我们能理解、领会或破译那些象征符号之前绝不会停止。迪伦的景象里充斥着破碎、变形的物件，像游乐园的哈哈镜馆。……一大片形象与意义相脱节的弹幕向我们齐射而来：它是一个巨大的拼图游戏，而你只能靠自己把那些碎片凑合到一起。它们当然都对不上；它们都译不出：“请帮我翻译这个事实，钹锣鼓博士……我想知道的事实是这个：是不是希特勒曾说过这话？戴高乐？匹诺曹？林肯？阿格妮丝·穆尔黑德？戈德华特？蓝胡子？”都错了，是鲍比·齐默曼。[1]

1 *Kirkus Review*，May 10，1971.

而辛辣的摇滚乐评家罗伯特·克里斯戈给《狼蛛》献上了长篇的盖棺论定，发表于很大牌的《纽约时报书评》，总之三个字——“非文学”：

> 鲍勃·迪伦的《狼蛛》正式登场不是一个文学事件，因为迪伦并非文学人士。文学是从书籍出来的，而迪伦并不打算将他的最重要著作让人去读。即便他曾有此打算，但他五年前把那些拼凑《狼蛛》的碎片从出版社撤回也说明他改变了主意。当然，很有可能，现在他又改变主意了——对于迪伦，谁知道呢。不过，最大的可能是，他那难以捉摸的性子才是这本书的真正出人意料的收获。一个著名公共艺术家被他的广大受众所追逐，这本身就是他生涯中一个无所不在的主题，而《狼蛛》盗印本被那些自命的迪伦学家和内行的黄牛贩子在大街上、在柜台底下叫卖不过是这一主题的变奏而已。但现在迪伦准许本书发行（不是黄牛价，这值得一提）也就等于承认他那永不停息的隐私权战斗已经失败。很简单，他的手已经为他的拥趸所迫使了。他现在已是一个作家，管你喜不喜欢。
>
> 断言迪伦不属于文学史，并不是把他排除在艺术传播或语言的历史之外。正相反。一个

唱作人不像诗人或小说家那样使用语言，因为他遣词造句要适应更强烈、更官能的效果；一个选择用大众传媒来做工作的艺术家，跟一个必须依照自己的手段、意图和对象作出判断的艺术家，是完全不同的。这显而易见。但迪伦的选择远远超出了它们本身的理论准绳——它们敏锐反映了现代主义的死胡同，各种艺术，尤其文学，在那里沉沦于自命不凡的崇智主义和精英做派。

……实际上，迪伦的歌迷若想知道《狼蛛》究竟什么样子，只需参照一下《重访61号公路》的文案即可。基本技巧就是这样：含糊的故事，其中活动着历史人物和传说中的或匿名的角色，以省略号和破折号作标点，充满了醒目但又不知所云的离题话，每章都附上一封与前文没有明显关联的虚构书信。就这样，朋友们。这本书就是一连串类似这样的碎片。大多数都似乎毫无联系，只不过有几个显著的人物，如名为阿瑞莎的，重复出现。我能想到的文学先例唯有《赤裸的午餐》，当然更一般来说，如果努力攻读这本书也能让人联想到许多文学。但如果你不是迪伦信徒的话，我就要问，它值得这样努力吗，而且请别说我是门外汉——正是鲍勃·迪伦促使我提出这样的问题。

最奇怪的是，迪伦通过歌曲创作表现的文学自夸倒无可非议，但他对文学作为一门专业的态度却矛盾重重，甚至根本就是敌意。……迪伦借用了文学的技巧——最主要是用典、双关、象征以及幻想——他显然是热爱语言的，但他鄙视那种量身剪裁的高雅斯文。他的很多歌曲似乎沿袭前人，但（比如《狼蛛》）它们并非袭自具体某个人。那些明显的相似或者“影响”——布莱克、惠特曼、兰波、塞利纳——只参与了他的方法和个性：了不起的土豪新贵，堂皇的瞎扯淡。他像一个迷醉于辞藻的大学生那样把自己狂写成天才，战后一代人的杂乱文化——从达·芬奇到连环漫画，从T. S. 艾略特到查理·里奇[1]——就是他唯一的传统。……迪伦也许是个糟糕的诗人，但他 [的歌词] 有头等的聪明。

……也许是文学催生了迪伦神话，却是摇滚乐养育了它。我们能记住那些名句是因为我们一遍又一遍地听过，经常不是真正在听，而是在吸收那种非诗性变形的韵律。或许《狼蛛》

1 查理·里奇（Charlie Rich，1932—1995），美国乡村音乐歌手。

> 也含有类似的宝石，但我们根本不可能知道它藏在哪里，因为《狼蛛》不是一张专辑。精彩的文字，搞笑的段子，以及沉闷、朦胧、有趣的内容和蹩脚的末世论修辞，应有尽有。……这本书会在 A. J. 韦伯曼[1]的迪伦索引中占有一席之地而且无疑会成为一个膜拜对象，但那不过是返祖。还是去买他的唱片吧。[2]

但《狼蛛》之所以差评如潮，更应归咎于迪伦在那个时期的消极态度，因而引发其他人比如编辑、记者、评论家的消极对待。他仿佛一颗过度燃烧了的红巨星（red giant），在一系列事件中，既耀眼又虚弱，让所有的人都看得出来。英国摇滚歌手大卫·鲍伊（David Bowie）当时有一首《献给鲍勃·迪伦的歌》（“Song for Bob Dylan”，1971），也许代表了圈中人对迪伦的复杂情绪。

> 你曾坐在一百万双眼睛的背后
> 告诉他们该怎么观看

---

1 A. J. 韦伯曼（A. J. Weberman，1945—），一个超级狂热的“迪伦学家”，翻垃圾桶找线索，常被视为有神经病。

2 Robert Christgau，“The answer, my friends, is still blowin’ in the wind”，*New York Times*，June 27，1971.

后来我们错失了你的思想列车
你的图画全都属于你自己
当困境袭来，我们恐惧联合
胜过害怕孤独
……
听听这首歌，罗伯特·齐默曼
尽管我不认为我们会相遇
但请转告你的好友迪伦
若他愿意俯瞰一下这条老街
就告诉他我们已经丢失了他的诗歌
所以我们就在墙壁上面写：
归还我们的团结
归还我们的家人
你是所有国家的流亡者
不要任由我们去顺应他们的理智[1]

当年，也有少数评论家为迟来的《狼蛛》说了好话。他们早在盗印本时期就是迪伦新小说的忠实拥趸，但他们对正版上市又隐约抱有敌意，因为多年来迪伦商业团队的律师们一直在追杀他们。

伊莱亚·卡茨在1969年就对盗版《狼蛛》进

1 David Bowie，“Song for Bob Dylan”，*Hunky Dory*，RCA，1971.

行了地下社会学分析，复印本的复印本的复印本在长毛嬉皮士们的手里不断被卖掉、租掉，好像禁药一样可以当硬通货使用。人们认为它是遭到政治封杀的“革命”艺术，强行赋予其一种其实很娱乐化的传奇色彩，但迪伦确实有权阻止它的出版。《狼蛛》已藏匿在先锋之中，但终会回来，无论正版或盗版，都使我们窘迫或激惹着我们。[1]

在《狼蛛》官方版发行之际，戴维·沃利热情洋溢地赞美这位二十五岁早熟天才的梦幻之作：虽然神奇复印机已改换新的形式，“他们”或许用玻璃纸和塑料膜捉拿了“他”的灵魂，作者和出版商在查禁那灵动的手指，但这本书已深潜到后世的时区，多年后，这部表现扭结思绪和苦痛情感的地下杰作将重新被人认识。[2]

在《狼蛛》面前，众多大腕遭遇了想象力和共感力的双重挫败，殊不知，这本备受鄙夷的小书实际上是“迪伦的实验室”[3]。但时至今日，哪怕为《狼蛛》说一句好话仍会被视为是反常之举，毕竟这本

1 Elia Katz，“*Tarantula*: Dylan’s unpublished novel”，原载于 *Carolina Quarterly*，Vol. 21，Iss. 3，Fall 1969。

2 David Walley，“Life, Death & Lumberjacks—Bob Dylan, Poet”，原载于 *Zygote Magazine*，1971，转引自作者专栏。

3 Bell，p. 375，参见中译本，第 391 页。

书如此难以卒读，谁要声称能读得有滋有味，那肯定是扯淡——这种看法“未必毫无道理”。[1]

保罗·威廉斯认为，《狼蛛》的遭遇一点儿都不奇怪，这归咎于迪伦的自不量力。

> 迪伦试图要成为他并不是的那种人。他不是一个写书的作家，但他却怀着一种强烈欲望要写书、写小说。或许是因为他在这条路上的早年努力遇到过挫折，到了《狼蛛》时期，迪伦的写作表现出他对自己所从事的写书这种形式的轻蔑，就好像在说：“这根本就是狗屁形式，我要通过炸烂它、颠覆它来证明这一点，要彻底打破它的界限。”这可不是他在写歌、录唱片、登台演唱时所具有的精神。在那里，他是真正革命的，发自内心的，所突破和扩展的是他得心应手并且敬重和热爱的歌曲形式。[2]

跨界之难，对迪伦来说可能更难在他的一时豪情万丈，又一时兴致阑珊，他浪漫至极。放下吉他的时候，迪伦太“文青”，太自我，太不职业，太无

1 Bell，p. 350，参见中译本，第 366 页。

2 Williams，p. 171.

可救药，而且太不走运。他不像安迪·沃霍尔，玩什么成什么，拍拍脑袋就跨媒、跨界，且轻轻松松进入各门类艺术史。在后现代文化史上，他们两人看起来很像，而且还很熟，但实际上，他们可能是两个世界的人。迪伦的根还是扎在美国吟游诗人的传统之中，“那里遵循的是更加古老的原则和价值观，那里的行为和美德是老派的”。要理解迪伦的文学追求，也许要从老派美国开始，而这些兴趣点太容易被电声乐器的直击效果给压制了。

另一方面流行文化对迪伦的娇宠也在助长这位天才青年的坏毛病。澳大利亚诗人、唱作人克利弗·詹姆斯在早年就观察到迪伦现象中暗藏的“癌”：

> 他那些自由不羁的语言学发明，即便在最精彩的时候，一直存在着某些致命的超离因素要逃出具体感知的规训：迪伦也乐得享受连自己都不知所云的语言。他对自己的创作无法做出分辨，哪些是振聋发聩的概念，哪些是故作姿态的概念，哪些是能量饱满的形象，哪些是哗众取宠的形象。长期以来对迪伦的一切都不加批判地予以追捧，其实是把癌细胞当成身体的一部分来赞美，只要两者还能一同发育，这倒不成问题，但是当癌细胞的激增而导致身体

发生萎缩的时候，麻烦就大了。[1]

二十五岁的迪伦在《狼蛛》中爆燃，但激起火花寥寥。三十五岁时，他又重整旗鼓，召集所有人马，使尽浑身解数，自编、自导、自演、自剪了一部长达四个多小时的实验电影《雷纳多和克拉拉》（*Renaldo and Clara*，1978），但同样被烂番茄淹没，而且情况远比《狼蛛》更惨烈，然后旋即又同样被这位任性的艺术家弃若敝屣，甚至未被收入官网（bobdylan.com）。直到回忆录《编年史·第1卷》，迪伦才成功重建了一个靠谱作家的形象。该书备受好评，迪伦也相当开心，甚至乐于承认自己对“写书”这种事不是很在行：

> 大多数评论音乐的人，对于演奏是怎么回事根本一无所知。但说到我写的书，如果我认为“那些给这本书写评论的人根本不懂他们究竟在谈什么”，那就自欺欺人了。他们懂得怎样写书，他们比我要懂得多。对这本书的评论，有些简直叫我拍案称奇——写得太好了。我看乐评就从来

1 Clive James, “Bob Dylan: Bringing Some of It All Back Home”，原载 *Cream*, Sept. 1972，收入 Hedin，pp.104-105。

没有这种感觉，真的。[1]

对他来说，写书远比写歌更有挑战性。

写歌，是我能够做、懂得做而且需要做的事情。要是有谁写一本书出来我就惊奇了。我在歌曲里边也使用许多隐喻和象征，但它们是以旋律的价值为准。显然，写一本书稿的时候你就不能那样做了，必须有文学意义。我不得不调整我的想象力；我不能再海阔天空、东拉西扯。我不能说我喜欢这个过程。我写歌的时候，它只在我的头脑里边停留一个比较短的时间，我也不一定非要把它跟下一首歌联系在一起。我写歌的时候，会觉得自己还在过着生活。但是要写这样一本书 [《编年史》]，你就必须在真正停止生活一段时期之后才能做。你要用打字机努力把它定在纸上。我不是说我就像点着一盏油灯来写书那样，但我确实感觉，我在把自己关闭起来。[2]

迪伦在文学创作上最难解决的问题可能是，他野

---

1 Jonathan Lethem, “The Genius and Modern Times of Bob Dylan”, *Rolling Stone*, Sept. 7, 2006.

2 Edna Gundersen, “Dylan Chronicles His Journey”, *USA Today*, Oct. 4, 2004.

心太大，而相对的耐心却太小。十五年过去了，传说中的《编年史》“第 2 卷”乃至“第 3 卷”似乎还遥遥无期。迪伦从来不喜欢文学编辑或“天才捕手”[1] 来提携或干预他的创作，但他又像从事音乐一样要对文学反复试唱、排练、编配、重混……直到满意为止，要么就是直到把他自己也搞烦了、不玩了。

> 我一直在断断续续地写着。但《编年史》完全是我自己的事。我恐怕我不会有一个真正的编辑。这是一个庞大的工作。我不担心怎么写，但是要不断重读，还有为重读而消耗的时间——这些才是我的困难。[2]

爱乐魔虫：

Intellectual spiders weave down sixth avenue[3]

当弹吉他的人竟然要插手文学绝对领域，他已预感且预设了自己会成为一个张牙舞爪的毛茸茸小

---

1 参见美国影片《天才捕手》(*Genius*，2016)。

2 Andy Greene，“Bob Dylan Working on ‘Chronicles’ Sequel”，*Rolling Stone*，Sept. 14，2012.

3 出自迪伦《一些其他类型的歌……》(1964)。意为：有智力的蜘蛛爬向第六大街。

怪兽，会给衣冠楚楚的高雅读书人和搔首弄姿的老派歌迷们带来一场惊慌失措的 shock（震惊）。而且，从“狼蛛”这个书名开始，就织入了严密的文学脉络，古今美外的历史文化氛围、迪伦的个人身份和声音的音乐生活情境，以及他的爱与痛，都已尽在网中。

我们以书名为例，探测这部作品中某一个词语可能达到的最大深度。

“狼蛛”（tarantula），在现代英语中常泛指各种毛茸茸的大蜘蛛，有些品种可以让时尚人士当另类宠物养着玩。究其原意，它是特指一种颇为神异的塔兰托狼蛛（Lycosa tarantula），源自意大利南部海滨古城塔兰托（Taranto）。它身体大如拇指，肢展长过巴掌，微毒，但对人体可忽略不计，当地的“熊孩子”早在二百年前就爱捉了它养在玻璃瓶中玩耍。但实际上这东西却是“邪典”级的文化物种，有着深厚的历史文脉。

鲍勃·迪伦从小就是个爱读书的好孩子，想必看过科普散文名著《昆虫记》。在“狼蛛”一章，博物学家法布尔做了细致的观察和历史思考：

> 意大利人给狼蛛安上了坏名声，据说被它螫伤的人会发生痉挛和狂舞。要对付这种“狼蛛病”（tarantism），你只能求助音乐，这是唯

一的灵药，据说越急促的节奏越有效果。这些特殊的乐曲被记录下来，作为疗效舞蹈、疗效音乐。我们现在拥有的“狼蛛舞”（tarantella，塔兰泰拉），一种活泼敏捷的舞蹈，岂不是来自卡拉布里亚农民治疗术的传承？……但我们无从知晓如果虚弱或过敏的人被狼蛛螯伤，会不会生一种可以用音乐来缓解的神经紊乱；也不知道通过热烈舞蹈而产生的大量排汗能不能减轻其伤痛造成的不适。[1]

所谓“狼蛛病”或某种狂舞症（choreomania）自文艺复兴以来就有记载，它像瘟疫一样在意大利以及欧洲其他一些地方传播。农忙时节下地干活的人最容易被感染，产生各种痉挛迷幻错乱，唯有奏乐舞蹈才能治愈。“疫区”聘请巡游歌舞班子前来为患者驱魔祛病，甚至举行盛大的“治疗舞会”，有时多达千百人参加，大家有病治病、无病强身，人们通宵达旦地疯狂跳舞，直到精疲力竭才罢休。历史记述者是认真的，但科学研究者至今还不清楚这究竟是真正的传染病，还是一种社会心理学上的群体癔症，抑或假作真时真亦假的中古民俗游戏，

1 参见《昆虫记 卷二》，梁守锵译，花城出版社，2001 年，第 139 页。

但总之，极不准确的“舞蹈病”一词就这样流传了下来。如爱伦·坡的成名短篇小说《金甲虫》在开篇题词中便嚷嚷着：

> 哇呜！哇呜！这家伙手舞足蹈！他是被狼蛛咬到了。[1]

人人都以为主人公威廉少爷发了神经才相信“金甲虫”是一张藏宝图，但事实证明，唯有偏执狂才能在纷乱无序的世事中找出暗藏的严密逻辑，最终挖到宝藏。这与迪伦的创作何其相似，甚至在《狼蛛》中这位美国现代文学先驱还极具挑战性地试图在上帝面前争取权利：“埃德加·爱伦坡从一个燃烧的树丛后面走出来……他看见埃德加 & 他俯视下来 & 说‘还没轮到你呢’ & 将他击毙……”[2]

杰克·凯鲁亚克的偶像，美国现代小说家托马斯·沃尔夫对虫豸有一种顽强的怨念，他把狼蛛和毒蛇一并视为死亡的象征物、生命的敌对者、现代失乐园的两大轴心，并且在晚期作品中用浓墨重彩的抒情笔调反复强化着这种意象。比如：

1 参见《爱伦·坡集：诗歌与故事》，曹明伦译，生活·读书·新知三联书店，1995 年，第 626 页。

2 Dylan 1971，p. 39.

狼蛛在烂橡树洞里爬行，蝰蛇对着乳房切齿，杯盏跌落：但大地会永世长存。爱的花朵在野地盛开，榆树根在相爱者的骸骨中伸延。

——《时间与河流》

在蕨叶层间和陌生植物的枝梢上，狼蛛、蝰蛇和角蝰吃饱了自己的毒液之后安睡，在茂密的丛林深处有金翠、艳红、亮蓝冠羽的华丽鸟儿们发出没头没脑的尖叫，月光沉静。

——《时间与河流》

有些东西从不会改变。有些东西永远都一样。[……] 狼蛛、蝰蛇和角蝰也从不会改变。痛苦和死亡永远都一样。但在人行道之下那脉搏般的震颤，在楼宇之下那哭泣般的震颤，在时间的废墟之下，在踩踏着城市的碎骨的兽蹄之下，那里会有某些东西像花朵一样生长，就像从大地再次萌发出来，永远不死的、确切的，就像四月正重新走进生活。

——《你不能再回家》

托马斯·沃尔夫的系列成长小说流行于迪伦的中学时代，而且列入高中英文课读本篇目。迪伦对沃尔夫书中主人公的叛逆与向往应该心有同感，当他最终选择逃离闭塞的故乡、狭小的家庭，不顾一切奔向某种全新的人生体验的时候，或许这也是其中的一个促因。[1]

在沃尔夫塑造的青春反叛、忠于理想、勇于体验、英年早逝的美式浪漫英雄悲剧，给狼蛛这个节肢动物赋予了浓重的黑暗象征主义色彩和阴郁的音乐性。但文学史上第一个上纲上线向狼蛛宣战的可能是哲人尼采。《查拉图斯特拉如是说》中也有“狼蛛”一章，他把那些口中宣扬平等和正义但心里暗藏宿怨和忌恨的“说教者”比作狼蛛：

> 注意，这是狼蛛的洞穴。你想看看它的样子吗？这里挂着它的网：碰一下，它就颤动！它果然出来了：欢迎你，狼蛛！……你的灵魂里盘踞着仇恨：只要被你咬中就会生出黑疮；你的毒液叫人的灵魂因复仇心而迷转。……你们这些宣扬“平等”、叫人灵魂迷转的说教者，你们就是心中暗藏仇恨的狼蛛！……因此我要撕开你们的网，让你们的愤怒把你们从谎言的洞穴里引出来，让你们的复仇心从你们所谓

1 不过在所见资料中，迪伦本人未谈及托马斯·沃尔夫的影响，他更喜欢说到马克·吐温、约翰·斯坦贝克等人。

的“正义”背后跳出来。因为对我来说，把人从复仇心中解放出来，才是通往最高希望的天桥，才是漫长雷雨之后的彩虹。……啊！此刻它要用复仇心令我的灵魂迷转！但朋友们，把我紧紧绑在这根柱子上吧，以免我迷转乱舞！我宁做柱顶苦修士，也不愿做复仇心驱使的迷转飞旋。实在地，查拉图斯特拉不是迷转的飓风或旋风；即便他舞蹈，也绝不跳狼蛛舞。查拉图斯特拉如是说。[1]

较早注意到迪伦和尼采之间关联的论者是克雷格·卡普尔，他从《悲剧的诞生》中看到“舞蹈狂”和酒神狂欢与20世纪60年代美国青年运动之间的联系，并注意到音乐作为革命性传媒的沟通作用。[2]美学家戴维·戈德布拉特（David Goldblatt）将迪伦的《狼蛛》与尼采的《查拉图特拉如是说》进行了比较，他称之为“两本狼蛛”。他指出两者的共同点：文学与音乐的通感。

1 参见《查拉图斯特拉如是说》，钱春绮译，生活·读书·新知三联书店，2007年，第108—112页。

2 Craige Karpel，*The Tarantula In Me*，原载于*Village Voice*，1972，相关综述参见Ledeen，pp. 42-48。

> 在《瞧，这个人》中，尼采解释了他写作《查拉图斯特拉如是说》的灵感缘起，他将理解这本书比作理解音乐。他说，“作为朕兆，我发现我的审美发生了一个极为猛烈、深刻的决定性转变，尤其对于音乐。也许整部《查拉图特拉如是说》都可视同为音乐——无疑其先决条件是某种听觉艺术的重生。”[1]毫不意外，迪伦的《狼蛛》也同样是最适合大声诵读的，而且它从头到尾都交织着歌曲和舞蹈。[2]

但《狼蛛》进入音乐时，难免也会带着一种刺痛。在写作《狼蛛》的阶段（1964—1965年），迪伦心中应该惦记着他的青春偶像、美国现代民谣大师伍迪·格思里日益恶化的病情。格思里患有亨廷顿病，一种遗传性“舞蹈病”，晚景凄凉，在精神病院羁縻十年，直到去世。迪伦定期去探望、陪伴他，给他弹唱当年的老歌，而伍迪·格思里因严重的运动失调已多年无法操琴歌唱。迪伦对此种境况深有感触，他在晚年回忆道：

1 参见《瞧，这个人：尼采自传》，黄敬甫等译，团结出版社，2006年，第113页。
2 见Vernezze，p. 158。

> 伍迪已经被关进灰石病院了。……这个地方没有人会赞美伍迪，对任何人来说这里都是个陌生的场所，尤其对这位美国精神的真正代言人来说。此地完全是一个没有任何精神希望的精神病收容所。哀号声响彻走廊。大多数患者都穿着不合身的病号服，在我弹唱伍迪歌曲的时候他们会一排排漫无目的地走来走去。……这情景很吓人，但伍迪·格思里对一切都茫然无知。通常会有个男护士带他出来见我，然后等我在这里待了一阵又来把他带走。这种经历真是发人深省又令人心碎。[1]

事情还有另外一面。狼蛛和“舞蹈病”都很可怕，但从中发展出来的塔兰泰拉舞却热烈奔放，充满拉丁式的情色魅惑。如易卜生戏剧《玩偶之家》，娜拉的丈夫就要求她打扮成一个那不勒斯渔女，拍着铃鼓（tambourine）跳塔兰泰拉舞，以满足他的欲望。当晚的舞会非常成功，丈夫看得心潮激荡，他对他的物化美人说：

> 你的血管里还在跳动着塔兰泰拉，所以你

1　Dylan 2004，pp. 98-99，参见中译本，第 101—102 页。

今晚真是美极了。……今晚我除了你什么都不想要。刚才看着你跳塔兰泰拉的诱人身段，我的血都在燃烧；我再也按捺不住了，所以我才那么急着带你下楼。[1]

铃鼓，塔兰泰拉舞的标志性乐器和道具，在迪伦歌曲《铃鼓先生》（“Mr. Tambourine Man”，1965）中具有更迷幻的意味，他祈求铃鼓先生对他“施下舞蹈魔咒”，以获得超脱：

带我去远行吧，乘上你的飞旋魔法船，
我的感官已被剥夺，我双手抓不住东西，
我脚趾麻痹迈不开腿，只等皮靴后跟带我四处去游荡。
我随时能去任何地方，我随时能消隐
在我独自的游行，对我施下你的舞蹈魔咒吧，
我保证一路跳到底。
……
带我消失吧，穿过我头脑里的烟圈，
进入时间的迷雾废墟，越过冰冻的枯叶，

1　参见《易卜生戏剧集》第二卷，潘家洵译，人民文学出版社，2006 年，第 75 页。

和阴森闹鬼的树林，去到大风呼啸的
　海滨，
远离这悲催扭曲的苦境。
啊，在钻石星空下舞蹈吧，一只手自由地
　挥动……[1]

就这样，通过“狼蛛”，我们又一步步进入神秘和迷幻的文学、音乐、舞蹈多维度交织集合的想象世界。我们可以看到西班牙现代诗人加西亚·洛尔迦那首弥漫着通感、通灵气氛的《六弦琴》(“Las seis cuerdas”)：

吉他，
令梦寐也哭泣。
那些迷失的灵魂的
呜咽，
从它圆圆的口中
逸出。
如同狼蛛
它编织一座巨星

1 Dylan 1985，pp. 172-173，参见《鲍勃·迪伦诗歌集：1961—2012·地下乡愁蓝调》，陈黎等译，广西师范大学出版社，2017年，第217—219页。

以猎捕那些漂浮在
它漆黑的木头水箱里的
叹息。[1]

吉他，这种乐器，在诗中被人格化了，它已经取代乐手，而狼蛛仿佛出神入化的八臂琴魔，主宰着一个幽暗世界。二十四岁时，加西亚·洛尔迦陶醉于吉他、吉卜赛谣曲和弗拉明戈舞，激情地写下《深歌集》(*Poema del cante jondo*，1921，1931)；同样年纪的迪伦则在《狼蛛》中用西班牙文大写字母说道："SOLO SOY UN GUITARRISTA"(我只是一个吉他手)，他要"走进猫头鹰和弗拉明戈吉他手们的狭窄巷道"，悼念"洛尔迦墓中那些死去的酋长和婴儿们"。[2]

在音乐圈，吉他高手的超凡控弦能力常被比作"蜘蛛"。如迪伦的《编年史：第1卷》这样描述他所推崇的老一代蓝调大师罗伯特·约翰逊，在一段仅有八秒钟时长的影片中：

他正用一双蜘蛛般的大手在弹奏，它们在

1 参见《血的婚礼：加西亚·洛尔迦诗歌戏剧精选》，赵振江译，外国文学出版社，1994年，第69页。

2 Dylan 1971，p. 30，58，56.

吉他的琴弦上富有魔力地跳动着。一个架子支着口琴挂在他的脖子上。他的样子根本不像一个石头人，也没有高度紧绷的气质。他简直是孩子气的，一副天使般的模样，纯真得不得了。他穿着白色的亚麻套衫、工装裤，戴一顶很少见的小爵爷式金边帽。他根本不像一个被地狱之犬追猎的凡人。他似乎免除了人类的恐惧，而你眼看着他的形象却难以置信。[1]

显然迪伦和罗伯特·约翰逊从未谋面，但三十年后的不断慢放、定格、重复，这八秒钟的短片比八百秒还长，而且让他记住了一辈子，因此，它也成了迪伦的自我写照。但难免有点儿滥情味道的怀旧，带着亢奋、自恋和感伤，像杰克·凯鲁亚克《在路上》中的名段：

他们一同奔向大街，用他们早年的方式踅摸着各种各样的东西，在将来他们会变得更加忧伤、敏感和茫然。但那时，他们像叮咚仙童在满街上狂舞，而我踉跄跟随，我一生都这样跟着我感兴趣的人，因为对我来说只有这些人

1 Dylan 2004，p. 287，参见中译本，第 286 页。

才是疯狂的家伙，他们疯着生活，疯着谈话，疯着得救，渴望一次性拥有一切，他们从不打哈欠，从不说老套废话，只会燃烧、燃烧、燃烧，像轰轰烈烈的黄色罗马烟花弹当空爆射，像蜘蛛在星海上纵横，当你看到那中天上蓝色的焰心炸响，人人都要大喊一声"哇！"在歌德时代的德国，这样的年轻人会叫作什么？[1]

在某些时代，这样的年轻人都叫作"诗人"。我是一个青年诗人，我要上路。

盘丝洞入门：

Plague the Kid, crusading in the blues dimension[2]

迪伦不是文学老炮，只是一个会长出皱纹和白发的老男孩，从前，他更加苍老。[3]在《狼蛛》中，他甚至已主持了他本人的葬礼。

---

1 Kerouac，*On the Road*，Penguin，2000，p. 7，参见《在路上》，王永年译，上海译文出版社，2006 年，第 8—9 页。

2 Dylan 1971，p. 87. 意为：瘟疫的孩子，在布鲁斯的维度里圣战。

3 参见迪伦歌曲《我的末版》（"My Back Pages"，1964）。

鲍勃·迪伦长眠于此
被身后
战栗的肉体
谋杀而死
凶手遭到拉撒路拒绝之后
就扑上他
以求个清净独处
但惊讶地发现
他已经变成
一辆电车&
这样的结局正适合
鲍勃·迪伦

他如今安息在现实太太的
美容院
上帝抚慰他的灵魂
&他的鲁莽

两个兄弟
&一个赤裸的好妈宝
长得好像耶稣基督
现在可以分享他的病痛
的遗体
&他的电话号码

再也没有力量
可奉送——
现在每个人
都可以将它拿回

鲍勃·迪伦长眠于此
毁于维也纳礼节——
他们现在可以声称发明了他
冷静人士现在
可以写有关他的赋格曲
&丘比特现在能踢翻他的煤油灯——
小鲍勃·迪伦——丧命于被遗弃的俄狄
　浦斯
后者曾四处
转悠
调查一个幽灵
&发现
那幽灵同样
不仅只有一个人[1]

这首“墓志铭”就是《狼蛛》“矿区”出产的

---

1 Dylan 1971，pp. 118-120. 斯科比对这首诗做了深刻分析，见 Scobie，pp.57-61。

一大块“老坑玻璃种”，硬核的先锋派试金石。可以预见，在迪伦百年之后，它会射出洞穿时间的万磁力，横扫全球媒体文化版。而艺术家们“在同一时间生活，同一时间死去，在它的位置出现了某些时间，但那里从来未有过什么真正的某些时间。”[1]

我们可以认为，真正的作者——罗伯特·齐默曼先生在他的虚构实验装置中，把鲍勃·迪伦（这个人物）写成了一位被埋葬的死者 / 幽灵的合成体，他即死即生，因而得以在一个迷乱交错的时空中进行散漫的游历。老派的评论方式喜欢谈一个作者或作品所受的文脉影响，那么从这一点看去，《狼蛛》似乎可以联系到众多的文学经典。然而，与欧洲文艺复兴以来近现代诸位文豪不同，迪伦虽然也博闻广识，但他最精通的还是美国歌谣，它们已感染到他的每一个神经末梢，因此他能用注满乐感的指尖在打字机上敲出魔咒和弦，把《地狱一季》的空间无限期开放，让《地下人》的队伍无限制扩招，激活了兰波的无数化身，凯鲁亚克的无数别名，迪伦的无数绰号，以及他在生活周遭和电波纸册中相识的各色人等，让他们“每个人都自带橡皮”[2]，热热

1 Dylan 1971，p. 136.

2 Dylan 1971，p. 126.

闹闹地自行开动起来，打造一座异世浮生的迷幻之城——盘丝洞。[1]

我们会不断进入《狼蛛》，这个繁庶的盘丝洞时空。迪伦最初曾这样描述它：

> 我的小说没有什么目的
> 绝对毫无目的
> 比如说它根本不讲故事
> 但他有一百万场景那么长
> 要用大概一万亿张纸来说完……当然我也
> 不能看出什么。[2]

《狼蛛》全文共分四十七章，或不妨视为该“矿区”的四十七个出入通道，多数章节由不分行的“散文诗”和分行的“书信诗”组成，它们风格一致，氛围一致，合为一个整体，但相互之间没有情节线索的联系。甚至，它划分章节，安上名字，也许是出于好心的粗略导游图，或留在沙地上的脚印或字迹，也许有些部分只是蔫儿坏的误导。在这个世界发生了一些事情，但不是故事，因为这只狼

---

1 参见吴承恩《西游记》，第七十二回《盘丝洞七情迷本 濯垢泉八戒忘形》。

2 Bob Dylan，“A Letter for Sis and Gordon”，*Broadside*，#38，Jan. 20，1964.

蛛并不织造具体的网。但戈德布拉特认为，《狼蛛》在几个方面表明了它的全局统一性。如同样的章节结构，尽管生活片段貌似各不相干，但实际上都可能涉及某个名为“迪伦”叙述者，而那些署名千奇百怪的留言或短信，从内容和文风的一致性足以指向同一个（福柯意义上的）作者，那层层叠叠的踪迹仿佛该作者在行使他不断重置个人简历的艺术特权。[1]

《狼蛛》不是某些差评师所鄙夷的嗑药上脑，痴人呓语的胡乱堆积。迪伦的“饭圈老铁”史蒂芬·皮克林仔细地比较了官方版和一个早期流出版《狼蛛会见浆糊大王》（*Tarantula Meets Rex Paste*），从两者差异可见迪伦对书稿做过的细致修改和编辑。[2]实际上，《狼蛛》的每一个词都经过精挑细选、铁板钉钉，这应该是细心读者最终都会发现的事实。唯一的问题只是，鲍勃·迪伦后来执意把这部书稿定性为一个“矿难”般的废墟，这给入坑淘金者带来很大疑惑。

似乎什么事情也不曾发生。读者刚有点

1 见 Vernezze，pp. 157-158。

2 Stephen Pickering，“The Two Tarantulas: A Textual Comparison”. 另参见综述，Ledeen，pp.80-85，104-109。

儿抓住线索的感觉，一切又改变了。在这些印象式的反叙述中，许多人物出现并活动，他们又随着语境时空的瞬间变换而突然消失，然后又重新出现，做着跟先前行动完全不相干的事情。这种写法造成的实际效果就是，情节的推进或连续性成为不可能。你经常会感到自己是在观看那些文字，而不是阅读。[1]

因此，史密斯（Larry David Smith）认为，《狼蛛》是无法抽取片段来代表其整体的，如果想借用一些节选来谈论它，无异于背叛了这部作品，但如果把整本书全文都引用进来，那又太荒诞了。他在最新版的《写作迪伦》（*Writing Dylan*，2018）中选择对《狼蛛》敬而远之，评论家没什么可说的，唯一的方法只能是让读者自己去探索各人的路径。

在评传《他是谁？》（*Who is that Man?*，2012）中，道尔顿拉拉杂杂地给出了必须重视《狼蛛》的十三个半理由，大意如下：

1. 忘掉那些现代派大师名著吧，只需读《狼蛛》即可完全体验。

1 Smith, p. 161.

2. 我们生活在一个破碎、重组的希腊化文化，一个痴迷于采样、截取、剪切、杂成、伪装（包括人格）的后现代社会，《狼蛛》预告了社交媒体的时代。

3. 情节曲折、叙述巧妙的当代小说已经太多，我们想要点儿别的。

4. 安迪·沃霍尔的“小说”《a》更加语无伦次，却受到追捧。

5.《狼蛛》要配乐来读，要唱出来。

6. 要把英语作为外语或作为诗歌来看它。读者需要自备叙述线索。

7. 不一定要有意义，只要能让心灵进入战栗、飞旋的迷离状态。

8. 迪伦把异质的碎片结合重生，“文案”开创了一种新的文学形式。

9.《狼蛛》可视为威廉·巴勒斯的剪切技法的应用。

10. 学术界已开始重新看待这本书。

11. 也许是外星人通过迪伦向我们发报。

12. 艺术史上神乎其神的超现实主义“自动写作”其实不如迪伦。

13.《狼蛛》为迪伦迷提供了食粮。

13½. 你正进入迪伦大脑内部。[1]

在笔者看来，《狼蛛》的时空位置还可以放到它产生的那个大现场去观察和体验，而非试图把它局限在玻璃瓶中。1966年，就在迪伦撞车、《狼蛛》封笔的时候，与他同龄的法国文学研究生茱莉亚·克里斯蒂娃（Julia Kristeva）提出“互文性”或“文本间性”（intertextuality）的概念，成为后现代主义理论的重要部分，此外，在新先锋艺术领域，激浪派的迪克·希金斯（Dick Higgins）于早前发表“混合媒介”或“交互中介”（intermedia）宣言，在激进左翼政治领域，“处境国际”的居伊·德波（Guy Debord）在稍后出版了《景观社会》（*La société du spectacle*），等等——《狼蛛》和那些佶屈聱牙、难以译解的新术语、新文本一起标志着一个后后后后主义时代的降临。1973年，罗兰·巴特（Roland Barthes）在《文之悦》（*Le plaisir du texte*）中更加佶聱地给蜘蛛们献上了及时的加冕：

> **文本** [Texte] 的原意为**织物** [Tissu]；但直至今日，我们仍把这织物当成一件制成品、一

1 Dalton，pp. 242-246，参见中译本，第283—288页。

块业已完工的纱幕，在那背后似乎隐隐约约地藏着意义（真理）；我们现在要强调的是，在织物中，有一个**生成性** [générative] 的概念，文本通过一场永久的交错编织而生产自己，加工自己；在这织物——这文本——当中迷失，主体便解除了自身，就像一只蜘蛛消融于它织网的建构性分泌。如果喜欢用新词，我们可以把关于文本的理论命名为**织造学** [hyphology]（hyphos，意即织物和蛛网。）[1]

我们可以进一步推论，语言或符号作为织物的组织单位或细胞，它们有各自的体块，有各自的全套的属性、特征，这样强行联合而成的织物 / 文本注定将是一块厚重的语符载体，甚至是一大摊异质共生的、不稳定的、叫人密集恐惧症发作的、团团簇簇的东西，它是活的，并且活动着。什么，你说一枚坚固而透明的单体结晶？那恐怕是神话学而不是文本学的范畴。因此，很难说一个文本是否具有某种单一而确定的大集体属性（意义 / 真理），毋宁说，那只是一个临时性的“想象的共同体”的临时性共同想象，属于“念念不忘，必有回响”的通

1 Barthes，pp. 100-101.

灵学概念。更严重的是，随着文本编织过程的永续进行，一部分甚至全部的文本又作为组织材料被动或自主地加入，这些活材料本身就有其完整的自足性、自主性，然后又不断地重组重织，成为“互文本”。巴特的意思似乎是，这些文本就像会交配生崽儿，générative（生成式），在无穷的编织生产过程中，主体渐渐耗尽、消散，此后，再也没有珀涅罗珀，她自我解散了。当奥德修斯历经艰险回到他那位于洋葱核心的美好家宅，只看到厚重无匹的文本积淀层中一个纵横交错的多维盘丝洞，只看到一排排全自动的九张机，人工智能矩阵，狼蛛。这就是：作者死了，总之，他/她已经消失了，只留下一些隐约莫辨的疑踪，符号自由了！文本万岁！文本也死了，读者万岁！

另外，按照巴特的分类，《狼蛛》显然不属于“易读文本”（texte lisible），而是“可写文本”（texte scriptible），就好像是邀请读者一起来玩填字游戏的道具模板，它要带来玩耍的狂喜、高潮，而非传统的审美愉悦，更不是静观参悟。《狼蛛》就跟后现代文学教科书上的典型范例一样，暴露语言的生成性、文本的构建性和文学的修辞性，解构意识形态主导话语，在一个多维的空间里，各种各样的文本、互文本（它们都不是原文）搅和在一起，进行大面积、大尺度地文本戏仿、引征和策略性误读，异质共生（heteroglossia），互相生成又互相颠覆，成为一个有待探索的动态的字符场域。“蜘蛛精”不需要被“解释”，而是要求互相的“解放”，它要释放出自由的词语或句群，在那背后或许并未预置着一个吁求权威解释的意义 / 真理，没有既定的秘诀可供破译和传授。它不是神秘朦胧的，同时也不是透彻明晰的，唯一的“鉴赏”方式只有参与进来一起“玩”，一起创造并经历这个交互促成的处境（situation），每个不同读者留下各自的痕迹，留下新形而上学家们也说不清的各自殊异的“此在”（Dasein）和互相造就的“共同此在”（Mitdasein），因为，“只有三样东西是持久的：生命——死亡＆伐木工来了。”[1]

而“此在”的体验可能会让专业读者联想到“身体”和“意义”，即生活着的某人对于在世之意义的身体性的追问以及具身认知之类，这又是《狼蛛》“游乐场”中有待开发的一大功能区。《狼蛛》是经过精心设计的停工废墟，是残缺美，它没有原经正典的无瑕本体（它不过是诸多盗印本中的一个合法知识产权，甚至不是原作者的签章完本），但书中每每标注出生理性的人类身体部位，就像看见

1 Dylan 1971，p. 137.

一家大型综合医院门诊部的回廊上科别林立示意图，但不曾看见一位连续、完整、独立的人格化对象。

罗宾·维廷（Robin Witting）是一位大胆的勘探者，早年他曾归纳“《狼蛛》有六大主题：美国、越南、阿瑞莎、玛丽亚，以及——万灵仙丹——音乐。”[1] 后来随着更深的探索，维廷又拓展出身体器官、口腔、饥饿、干渴、病痛以及苦恼，音乐（声音之音），丰饶的象征（头发、血液等），水和雨的重生及毁灭的象征。[2] 在最新的文章中，他再次回到《狼蛛》开头的第一个小标题“Mouthbook”（口书），审视以“口腔之欲”为代表的身体迷恋症候群，他又增加了一些主题和中心：

> 美国（因越战而分裂）、阿瑞莎、玛丽亚、声响、音乐、食物、身份、永不满足的饥渴、嘴巴、眼睛、肉体以及死亡。……如嘴巴的品尝、吞咽、咀嚼、歌唱、嘟囔、舔舐、打嗝、啜饮、撕咬、结巴、呢喃、哈欠、啃吃、亲吻、窒息、窃笑……人体解剖学的每一部位，从肠

1 Robin Witting, *The Cracked Bells: A Guide to Tarantula*, *Revised Edition*, Exploding Rooster, 1995, p. 13.

2 Robin Witting, *A Crash Course on Reading Tarantula: 3rd. Edition*, Exploding Rooster, 2017.

> 道到子宫，从胸部到腺体，从骨骼到大脑，都像是一个角色。……更异想天开的是，书中不仅有大量的身体器官，还有一个医院——装满疾病和残障。[1]

有趣的是，作为最热忱、最懂行的《狼蛛》专家之一，维廷的文章充满了彩画窗、万花筒以及淘金筛盆一般的洞见，他把《狼蛛》探索到了无人能及的深度，揭示出一场热烈、富丽、庞杂的多层次的大型狂欢盛典；但多年来，维廷却被文学教授们斥为“业余”，说他连论文格式都不懂，这对于号称要打破高雅 / 低俗文化壁垒的后现代派来说，真是一个绝妙的反例。尽管后现代理论还弥漫着太多虚空迷径和自说自话，但它们带来的时代潮流已在更改学院界和传媒界的知识地形图。通过一些裂缝乃至决口，《狼蛛》终将脱出美国流行乐评的窠臼，一路如鱼得水，它也许会变成章鱼怪，八岐大蛇，哥斯拉。

1　Robin Witting，“help those that cannot understand not to understand: Introduction”.

地下人：

People goin' down to the ground[1]

“你们是世上的光。城立在山上，是不能被隐藏的。”[2]

但青年迪伦 1961 年初来到纽约的时候，却发现高楼在天上伸展，人们在地下穿行，这叫矿山子弟产生了一种既陌生又熟悉的蒸汽朋克错位感。当然，他肯定读过凯鲁亚克的小说《地下人》，这部小说 1960 年还拍成了电影，美国城中村的那一对白黑情侣形象可以说短暂而肤浅，但“地下人”这个概念却种进了迪伦的感知深处。

> 朱利恩·亚历山大是地下人中的天使，地下人这个名称是亚当·穆拉德发明的，他是一位诗人也是我的朋友，他说：“他们嬉皮但不圆滑，聪颖但不俗套，那些人满腹经纶，对庞德了如指掌，但又不装腔作势也不说个没完，他们其实都很安静，就像基督一样。”朱利恩的确就像基督一样。我那个时候正和雷利·奥

---

1 出自迪伦歌曲《谈谈纽约》（“Talking New York”，1961）。意为：人们正走向地下。

2 引自《新约·马太福音》（5:14）。

哈拉从街上走过来，他是我在旧金山一直形影不离的老酒友，在我过去漫长的疯狂的生涯里我曾喝得烂醉，而且事实上还常常“和蔼可亲”地向朋友们乞讨酒喝，没有人真的注意到或者是正告我年纪轻轻的就已开始或正在染上这种吃白食的坏毛病，但是就像我还有萨姆说的那样：“大家都过来加油吧，伙计，那是因为你这里有一个加油站”，或者是说些类似这样的话。[1]

迪伦的大部分歌曲，可以说都是在为地下人树碑立传，但他们不会有纪念碑，迪伦用另一种方式为他们修建。在歌曲《地下人乡愁蓝调》中，迪伦自己的“地下人”概念正式挂牌，并得到艾伦·金斯伯格的加持，随后在《狼蛛》中达到人口繁庶的鼎盛。

笔者没有统计过《狼蛛》一书中共出现多少人物，点了名的总有几百个吧。异世迷幻城的生活群像，显贵与盲流齐飞，贱民共富豪一色，真真假假、变幻不居，但他们不是，或不仅仅是一些畸零人。

1　Kerouac, *The Subterraneans*, Groove, 1994, p. 1，译文引自《地下人·皮克》，金衡山译，上海译文出版社，2015 年，第 1 页。

这些角色又不断切换着身份，按着盘丝洞世界的行为规范，继续出演奇人怪事，从空一格的前总统肯尼迪到打红叉的钦犯斯塔克韦瑟，在掘进面上并无区别。

显然，《狼蛛》从来不是超离的，它也许东鳞西爪，但一直扣着美利坚合众国的神经弦。那些当权的政要高官、名流显贵已叫人耳熟能详，他们以真名实姓出没厅堂，并在拐弯抹角的井巷中登场入戏。但，没有批斗会，在《狼蛛》的周遭环境中，他们生活着，还原着。最日常的情形是这样的：

> 逃亡飞车一路上满载：布拉索斯河边闲躺的三个猎人——两个在窗前窥看的妈妈各自捧着些莉莉圣西尔的腐朽照片——小碟熏肉——几个失去特权的奖金宝贝满肚子右旋安非他命——脸上挂着图版的画家——杠铃一副——德古拉抽着烟＆嚼着一个天使——猎豹之灵，琜夫人＆布莱蒂墨菲全都裹在牙膏里——整箱的魔法杖＆一个无辜的旁观者……不消说——车里根本没地方了——菲德拉绷着脸＆她怒吼“爱是要疯狂透顶”＆红酒瓶破碎——得克萨斯爆炸＆海滨晚餐——仪表堂堂的船长们——他们被看见——他们被卡车司机看见——那些卡车司机控诉劫匪＆眼看这些船长骑着种马进

入咆哮的墨西哥湾&菲德拉驾到“爱是要彻底疯狂”……她身边是克拉普先生——笑眯眯的——他戴着一顶里朝外的帽子——他在吃好果子呢——他会一切顺利——克拉普先生——他会一切顺利[1]

地下人的户口档案最有意思的部分不是人名，而是别名和绰号。迪伦说：“我有个毛病就是经常记不住人的姓名，所以我就给他们另取一个，更能准确描述他们的那种。”[2]别名/绰号太多，随手即可翻阅，这里就不再引用罗列。另外，须知，“鲍勃·迪伦”也是罗伯特·齐默曼的别名。

命名即治理。这是现代政治对古典诗学的一大发展。外邦人进入盘丝洞，必先在移民局登记别名，此前的家系族裔作废，奉着圣徒而来的教名也不作数。他们一些人也许持有迪伦唱片友邦签证，但又不同，所有的别名都重新登记，并且不断重新更换、重新登记。狼蛛在看着你，它是邪典世界的运转机器，它是某位乔装者掉落的假睫毛。这个兴盛发达的《狼蛛》地下城一页页揭示其面目，用某种异域

1 Dylan 1971，p. 103.

2 Dylan 2004，p. 169，参见中译本，第 170 页。

情调在似曾相识的生活场景中挑逗我们的世界观，重估着我们对一个世界、一个人类聚居和交往方式的可能性的轻率想象。

“不，我的朋友，你的思维方式就叫作放弃”

“你爱怎样就怎样吧，你的方式叫作失败——这甚至不是一种思维方式”[1]

数量是有意义的，两三个怪人经常就构成迪伦的一首歌，但是，当《狼蛛》中熙熙攘攘的地下人群如大面积的潮水在涌动的时候，构成的是一个世界，一个乌泱乌泱的世界。人太多，行动太快，若简单列举一批奇人怪事恐怕难以一窥其全貌，还不如读者随手去翻翻来得快当。若对书中多次出场的阿瑞莎、玛丽亚等女性形象或所谓“缪斯”进行不厌其烦地扒找，未必就能揭示多少真相，而且太物化了，有点儿色眯眯。

那我就当上述这些人

实际上全部都是

1 Dylan 1971，p. 116.

同一个人……下次见。我得去
把戈黛娃夫人的画像拆下来因为那些
神经学生一个小时内就要来这儿
参观……[1]

地下人的生活方式与地上主流世界不尽相同，甚至格格不入。比如，我们在译注中解释了几百个条目，亦真亦假的同名人、同名物，但它们就是它们吗，或只是一些假定的影射（allusions）或投射（reflections）？阿瑞莎（aretha）当真是歌星阿瑞莎·富兰克林？抑或是用字母“a”开头出现在第一章第一个字的某种对象而已？当她一再复现的时候，她还是最初的那个她吗？就连“bob dylan”一语，当它在原文第118—120页出现的时候，是否有必要对这个词条加注：“鲍勃·迪伦（Bob Dylan，1941—），美国著名歌手、唱作人，曾获得2016年诺贝尔文学奖，《狼蛛》是他最具争议的实验文学作品……”？严格来讲，有此必要，并且，更严格来讲，上述示例是错误的，因为：《狼蛛》里的这位“bob dylan”早在1966年就已经入土为安，而同时，书中一切人等或许莫不是他的千万化身。

---

1 Dylan 1971，p. 51.

如果我们要为《狼蛛》写出哪怕一条真正的注释，那都将是一本小书，另一本有待更多注释的地下人之书。如果你不相信，可以看看20世纪60年代的另一本诗文注释体混合“小说”，纳博科夫的《微暗的火》（*Pale Fire*，1962）。相对来说，纳博科夫只是在文士的职业区隔上更执着且更走运而已，他也非常出色，而且他喜欢捉蝴蝶，但是他不爱摇滚。

至于摇滚，恰恰是迪伦文学的弱点，他的阿喀琉斯之踵，而《狼蛛》却是他的一场惜败的翻身仗。他被限定、被禁锢于唱片工业的浮华世界的一个类型区间，连笔者也总是情难自控地在文中频频引证这位流行歌手的代表曲目。就像只比迪伦大半岁的李小龙，他也有作为哲人、诗人的另一面，他想要“无形，无体，如水如流，注水入杯，它就是杯，注水入壶，它就是壶”，但永远被框定为一个咿呀怪叫的唐人街功夫小子Bruce Lee。他们本身都在各自的浮华世界的表象上翻腾，他们都没有成为“地下人”，只是被地下小圈子奉为一个邪典符号，算是“地下人的天使”。

当年有不少左派人士恼火迪伦，因为他没能在《狼蛛》中对越战发出更公开的抗议，但我们在书中还是能找到对这场战争大量的指涉。加布丽埃·古德柴尔德（Gabrielle Goodchild）认为，迪伦的越战是一场超现实性质的“战争”，“它发生在我们的控制之外，同时又毒害着我们的生活”。[1]

他&大肉杰克——会同来自贝可斯的桑迪鲍勃——他们牵着白象去威奇托瀑布&国王大道之间的某处饮水——当时天色已晚&还是没有西贡的任何消息……趁着一片混乱，小棍儿偷走了白象……谁都没注意，包括布朗丹，他这一次是忙着用钢锯也要把大肉杰克活活揍死——总而言之，越南的局势非常乱[2]

“介入”（engagement，poésie engagée），这个词在日常生活中一般指订婚、雇佣、签约之类，又指交战、局部遭遇战，这是“自我&脊髓梦幻的联姻”。

脱衣舞娘来时戴着一枚
订婚戒指——她要柠檬水，
却说她也能接受三明治——
报童拽住她——大叫“求主
垂怜”[3]

1 Shelton，p. 166，参见中译本，第 427 页。

2 Dylan 1971，p. 85-86.

3 Dylan 1971，p. 77.

而在那个紧张的冷战时代，紧张到全欧亚大陆青年都会修防空洞、进行核爆演习，而越南军民用步枪抵御降维打击的时代：

> 你也许会改变你通奸、吞剑的风格——你也许会改变你在钉床上睡觉的方式——涂涂你的鞋吧用幽灵骡子的颜色——纸老虎的利牙是铝制的 ——你有大把时间去巴比伦[1]

《狼蛛》因接地而通电。它的前辈们或多或少也曾面临乃至参与过铁血飞溅的战斗，但他们也许不曾那样抽象而又具体地面临过核子大战中确保互相毁灭的媒体知识轰炸。上午打猎、下午捕鱼、晚饭后从事批判（马克思），抑或上午对俄宣战，下午游泳（卡夫卡），这些对迪伦来说也完全可以，他已经不差钱了。但作为"抗议歌手"起家的鲍勃·迪伦，他对时代悲剧性有着特殊体认，他在文学中还相信这些吗，他不相信吗？克里斯托弗·里克斯（Christopher Ricks）在《罪之瞳：鲍勃·迪伦歌曲中的罪之想象》（*Dylan's Visions of Sin*, 2003）中发现了一个伦理尺度：

1 Dylan 1971, p. 58.

《狼蛛》死亡之舞的表演者当中有着悲剧。毋宁说有一位特拉姬蒂 [Tragedy]。甚或是（令演员心荡神驰的）塔兰特拉姬蒂 [Taragedy]。但要注意，此处有个警告。**警告**：让他小心，至少要谨慎。因为尽管悲剧能够通过它对傲慢之罪的理解而变得深刻，然而一旦它本身也堕入傲慢，悲剧立刻就浅薄了。它不应自以为是地俯视喜剧，它们其实互为兄弟。《狼蛛》中有这样的沉思："悲剧，破碎的骄傲，浅薄 & 不比喜剧更深刻"，而可悲的则是"厄运、屈服 & 结局美满的滑稽戏"。[1]

《狼蛛》是核能的，它通过点唱机接通了氢弹威慑的心理核聚变反应。

你没那么厉害——的确，你对少年
违法行为立场强硬——你说过要
把所有阿飞都赶出城——哦你可真
威风——的确，你说你是爱国者——你
说你根本不怕扔一个什么氢弹 &
让所有的人都知道你是说话算话的

1. Ricks，p. 179.《狼蛛》引文见 Dylan 1971，p. 52。

但你却不肯说别的只会说你根本
不怕扔一个什么氢弹——你怎能说
我的孩子都必须跟着好榜样
学？他们跟着坏榜样学也
是可以的——他们可以跟你学也可以
跟我学——你再也不能把我按在你的大
　拇指
底下——不是因为我太难弄，而是因为
你的手是用水做的……[1]

鲍勃·迪伦毕竟主要是一位歌手，他对于大众情绪的敏感度可能比书斋作家要高一些，但我们不必过多纠缠于《狼蛛》和迪伦歌词的相通以及相似之处。在摇滚乐的星光大道辉映下进入《狼蛛》，是我们光临盘丝洞不能不走的一条宽阔歧途，然后探索者将各自分道扬镳。因为珍宝富集的老坑矿区并不在那里，“I’ m not there”。但反过来，同样，也有太多人试图从迪伦的文学以及曲辞，包括他的钦定版歌词集（*Lyrics*）等作品入手，打着头灯，提着金丝雀，想从暗道里摸进迪伦的音乐密室，也可能此路不通。这是多面人鲍勃·迪伦必然遭遇的多

1　Dylan 1971，p. 121-122.

重误解，这个圈套恐怕是他当年精心制造的得意之作，但如今连他本人也未必走得出去。

插电的语言：

Disillusioned words like bullets bark[1]

《狼蛛》是一场快速、超速、高超声速的言语行动，因此，它在交叉跑动的紧急漫谈中飞掠着音韵或信号。它不是既定符码的制成品，它狠过火力全开的弹幕齐射，猛过泥沙俱下的洪荒塌陷，它是头脑的强磁暴，全域性的感官震荡。它是电，它是光，它歌唱那带电的肉体，它是唯一的神话……[2]

在鲍勃·迪伦作为摇滚天王的演唱会上，怎样语无伦次的废话都不为过。但如果转到文学场域：文学是请客吃饭，是做文章，文学就是资本积累到一定程度而发展成的偶像。[3]在文学场，迪伦大概只勉强受得了金斯堡这个温良恭俭让的“老鸡婆”。

---

1 出自迪伦歌曲《没事的，妈妈（我只是在流血）》[“It's Alright, Ma (I'm Only Bleeding)”，1965]。意为：幻灭的语言如子弹犬吠。

2 混合改写自惠特曼诗《我歌唱那带电的肉体》（1855）、S·H·E歌曲《Super Star》（2003，施人诚填词）。

3 改写自居伊·德波《景观社会》（1967）。

包括笔者在内，已有太多的书斋评论家追溯过迪伦可能吸收或采纳的文学影响，从荷马、萨福，到兰波、乔伊斯，从《易经》、耶和华，到布莱希特、巴勒斯，但这些并不足以保证能够诞生一只狼蛛，没有任何一位产科神医能有足够的勇气来确保这种操作。说他嗑药的人请靠边练习键盘指法一百遍。因为《狼蛛》就是这样夜以继日敲出来的，无他，不过是别人聊天的时候迪伦还在一边码字而已。

《狼蛛》是一种文学推翻另一种文学的话语权的暴烈行动。因为这些情感没有在咖啡厅和大学课堂上宣讲，你就认为它们不存在吗？[1]它是美国文学的再次革命，是惠特曼的正义光复。迪伦明确地否决过小报记者们提示的"意识流"（stream of consciousness）概念，凯鲁亚克的"自发性散文"（spontaneous prose）也不足以装载《狼蛛》，他的文学就是泥石流，是"flows of verbal lava"（口语熔岩）。"[2]

> 迪伦用"泛滥"（flow）一词来替代"意识流"是恰当的。迪伦的语言和词句仿佛是直

1　改写自惠特曼《我歌唱那带电的肉体》（1855）。

2　Mark Polizzotti, "On Bob Dylan's Literary Influences: From William Blake to Jack Kerouac", *Literary Hub*, Oct. 14, 2016.

觉地、无过滤地冒出来。实际上，《狼蛛》的确是一系列的毫不拘束、漫无头绪、没头没尾的片段，而这些片段必须互相配合起来才能起码成为一位独立作者的诗歌合集。不过，如果你期待在书中看到迪伦处处闪现的才华，那是不会失望的。它很独创又很古怪。但无可挑剔的是它的写作风格，从头到尾的连贯性，还有迪伦式的抖机灵，尖锐态度，是它最显著的特征。妙趣横生，但也充满智慧。[1]

《狼蛛》是灭世大文（瘟）疫中一场凶险的带病自救行动，因为，"language is a virus from outer space"（语言是一种来自外太空的病毒）[2]，而狼蛛的毒液就是以毒攻毒、活人无数的解药。[3] 它是对威廉·巴勒斯及其达达主义、未来主义、超现实主义等老先锋前辈技法元素的大规模冒用、篡改和存活性治疗，它是"L=A=N=G=U=A=G=E"的预先路演和未来重组，但它首先是一次罢课和占领。《狼蛛》是一场混乱或混沌（Chaos），迪伦说，"chaos is a friend of mine"（混乱是我的朋友）——

1 见 Vernezze，p. 158。

2 语出威廉·巴勒斯小说《爆炸的车票》（*The Ticket That Exploded*，1962，1967）。

3 John Olson，"Dylan Goes Magenta".

还有矛盾？

对，矛盾。

还有混乱？

混乱，西瓜，时钟，一切。

你在一张专辑背面写过，“我接受混乱但混乱接受我吗？”

混乱是我的一个朋友。就像我接受他一样，他会接受我吗？

你是把世界看作混乱？

真理就是混乱。恐怕美也是混乱。

像艾略特、叶芝这样的诗人——

我没读过叶芝。[1]

《狼蛛》是一首歌，民谣／蓝调／爵士／摇滚／灵歌／史诗的杂交混成曲，而且肯定是插电的、具身的演奏，然而，它不会发生在三面墙的舞台。尝试从文学来谈论迪伦歌词会言不及物，但更甚者，

1 1965年8月访谈，Cott，p. 54。

试图用歌曲来收编迪伦文学，这将是一条死胡同。而死胡同（cul-de-sac）就是一个麻袋，什么鸡零狗碎的都可以往里装。迪伦唱不了的长文字就叫小说，舞台装不下的大东西就是生活，正如莎翁所说，人生如戏，男女都是演员。而迪伦无疑是世界剧场上最伟大的表演家之一，但他首先是自己的编剧和导演，他装备的三大法宝，是吉他、口琴和打字机。

鲍勃·迪伦的本体也许就是一个坐在打字机前的作家。迪伦的老班底，“乐队”（The Band）主音吉他手罗比·罗伯逊（Robbie Robertson）曾经感慨：

> 1966年他跟我一起到纳什维尔去录《金发叠金发》，当时我第一次看见居然有唱作人是用打字机来写歌的。我们都进了录音棚，而他还要写完几首准备排练的歌词。我能听见打字机的声音——咔嗒，咔嗒，咔嗒，叮，响得飞快。他就那样飞快地把东西敲出来；跟说话一样。[1]

从前，机械打字机比电脑键盘还要花样更多，

1 Robbie Robertson, “Bob Dylan”, *Rolling Stone*, Dec. 3.

那种山溪流水、转石跃坎、叮咚汩涌的操作感，指尖发出的命令以及回馈，每一根键条的往复运动都肉眼可见、骨节可感，甚至震动胸腹。哒哒哒，哒，哒哒，叮！提示字纸快到头了，请准备拨换行扳手。迪伦用过多种打字机，早先寄宿在纽约朋友家里，借他的 Remington 打字机写出了《暴雨将至》等杰作。那是在古巴导弹危机时刻的纽约深夜，打字机就像迪伦的武器：

> 我们整夜没睡——大家都想知道是否已经结束了，我也一样。明天的一点钟还会来临吗？……这是一首绝望的歌。我们能做什么呢？我们能够控制那些要把我们抹除人类边缘的人吗？词语飞快地涌出，非常快，这是一首恐惧之歌。一行接一行接一行，努力去捕捉那种虚无之感。[1]

在 1964 年以后的老照片上，迪伦的工作室和寓所的案头，是当年最时髦的便携机型 Olivetti Lettera 32、Royal Safari 等，此外他在 1965 年英国巡演的影片上也打过 Olympia SG1、Olivetti

1 Heylin，p. 102.

Lexikon 80 等标准中型机。直到 21 世纪，迪伦还是在一台老式 Remington 打字机上前前后后用了三年时间敲出《编年史：第 1 卷》的全部手稿。他根本停不下来，不然又要回头去重读修改这个部分。[1]

迪伦早期字行简短，几乎每次打字著文都是分行的"诗"，看来他那时喜欢拨动回车扳子的呼啦啦的快感，或者是有点儿讨厌那台打字机的换行铃声。1965 年开始，迪伦不喜欢拉回车了，他对上档键产生了新的迷恋：咯噔，机头字盘全部应声抬起（换挡），然后迪伦快意地敲出一个 &，以及满纸不绝的 &！然后再放下，继续山溪流水或雨打林梢的叮咚嘀嗒。《狼蛛》中的句子或词群在急速流动，始终保持着简要、短促、跳跃，伴随着轻快而有力的呼吸节奏，以及应时合拍的一个个"&"，换气符。

The typewriter is holy！[2] 金斯伯格在《嚎叫附录》中说，打字机是神圣的。我们可以肯定，在迪伦的指尖上，打字机就是一把有灵的乐器。迪伦没有选用当时最高科技的重达三四十磅 IBM Selectric 电动机，他自行给他的手提打字机通电了，生物电、感应电、用爱发电。而且，文学，或一个字码建构物，

1 Edna Gundersen，"Dylan Chronicles His Journey"，*USA Today*，Oct. 4，2004.

2 Ginsberg，p. 142，参见中译本（上），第 198 页。意为：打字机是神圣的。

未必是由作者指尖的本能来主导，它也可能是外部世界和他的相互观察、试探、摩擦、碰撞而形成的产物。总之，我们应该深刻体认到，多年浸淫于乐器音声效果的鲍勃·迪伦，必然给他的码字法宝通电了。这是古今其他作家和文书员都无法比拟的一种跨界生存的技术优势，李白和德昆西已不可企及喧嚣轰鸣的工业时代，而未来也难以复现20世纪中期的巅峰全手动体感。

戈德布拉特似乎发现了《狼蛛》在超高速打字中的秘法和缺憾，他概括为“隐喻的滥用”（abuse of metaphor）：

> 在词组或语句的并置中，迪伦使用了某些类似乱喻（catachresis）的方法，当它们意义悬停的同时似乎不会发生相互联系，带来适当的审美冲击，推进到前景状态和氛围中。这就造成观察位置和透视法的切换太过快捷，思绪太过庞杂了。我们认为其中还有音乐的作用，就像从副歌进到合唱那样，它也具有变形力（transformative），把庸常生活化为新奇、异样的体验。音乐的变形力量是尼采的主题，而在《狼蛛》中我们也通过这样感人的句子看到对阿瑞莎的吁请：“唱着阿瑞莎……唱着主流上了轨道！唱着牛铃回家去！唱着迷雾……以后肯定有的是时间给你休息＆学唱新歌……什

么都不宽恕因为你什么都没干过&跟那高贵的女清洁工做爱”[1]艺术的变形力量在尼采和迪伦作品中都极为剧烈，因此伦理和审美的价值经常合为一体（conflated）。可以说，迪伦的《狼蛛》是一部肮脏现实语言的小型史诗。它纤弱地构筑在“阿瑞莎／水晶点唱机女王的圣歌&生哥儿”的王国，但它是一个胆大妄为、到处割喉的世界。[2]

而在像克里斯蒂娃这样更奔放的设想中，各种文字游戏（paragramme，本义：超出的、旁侧的、异常的文字）才是语言的诗性之维，唯有它们的不安分和灵动跳跃才能让文学文本（织物）多重互联网络的无限可能性成立。《狼蛛》是一座铿锵有声的、不具形的体感交互装置，它不是那种雅致、从容不迫、文质彬彬的绘画绣花，因为，美学的改造就是解放。[3]当懒惰的批评家从书架上抽取一摞摞现成的文艺读本，真真假假地要为这只宠物来打造一口饲养和观赏的玻璃生态缸，却眼睁睁地看不见《狼蛛》在星空上恣意纵横。没错，迪伦确实看过很多书、听过很多碟，他在这些方面非常谦逊，无

1 Dylan 1971，pp. 10-11.

2 见 Vernezze，pp. 166-167。

3 改写自马尔库塞《单向度的人》（1964）。

论什么资源都乐意吸收或挪用为他本人的素材，他根本就是个饕餮鬼。

波德莱尔、洛特雷亚蒙、兰波的象征主义和通灵论；乔伊斯的意识流；布勒东的自动写作；艾略特的《荒原》；布拉克的拼贴；斯坦贝克和格思里的俚语；垮掉派老叟巴勒斯的剪切；金斯伯格和旧金山诗派的呼吸节奏；等等。所有旧版和新版现代派教科书的全部阅读材料，以及两千年前的各种经文，都可以拿来跟《狼蛛》扯上一腿。但是，太老了，太旧了，要么穿着别扭，要么就是生拉硬拽，太不像样，结果不免导致差评。因为，所有的话都被说过，每个人必须自带橡皮，《狼蛛》需要考生各自酌情改写。

当迪伦用“泛滥”一词取代“意识流”，弃绝了欧洲文化沙龙沉积了两百年的脂粉气息，这“命名”本身就是一种革命。另外，他还消灭了拼贴和剪切；如果硬要比附当代艺术的语汇，笔者推荐这个词：撕贴（décollage）。就是把城市街头的广告墙上一层层一层层的黏着材料给扒开，暴露其累积性的、即生即死、错乱相覆而又稳定如山的话语规则和资本秩序。

> 我转头走进一家杂货铺……我要说的是一个不可言说的癫狂麦克风＆盛大的鲜花庆典——那不是冒充的幻象而是温柔的黑暗——

快看那黑暗——你的力量——那黑暗“自我&脊髓梦幻的联姻”瘟疫小子说&我们给他买一个车皮——歇斯底里——那歇斯底里的曲调——与之相反的是音乐所呈现的每一个声响都令生命得以存在而非沉寂……胡迪尼&其余的平民百姓在61号公路把皱巴巴的耶稣招贴画全都撕掉——弥达斯又把它们贴回去——宝座上陷没着克丽奥——她之所以陷没是因为太胖了……这片土地是你的土地&这片土地是我的土地——那确实——但世界却由那些根本不听音乐的人来运转——“狂热病就是一种要打电筒才能听见的音乐”瘟疫如是说[1]

老现代派的拼贴或剪切，也许最多就三五六层材料，太浅，甚至遮不住它们背后作为艺术空间假设的那块厚板，而且，更重要的是，它们最终免不了要装饰起一个五颜六色的资产阶级生活的浮世表象。迪伦曾取笑说，绘画不应该藏在博物馆，博物馆是坟地，绘画应该挂在餐馆、一元店、男厕所的墙上，在大家活动的地方。你花了50万买来挂在房子里，只有一个客人能看见它，那不叫艺术，那是耻辱，是犯罪。[2]说得太绝了！所以，现在的小便

1　Dylan 1971，p. 88.

2　1965年8月访谈，Cott，pp. 57-58。

处已纷纷挂上美术作品。但那些都是不来电的形色体块线条，没有人会在小便时因观赏绘画而遭受电击，只会在你抖擞离开时，红灯亮，自动冲水。唯一会放电的，只有《狼蛛》，因为它要层层撕破、层层暴露，以致其对象们霸气侧漏、狂舞不休。

小心狼蛛！

没有结束：

Life—Death & the lumberjacks are coming[1]

1964年春，迪伦拍过一组在书桌前打字的照片，身后墙上挂了一幅汉字书法，（据说）是他亲手所写：

使生是爱谦诚
现命基情逊实

结果，传到在当代中国的网络上，大家都笑眯眯地看到两个字："基情"。

这就是新老先锋派在工作室和车库、工具房里

1 Dylan 1971，p. 137. 意为：生命——死亡 & 伐木工来了。

都无法预见的原生态的拼贴剪切撕贴应用，以及某种弱电效应下的超摩登现象学实例。

我们也由此重新认识一位埋头书案的文学青年，他那幅字何止是“诚实”，根本就是“实诚”。他的一些镜头，发呆时，简直像个犯难的打字机修理工，专注时，跟试听的钢琴调音师毫无区别，实诚；而当他在键盘上轻舞飞扬、纵横捭阖，仿佛胸有百万人生，也是那样的实诚。毫不奇怪，他是一个实诚的文学家。

如果就文学谈文学，面对鲍勃·迪伦，这位别具一格的诗人、作家，以及电影导演和画家，或者如他所说的杂耍艺人，如果我们能假装刨去摇滚天王巨星的一切盛名，来讨论真正的“Another Side of Bob Dylan”（鲍勃·迪伦的另一面），那会是文学史论上的大突破。这个课题的交叉太多，纷争太多，正亟待一场撕贴行动。

虽然现在市面上的迪伦相关书籍非常多，一批英国学者[1]对他的歌词进行了全面而深入的分析论述，如背景、细读和解构等。但就笔者所见，歌词

1 从文学角度进入迪伦研究，并取得公认成就者，如约翰·鲍迪（John Bauldie）、艾丹·戴（Aidan Day）、迈克尔·格雷（Michael Gray）、约翰·赫德曼（John Herdman）、威尔弗里德·梅勒斯（Wilfrid Mellers）、克里斯托弗·里克斯、斯蒂芬·斯科比、罗宾·维廷等，都是英国人，此外，重要的迪伦传记家伊恩·贝尔、克林顿·黑林、霍华德·桑恩斯（Howard Sounes）也是英国人，而罗伯特·谢尔顿则多年旅居于此，算半个英国人了。

之外的迪伦纯文学创作以及其他艺术尝试依然没有得到足够的关注，外国学者们大概还未做好充分的理论准备。

值得一提的是，罗伯特·谢尔顿在评传《归乡无路》中大量引用了迪伦诗文，并从文学角度对青年迪伦的写作（1963—1966）做了全盘梳理，包括主要歌词、“文案”组诗的每一首、《狼蛛》的先锋性以及摇滚诗的文学影响等等，其中，专章《翻滚吧，谷登堡》[1]的标题以西方活字印刷发明人的名义发出文学世代革新的召唤，令人印象深刻。但谢尔顿的这个尝试还略有薄弱，他主要是在一部资料翔实、内容完备的“大传”中郑重提出了迪伦的文学评价问题，但可惜没能深入展开写成一部专著；更可惜的是谢尔顿已作古，他错过了重估迪伦的高峰时期。像诺奖后最新出版的论著，如拉里·戴维·史密斯的《写作迪伦》就谈及了迪伦迄今的所有文学作品，只可恨他没真正说到《狼蛛》。评传《曾几何时》的作者伊恩·贝尔也怀着同样包揽迪伦文学的宏愿，他显得更有洞察力、也更小心翼翼，书中审慎地指出这个课题的学术难度：

1 Shelton，pp. 150-167，参见中译本，第 384—431 页。

> 如果说到文学方面，需要记住一点，这位美国诗人并未受过与该称号相配的高等教育。这种流派、那种流派以及各种各样的批评理论和元批评，对他成为一个作家并没有任何推动或影响。他会疯狂地阅读——这位诗人认识很多诗人，而且对其中一些有相当透彻的了解——但不是为了吸收智慧才去读他们。在本质上，他从一开始就是自修者，自己教自己听歌、读书并学习写作。迪伦创造了这个迪伦，并开辟了他自己的透视法。这意味着，如果我们要试图去阐扬或驳斥他作为一个诗人的禀赋，就必须在我们的术语和假设上多加努力。[1]

可以这么说，因为诺奖的激励，现在已经是重估迪伦文学价值的最佳时机，但仍缺乏一个足以评价迪伦的更强大的理论平台。

天上的神仙打架仍纷纭不息，到底什么才是“文学”，什么又不是“文学”，这样的初级问题居然还没有个硬核的定论。学界大腕们对迪伦文学的估价到目前基本上还是聊备一格的状态：的确有书写到，还有论文写到；但在西方的学术、出版和新

1 Bell，p. 132，参见中译本，第126—127页。

闻环境下，在被传媒财阀收编了的流行文化潮汐中，迪伦的文学书（诗集、自传）虽然卖得很不错，但实际上并没有在主流文坛泛起多大的浪花。

这恐怕是一个有关科层区隔以及生涯规划的社会学复杂问题。迪伦从来就是一个标准的浪漫文艺青年，但他从来不肯为一个著名码字人士的头衔付出太多迎来送往的应酬。他在文坛上太懒，而他在歌坛上越是努力，就越被铆死于流行音乐工业的三六九之中。他曾不断想挣脱，但已不可能逃脱，甚至有些狂热歌迷组织了“解放迪伦阵线”要把他绑出来，但也改变不了他的个人选择。

文学，以及其他一切艺术类型／类型艺术，在现代社会都需要有一个特指的鉴赏场所、沉浸空间或论述氛围，越宽敞越好。但迪伦文学却处在夹缝之中，他在其他领域的一切尝试，他所有的跨界创作（文学、电影、绘画等）都是烙着“摇滚巨星”永久文身的玩票行为。如果不是“饭圈老铁”，如果没有课题费，这些尝试只会被绝大多数职业学者和职业论家视为“呵呵”，最多当成历史文化材料引用一下。

但太多人太严重地低估了一位自由者的创造力。实际上，当他放开吉他，去写一本书、画一幅画也同样是成立的；本来，他抱着打字机的时候，就根本不可能同时抱着吉他。我们完全可以就文学论文学，去观测作为诗人的迪伦另一面。

那么，欢迎光临盘丝洞！

我们分头探索，在不可捉摸的乱网纠缠中，各自寻找一个更接近正确的打开方式。

参考书目

迪伦作品：

Dylan, Bob. *Tarantula*. Macmillan, 1971.

—. *Tarantula*. tr. Andrea D' Anna, Alessandro Carrera & Santo Pettinoto. Feltrinelli, 2016.

—. *Tarántula*. tr. Alberto Manzano. Malpaso, 2017.

—. *Тарантул*. tr. Maxim Nemtsov. Eksmo, 2017.

—. *Tarantel*. tr. Carl Weissner & Heinrich Detering. Hoffmann und Campe, 2016.

—. *Tarantel*. tr. Carl Weissner. Hannibal, 1995.

—. *Lyrics, 1962-1985*. Knopf, 1985.（部分收入《鲍勃·迪伦诗歌集：1961—2012》[1—8 册]，奚密等译，广西师范大学出版社，2017。）

—. *Chronicles. Volume One*. Simon & Schuster, 2004.（《编年史》，徐振锋等译，河南大学出版社，2015。）

—. & Feinstein, Barry. *Hollywood Foto-Rhetoric: The Lost Manuscript*. Simon & Schuster, 2008.

传记和论著：

Bell, Ian. *Once Upon a Time: The Lives of Bob Dylan*. Pegasus, 2013.（《曾几何时：鲍勃·迪伦传》，修佳明等译，人民大学出版社，2017。）

Boucher, David & Browning, *Gary. ed. The Political Art of Bob Dylan*. Palgrave Macmillan, 2004.

Corcoran, Neil. ed. *Do You, Mr Jones: Bob Dylan with the Poets & Professors*. Vintage, 2017.

Cott, Jonathan. ed. *Bob Dylan: The Essential Interviews*. Simon & Schuster, 2017.

Cran, Rona. *Collage in Twentieth-Century Art, Literature, and Culture: Joseph Cornell, William Burroughs, Frank O'Hara, and Bob Dylan*. Ashgate, 2014.

Dalton, David. *Who is that Man?: in Search of the Real Bob Dylan*. Hyperion, 2012.（《他是谁？：探寻真实的鲍勃·迪伦》，郝巍译，广西师范大学出版社，2015。）

Dettmar, Kevin. ed. *The Cambridge Companion to Bob Dylan*. Cambridge U., 2009.（《剑桥鲍勃·迪伦手册》，王宇光译，中信出版社，2019。）

Gray, Michael. *Song and Dame Man III: The Art of Bob Dylan*. Continnum, 2004.

——.*The Bob Dylan Encyclopedia*. Continuum, 2006.

Hedin, Benjamin. ed. *Studio A: the Bob Dylan Reader*. Norton, 2004.

Heylin, Clinton. *Bob Dylan: Behind the Shades Revisited*. Dey St., 2003.

Ledeen, Jenny. *Prophecy in the Christian Era：A Study of Bob Dylan's Work from 1961 to 1967*. Peaceberry，2005.

Pichaske, David. *Song of the North Country: A Midwest Framework to the Songs of Bob Dylan*. Continuum, 2010.

Ricks, Christopher. *Dylan's Vision of Sin*. Ecco,

2005.

Scobie, Stephen. *Alias Bob Dylan Revisited.* Red Deer, 2004.

Shelton, Robert. *No Direction Home: the Life and Music of Bob Dylan.* Backbeat, 2011.（《迷途家园：鲍勃·迪伦的音乐与生活》[1、2 册]，滕继萌译，重庆大学出版社，2017、2018。）

Smith, Larry David. *Writing Dylan: The Songs of a Lonesome Traveler, 2nd Edition.* Praeger, 2018.

Thomson, Elizabeth & Gutman, David. ed. *The Dylan Companion.* Da Capo, 2001.

Vernezze, Peter & Porter, Carl J. ed. *Bob Dylan and Philosophy: It's Alright Ma (I'm Only Thinking).* Open Court, 2006.

Wilentz, Sean. *Bob Dylan in America.* Anchor, 2011.（《鲍勃·迪伦与美国时代》，刘怀昭译，中国政法大学出版社，2018。）

Williams, Paul. *Bob Dylan, Performing Artist, 1960-1973: The Early Years.* Omnibus, 1994.

Witting, Robin. *A Crash Course on Reading Tarantula, 3rd. Edition.* Exploding Rooster, 2017.

文化背景：

Barthes, Roland. *Le plaisir du texte.* Seuil, 1973.

Charters, Ann. ed. *The Portable Beat Reader.* Penguin, 1992.

Corso, Gregory. *Mindfield: New & Selected Poems.* Thunder's Mouth, 1998.（《格雷戈里·柯索诗选》

[上、下册]，罗池译，河北教育出版社，2003。)

Dickstein, Morris. *Gates of Eden: American Culture in the Sixties*. Penguin, 1989.(《伊甸园之门：六十年代的美国文化》，方晓光译，上海外语教育出版社，1985。)

Ginsberg, Allen. *Collected Poems 1947-1997*. Penguin, 2009.(《金斯堡诗全集》[上、中、下册]，惠明译，人民文学出版社，2017。)

Guthrie, Woody. *Bound for Glory*. Penguin, 2004.(《荣光之路》，刘奕译，广西师范大学出版社，2014。)

Kaufman, Alan. ed. *The Outlaw Bible of American Poetry*. Thunder's Mouth, 1999.

Kerouac, Jack. *The Subterraneans*. Groove, 1994.(《地下人·皮克》，金衡山译，上海译文出版社，2015。)

Kerouac, Jack. *On the Road. Penguin*, 2000.(《在路上》，王永年译，上海译文出版社，2006。)

Kerouac, Jack. *Collected Poems*. Library of America, 2012.

Klein, Joe. *Woody Guthrie: A Life*. Ballantine, 1982.

Kristeva, Julia. *Desire in Language: A Semiotic Approach to Literature and Art*. ed. Leon S. Roudiez. tr. Thomas Gora, et al. Columbia U., 1980.

Warhol, Andy & Hackett, Part. *POPism: The Warhol Sixties*. Penguin, 2007.